학 간 학교의

청순가련한 미소녀가

옛날에 남자라고 생각해서 같이 놀던

그 소꿉친구였던 일

1

Hibariyu

히바리유 지음

illust 시소

니카이도 하루키
Haruki Nikaidou

키리시마 하야토
Hayato Kirishima

하늘은 탁 트인 파랑과 하양.
시야 가득 펼쳐지는 녹색의 전원 풍경.
사방을 둘러싼 산에서 들리는 것은
나뭇잎 스치는 소리와 매미 울음소리.
도시의 소란과는 동떨어진 산속 마을,
츠키노세.

키리시마 히메코
Himeko Kirishima

무라오 사키
Saki Murao

그래, 아마 틀림없이.
그녀에게는 사키가 품고 있는 마음을
들키고 말았을 것이다.

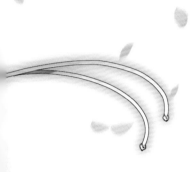

단아하게 춤추는 소매,
엄숙하게 옮기는 다리,
틈틈이 울리는 의연한 방울 소리.
그리고 변화무쌍한 사키의 표정.

압도당했다.
호흡조차 잊고, 빠져들고 말았다.
그 자리에 다리를 꿰맨 것처럼
경직되어 눈을 뗄 수가 없었다.

Contents

illustration by 시소   design by **무카데야 유우코+토요타 치카 (무시카고 그래픽스)**

프롤로그

　제비가 가고 기러기가 찾아오는 어느 가을의 방과 후, 귀 갓길.

　히메코는 눈동자에 아무것도 비치지 않는 멍한 눈빛으로 논두렁길을 걷고 있었다.

　『어머, 히메코. 어머니는 별일 없으셔서 다행이구나!』

　『한동안 오빠랑 단둘이서 지내는 거지? 무슨 곤란한 일이라도 있으면 말하렴.』

　『……』

　밭에서 산기슭에 있는 병원으로 옮겨진 어머니를 걱정하는 말들이 날아왔지만 그것들은 마음에 울리지 않았다.

　히메코는 애매하게 시선을 피하고, 아무 일도 없었던 것처럼 걸음을 재개했다. 그녀의 얼굴에서는 감정이 사라져 있었다.

　이 작은 세계는 언제든 갑작스럽게 히메코의 소중한 것을 빼앗고, 어딘가로 감춘다.

　어머니도. 그리고 하루키도.

　그러니까 아무것도 보지 않기로 했다. 이 이상 싫은 이야기는 아무것도 듣고 싶지 않고, 입에 담았다가는 다른 것도 빼앗길 것 같아서 귀와 입과 함께 마음도 닫았다. 아무것도

7

원하지 않으면, 상처받을 일도 없으니까.

문득, 하늘을 올려다봤다.

사방의 산이 테두리가 되어 커다랗게 뻥 뚫린 구멍이 펼쳐져 있고, 뭉게구름이 둥실둥실 정처도 없이 흐르며 헤매고 있었다.

구름을 향해 손을 뻗었다.

아무것도 붙잡지 못하고, 모두 히메코의 손을 스르륵 빠져나갔다.

대체 저 구름은 어디로 가는 것일까?

저 산을 넘어, 츠키노세가 아닌 어딘가로 가는 것일까?

그러자 그 순간, 저 구름을 쫓아간다면 다른 세계로, 어머니랑 하루키가 있는 장소로 데려가 주지는 않을까, 생각하고 말았다.

히메코는 휘청휘청 이끌리듯이 구름을, 저 먼 곳을, 하늘을 올려다보며 막연하게 걸어갔다.

살랑살랑, 둥실둥실.

천천히, 멍하니.

『위, 위험해!』

『……?』

문득 누군가 조심스럽게 팔을 붙잡았다.

돌아보니 기억에 있는, 초등학교의 몇 안 되는 동갑 여자애였다.

불안하고 곤란하다는 표정. 어째서 이 아이가 팔을 붙잡고 있는 것일까?

모르겠다. 히메코는 그저 말없이 그녀의 손을 떼어내고, 그리고 또다시 구름을 쫓아갔다.

『아…… 자, 잠깐만.』

『…………』

휘청휘청, 흔들흔들.

느리게, 편안하게.

익숙하지 않은 다리를 건너, 커다란 강을 옆으로, 모르는 건물을 지나갔다.

구름은 그저 거침없이 하늘을 헤엄친다.

어린 두 소녀가 지상을 헤매며, 구름을 쫓아갔다.

『……웃.』

『괘, 괜찮아?!』

문득 발이 걸려서 히메코가 넘어졌다.

까진 팔꿈치가 욱신욱신 아팠다.

뒤를 따라오던 여자아이가 황급히 일으켜줘도, 히메코는 그저 자신을 버려두고 흘러가는 뭉게구름을 바라볼 뿐.

『저, 저기, 버스정류장이 있어! 벤치에 앉을래?』

불안해하는 여자아이의 손에 붙들려 벤치로 걸어가며, 산 너머로 사라지는 구름을 무력하게 배웅했다.

『…….』

『……웃.』

그저 아무것도 하지 못하고 그 자리에 서서 고개를 숙였다.

어느샌가 태양은 서쪽 하늘을 물들이고, 히메코의 얼굴에 그림자를 드리웠다.

그때 빠앙, 경적이 울려 퍼졌다. 조금 늦게 푸쉭 문을 여는 소리.

고개를 든 히메코의 시야에 날아든 것은, 의아하다는 표정을 짓고 있는 버스 기사의 얼굴.

『아가씨들, 탈 거니?』

어디로 가는지는 모르겠다.

하지만 행선지를 봤더니, 구름이 사라진 방향.

히메코는 대답 대신에 휘청휘청 빨려들듯이 일어서고──.

『안 돼~!』

『……읏?!』

그리고 강한 제지의 말과 함께 꽈악, 힘껏 손을 붙들렸다.

『……후우, 빨리 집에 가렴, 아가씨들.』

그 모습을 보던 버스 기사는 어이없다는 한숨을 한 번 쉬더니 문을 닫고 떠났다.

히메코는 곤란해했다.

어째서?

살짝 불만스러운 기색을 드리우고서 돌아봤다가 눈을 크게 떴다.

『멀리 가버리면 쓸쓸해! 슬퍼할 거야! 오빠도, 나도…… 으, 으아아아아아아앙!』

『…………아.』

그녀의 눈가에서 흐르는 눈물과 떨리는 말이, 히메코의 가슴을 강하게 두드렸다.

항상 남겨지는 쪽이었다.

그러니까 남겨진 사람이 얼마나 괴로운지, 누구보다도 알고 있었다.

소리 높여 울부짖는 모습이 과거의 자신과 점점 겹쳐 보였다.

그녀의 눈물을 마중물로, 뚜껑을 닫고 있었을 터인 감정이 눈물이 되어 단숨에 넘쳐 나왔다.

『으아아아아아아아아아아아아앙!』

『와아아아아아아아아아아아아앙!』

그리고 어린 소녀는 둘이서, 손을 맞잡은 채로 더 이상 눈물이 나오지 않을 때까지 소리 높여 울었다.

서쪽 산이 완전히 주홍빛으로 물들었을 무렵.

히메코는 여자아이와 손을 맞잡고서 마을로 이어지는 길을 돌아가고 있었다.

조금 겸연쩍은 표정을 지으며 툭하니 중얼거렸다.

『……저기, 난 히메코. 키리시마 히메코.』

『어…… 아, 나, 나는 사키, 무라오 사키.』

『사키, 오늘은 고마워. 그리고, 그, 앞으로도 잘 부탁해…….』

『아! 에, 에헤헤~, 응! 잘 부탁해, 히메!』

나란히 선 두 그림자가, 유쾌하게 흔들렸다.

그러자 그녀들 앞으로 경트럭이 다가왔다. 운전석에는 겐 할아버지, 짐칸에는 이쪽을 향해 크게 손을 흔드는 오빠의 모습.

『키리시마네 꼬마야, 아가씨가 있다고!』

『히메코—, 야—, 히메코—!』

『……아.』

히메코가 몸을 움찔 떨었다. 최근 자신의 태도를 다시금 떠올린 것이다.

말을 걸어도 아무런 대답도 않고, 그저 자신의 껍데기에 틀어박혀 있었다.

그런 히메코를 걱정해서 오빠는 평소보다도 더욱 많은 부분을 보살펴주지 않았나.

오늘도 학교에서 돌아갈 때, 이웃집에서 나눠준 채소와 버섯을 써서 욕심꾸러기 햄버그를 만들겠다고 필사적으로 말을 걸어주었는데.

히메코의 얼굴이 불안으로 잔뜩 일그러졌다.

그래도 오빠는 걱정하는 표정으로 짐칸에서 뛰어내려서는 달려왔다.

『히메코, 어디 갔다가…… 아니, 다쳤잖아! 괜찮아?!』

치맛자락을 꽉 움켜쥐었다.

마구 말을 쏟아내는 오빠에게 대체 어떤 표정을 지어야 할지 불안해졌다.

하지만 옆에 있는 사키가 싱긋 미소를 건네고, 다정하게 등을 톡 밀었다.

『……웃.』

눈앞에는 피로의 기색이 진하게 비치는 오빠의 얼굴.

틀림없이 모습을 보이지 않는 히메코를 찾아 여기저기 다녔을 것이다.

그 마음을 마주하고, 무언가 말해야만 한다며 필사적으로 말을 찾았지만.

『………………오빠.』

평소와 달리 힘없는 목소리로, 그저 그렇게 말을 짜낼 수밖에 없었다.

그래도 그 말을 들은 오빠는 점점 환하게 미소를 지었다.

『어서 와! 돌아가자, 히메코.』

『……응.』

그리고 내민 오빠의 손을 잡았다.

겐 할아버지가 으하하, 사키가 쿡쿡 웃었다.

자신을 놀린다고 생각했는지, 귀까지 새빨개진 오빠의 뒤를 쫓아갔다.

주홍빛으로 물든 하늘.

까진 팔꿈치.

붙잡은 손과 손.

구름은 끊임없이 모습을 바꾸며 흘러갔다.

이날.

흘러가는 어느 가을날의 하늘 아래.

히메코와 사키는 친구가 되고, 오빠는 더욱 다정한 오빠가 되었다.

마음을 터놓은 새장 안,
화려하게 **피**어난 것은

하늘은 탁 트인 파랑과 하양.

시야 가득 펼쳐지는 녹색의 전원 풍경.

사방을 둘러싼 산에서 들리는 것은 나뭇잎 스치는 소리와 매미 울음소리.

도시의 소란과는 동떨어진 산속 마을, 츠키노세.

지면이 드러난 논두렁길에 시끌벅적 대화의 꽃이 피어 있었다.

"으음~, 그리워라! 공기도 맛있어! 게다가 어쩐지 시원해!"

이상할 정도로 들뜬 하루키는 양팔을 벌리고서 달려가고, 빙글 한 바퀴 돌았다.

"정말이지, 하루도 참…… 저쪽보다 시원하긴 하네, 오빠."

"그러게. 게다가 나도 좀 그리웠을지도."

"여긴 느긋한 분위기구나—."

"아, 저거 봐! 가재야, 여기 용수로에 가재가 있어!"

"하루키……." "하루, 뭐 하는 거야……."

어느샌가 논 옆의 용수로를 들여다보고 흥분한 기색인 하루키.

그 모습에 어이없어하면서도 흐뭇한 눈빛을 보낸 하야토와 히메코도 같이 찌르자며 막대기를 찾기 시작했다.

사키는 그렇게 장난을 치는 세 사람을, 한 걸음 떨어진 곳에서 바라봤다.

어쩐지 기분 좋은, 듣고 있는 것만으로 행복해질 것 같은 대화.

틀림없이 옛날에도 이런 느낌이었을 것이다.

그 원 안에 들고 싶으면서도 자신이 거기에 섞이면 분위기를 망치지는 않을지 주눅이 들고 말았다. 과거와 마찬가지, 그저 보고만 있는 상황.

하아, 자조 섞인 한숨을 흘렸을 때 하루키가 얼굴을 들여다봤다.

"사키, 오늘은 무녀 옷이 아니구나?"

"어, 아……!"

억지로 등을 꾹 떠밀려서 원 안으로 들어갔다.

"그러고 보니 사키치고는 별일이네, 트레이드마크 같은 건데."

"이, 이건 그게, 히메네 집 한동안 비어 있었으니까 청소를 도우려고……."

"그렇구나, 아무래도 무녀 옷으로는 그렇지―."

"응. 히메네 집에 들어가는데 무녀 옷인 건 조금 그러니까."

"무라오, 거기까지 배려를…… 어, 그게, 고마워."

"아, 그럼 나도 도울게! 하지만 먼저 짐은 두고 왔으면 하는데―."

그러면서 하루키는 보스턴백을 툭툭 두드렸다.

일단 원 안으로 뛰어들었더니, 그룹 채팅방과 마찬가지로 자연스레 대화가 이어졌다. 마치 이제까지 계속 이랬던 것처럼.

신기한 감각이었다. 지금도 "그러고 보니 여기는 이상하게 경트럭이 많이 보인단 말이지"라는 화제로 대화가 이어지고 있었다.

이윽고 신사와 키리시마가(家)로 나뉘는 길에 접어들어, 그럼 나중에 보자며 손을 들고 헤어졌다.

신사까지 이어지는 길을 하루키와 둘이 나란히 걸었다.

하루키는 오랜만에 보는 츠키노세의 풍경이 신기한지 연신 주위를 두리번거리고 있었다.

다시금 옆을 걷는 하루키를 바라봤다.

자신과 다르게 길고 윤기 있는 흑발. 가련하게 느껴지는 작은 얼굴에, 몸을 감싸는 하얀 원피스가 청초한 도시 아가씨의 분위기를 연출하고 있었다. 무척 예뻤다.

게다가 조금 전에 원 안으로 이끌어준 것처럼, 싹싹하고 사람 좋은 성격.

그만 자신과 비교하니 한숨이 새어 나오려——.

"사키는 있지, 쓸데없이 조심스러워지지 말고 좀 더 마음 편하게 구는 편이 나을 거라 생각해."

"어?!"

"딱 한 걸음만 내디디면 세상이 변하는 경우도 있으니까. 우리 그룹 채팅방도 그랬고, 게다가 틀림없이 하야토도……."

그러면서 하루키는 싱긋 미소를 건넸다.

그녀의 눈동자는 마치 마음속을 들여다보는 것 같아서 머리가 빙글빙글 돌았다.

"……어떻게."

사키가 눈을 끔벅거리며 그런 말을 흘렸다.

하루키는 마을 중심부 쪽으로 슥 시선을 옮기고, 어딘가 그립다는 목소리로 중얼거렸다.

"나도 있지, 예전에는 억지로 누가 손을 붙잡고 끌어당겨 줬으니까……. 지금도 사키가 만났으면 좋겠다고 해줬으니까, 여기 츠키노세에 있는 거야."

"하루키, 씨……."

하루키가 건넨 손과 얼굴을 교대로 바라봤다. 주저는 한 순간. 금세 그 손을 붙잡으니 사키에게도 미소가 퍼졌다.

"갈까?"

"예!"

신이 난 사키의 목소리가 푸른 하늘 높이 빨려들고, 바람이 쏴아 불었다.

올해 여름은 평소와 다르다── 그런 예감에 가슴이 고동쳤다.

버스 정류장이 있는 현도(縣道)에서 남쪽의 산속으로 걷기를 20분, 츠키노세 기준으로는 비교적 새 집이 키리시마네다.

"다녀왔습니다……라고 하기는 좀 느낌이 이상하네."

"윽, 냄새도 그렇고 먼지투성이야."

"히메코, 일단 창문부터 전부 열자."

"예—."

장마도 포함해서 2개월 방치되었던 집 안은, 조금 축축하고 서늘하니 독특한 분위기가 자리 잡고 있었다.

하야토와 히메코는 짐을 현관에 둔 채 닫혀 있는 창문이나 덧문을 모두 열었다.

그러자 산에서 내려오는 바람이 단숨에 불어 들었다.

도시와 다르게 청량하고 기분 좋은 바람이 집 안에 고인 공기와 반나절 가까운 이동의 피로를 함께 날려주는 것 같아서 하야토는 저도 모르게 표정이 풀렸다.

이대로 낮잠이라도 자고 싶다는 충동에 사로잡혔지만, 그럴 수는 없었다.

현재는 오후. 해가 질 때까지 해야만 하는 일이 많다.

"……사람이 살지 않으면 집은 상한다, 인가."

하야토가 시선을 떨어뜨리자 바닥에는 얇게 먼지가 떠돌고 있었다. 가볍게 청소해야겠다고 생각하는데 다락방에서 히메코의 목소리가 들렸다.

"오빠—, 이불 시트는 어떻게 해—?"

"어—, 한번 세탁하는 게 낫겠네. 지금부터 하면 저녁에는 마를 테니까, 내 것도 세탁기에 넣어줘."

"오케이. 그렇지, 가을옷이나 겨울옷 같은 건 어쩌지?"

"그건…… 이따가 저쪽에 택배로 보내자."

그런 대화를 나누며 거실을 둘러봤다.

도시의 아파트보다 훨씬 넓은, 인접하는 두 칸 연속의 일본식 방이 시야에 들어왔다.

놓여 있는 텔레비전 선반이나 소파, 식기장에 캐비닛은 2개월 전과 변함이 없었다. 마치 시간이 멈춰 있는 것 같았다.

도시에서 사용하는 가재도구는 저쪽에서 구입한 것이 많았으니까.

그만큼 서두른 이사와 전학이었다.

하야토는 텅 빈 냉장고에 오는 도중 사키가 준 채소를 넣으며, 어디서부터 손을 대야 할지 생각했다.

그때, 츠키노세에서는 드물게도 딩동 하고 현관의 인터폰이 울렸다.

"예―…… 아, 하루키랑 무라오……?"

"으으으~~……."

"어어 저기 그게, 무라오 사키예요……."

손님은 하루키와 사키였다. 아무래도 짐을 두고 온 것이리라.

하지만 어딘가 두 사람의 분위기가 이상했다.

하루키는 얼굴을 새빨갛게 물들이고서 굳어 있고, 사키는 허둥지둥하고 있었다.

의문에 빠진 하야토가 고개를 갸웃거리는 사이 다락방에

서 히메코가 내려왔다.

"아, 하루랑 사키! 어서 와…… 아니, 오빠 뭐 한 거야?! 성희롱?!"

"안 했어—! 나도 모른다고!"

히메코가 하야토를 빤히 노려보자, 하루키가 더듬더듬 이유를 이야기했다.

"……사키 탓이야. 사키한테 살해당하는가 싶었어……."

"허?"

"아, 아니에요! 마을 분들한테 하루키 씨는 좋은 점이 잔뜩 있다는 걸 알려주고 싶어서, 사전에 이것저것 어필했는데, 그게……!"

"여, 여기까지 오면서 만나는 사람마다 다들 『귀엽네—, 몰라보겠네—, 미인이네—, 사키랑 하야토랑 히메를 잘 부탁해—』 같은 말을 하더라고?! 나는 칭찬으로 사람이 죽을 수도 있다는 걸 깨달았어!"

아무래도 사키는 사전에 츠키노세 도처에서 하루키에 대해 이야기를 했나 보다.

다행히도 대체로 우호적으로 받아들인 모양이지만, 하루키는 누군가가 그런 식으로 대하는 것에 익숙하지 않았기에 그 결과가 이것이었다.

하야토와 히메코는 얼굴을 마주 보고, 시골 특유의 과도한 관심으로 귀여움을 받을 때의 하루키나 사키의 모습을 상상하며 자연스럽게 웃음을 터뜨렸다.

““……픕.””

“히, 히메~.”

“하, 하야토~!”

하루키는 그런 키리시마 남매의 반응에 불만스레 입술을 삐죽이고, 너무하잖아를 연발하며 현관으로 들어왔다.

그리고 거실로 발을 들인 뒤 멈췄다. 굳어버린 것 같았다.

하루키의 어깨 너머로 보이는 것은, 다소 먼지는 있지만 2개월 전과 변함이 없는 평범한 거실. 하야토는 무슨 일이냐며 미간을 들썩였다.

“하루키?”

“……어, 아니 그게, 변한 게 없구나 싶어서.”

“그런가? 몇 번인가 배치도 바꿨고, 좀 낡기도 했을 텐데.”

“아하하, 뭐라고 할까, **하야토네 집**으로 돌아왔다는 느낌이 들어서 말이지…….”

“!”

그러면서 돌아본 하루키의 수줍은 미소는 과거와 다르게 가련하고 귀여웠다. 두근대고 만 하야토는 얼버무리듯 머리를 벅벅 긁적이고는 고개를 피했다.

“오빠, 얼른 청소 끝내자.”

“그러네, 우리는 뭘 하면 될까?”

“저, 저도…….”

“……괜찮겠어?”

하야토가 그렇게 묻자 하루키와 사키는 물론이라는 듯 끄덕였다. 히메코는 "빨리 에어컨 켜고 싶어!"라며 환영했다.

츠키노세의 하야토네 집에 성장한 하루키가 있고, 그다지 인연이 없었던 동생의 친구와 함께 있다.

아주 조금 신기한 느낌이었다. 2개월 전에는 상상도 하지 않은 광경이니까.

"그럼, 우선은──."

하지만 이것도 나쁘지 않다. 하야토는 흐뭇한 눈빛으로 지시를 내렸다.

키리시마네 집은 츠키노세에서는 일반적인 크기이지만, 도시 기준으로 생각하면 무척 넓은 목조 단층 주택이다. 실제로 바닥 면적이라면 도시 아파트의 두 배 이상을 자랑한다.

그럼에도 넷이서 분담하니 약 한 시간 남짓으로 대략적인 청소가 마무리되었다.

"이걸로 끝."

하야토는 정원에 이불 시트를 모두 널고 한숨 돌렸다.

흐르는 땀방울을 손등으로 훔치며 꽉 닫혀 있던 거실 창문을 통해 안으로 돌아가자, 에어컨을 켠 방에서 소파에 푹 녹아내리는 히메코의 모습. 이런저런 의미로 미간을 찌푸리고 있었더니 부엌에서 사키가 차를 따른 컵을 접시에 담아서 가져왔다.

"어어 가져온 건데 그게, 히메코한테 물어서 컵을 썼는데 그…… 조금 미지근할지도 모르겠지요."

"아— 사키 고마워~."

"히메코⋯⋯ 무라오, 이래저래 미안해."

아무래도 두 사람은 먼저 청소를 마쳤는지, 사키가 차를 타주었나 보다.

하야토는 히메코를 빤히 쳐다봤지만 소파 위에 축 늘어져 있을 뿐.

곤란해 보이는 사키와 눈이 마주치고는 서로 쓴웃음을 흘렸다.

"뭐, 히메니까요."

"⋯⋯정말이지."

하야토는 사키에게서 차를 받아 단숨에 들이켰다. 조금 미지근하지만 땀을 흘린 몸에 목에서부터 수분이 퍼지는 것은 기분 좋았다. 후우, 숨을 흘렸다.

그때 문득 하루키의 모습이 없다는 것을 깨달았다.

조금 전까지 히메코와 함께 방을 청소하고 있었을 텐데.

"히메코, 하루키는 어디 있어?"

"웅—, 하루? 그러고 보니 안 보이네. 근처에서 쉬고 있지 않을까?"

"⋯⋯⋯⋯어?"

하야토가 어깨를 움찔 떨었다. 어쩐지 좋지 않은 예감이 들었다.

예전에는 하루키도 자주 키리시마가를 방문했다. 당시와 구조는 별반 다르지 않았다.

그리고 문득, 희희낙락해서 하야토의 방을 탐험하는 하루키의 모습이 뇌리에 떠올랐다.

"설마!"

"오빠……?"

"오, 오빠?!"

하야토는 황급히 자기 방으로 뛰어갔다. 목표는 다락방을 리모델링한, 히메코의 방 옆이었다. 갑작스러운 행동에 히메코와 사키가 눈을 동그랗게 떴지만 신경 쓸 여유는 없었다.

"하루키?!"

"…………."

문을 기세 좋게 열어젖혔다.

다소 물건이 줄어들기는 했지만, 도시로 이사를 가기 전과 크게 변함이 없는 자신의 방. 그 중앙에 있는 건 바닥에 무릎을 꿇고 앉은 하루키.

자못 기다리고 있었다는 자세였지만 얼굴은 무표정했다.

여봐란듯이 하루키 앞에 있는 것은 긴 은발의 청초한 미소녀와 비칠 듯이 푸른 하늘이 그려진 CD 케이스. 거기 붙은 반짝반짝한 스티커가 18이라는 숫자를 무척 과시하고 있었다. 한창때인 **남자**의 방이라면, 한둘쯤 있어도 이상하지 않은 물건이었다.

"……."

"……."

한여름인데도 오싹해지는 분위기였다.

어색하다는 수준이 아니다. 하야토의 얼굴이 굳고 등줄기에 식은땀이 흘렀다.

하루키는 싱긋 명백하게 꾸며낸 미소를 짓고, 오른손으로 툭툭 바닥을 두드렸다. 아무래도 앉으라는 모양이었다.

"어— 저기, 그건 말이지……."

"에니시노소라*, 네요."

"어, 예. 에니시노소라입니다."

"**저**도 본 심야 애니메이션의 원작이었던—— 성인용 미연시네요."

"이, 이쪽에 있던 무렵의 고등학교에서 좋아하는 녀석이 있어서, 그 녀석이 떠넘겼다고 할까……."

"플레이했다고요?"

"아니 그게, 그러니까 말이지……."

"일단, 앉으실까요."

"………………예."

하야토는 취조를 당하는 용의자 같은 심경으로 그 자리에 앉았다. 어찌 된 영문인지 자연스럽게 무릎을 꿇고, 에로 게임을 사이에 둔 채 하루키와 마주했다.

험악한 분위기가 흐르고 있었다. 다락방을 리모델링해서 만든 만큼 천장이 낮기도 해서, 숨이 막힐 것만 같았다.

"…………그래서?"

"그래서?"

*요스가노소라

"하야토 군은 대체, 어느 캐릭터가 취향일까요?"

"저, 저기 그게 하루키……?!"

"소꿉친구 무녀에 학교 선배, 같은 반의 아가씨, 그리고 패키지에도 그려져 있는 친동생…… 어느 아이한테 가장 **신세**를 졌을까요?"

"무슨 질문이야 그게?!"

"그건 따지지 말고!"

"그런 걸 말하겠냐, 바보야!"

떠넘겨졌다—— 포교당했다고는 해도, 하야토도 건전한 남자 고등학생이니 이런 것에 흥미가 없지는 않았다. 게다가 이 게임은 애니메이션으로도 나올 만큼 재미있다. 모든 루트를 컴플리트했고, 참으로 여러 의미로 마음에 드는 장면이 있기도 했다.

하지만 그것을 하루키에게 말할 수 있을 리가 없다. 아무리 마음을 터놓을 수 있는 소꿉친구라고 해도, 하루키는 여자애다. 그것도 하야토마저 인정할 정도로 예쁜.

지금 당장 이 자리에서 도망치고 싶지만 생글생글 웃는 하루키에게 압도당해서 그럴 수 있을 것 같지도 않았다.

식은땀이 흐르고, 어떻게 해야 하느냐며 시선을 헤맨 순간.

타박타박 계단을 뛰어 올라오는 발소리가 들렸다.

"오빠, 하루, 큰 소리가 나던데 무슨 일 있었어—?"

"오빠, 하루키 씨, 왜 그러세요~?"

"…………아."

히메코와 사키가 방으로 얼굴을 내밀고, 표정이 굳었다.

미소녀가 그려진 18이라는 반짝반짝 스티커가 붙어 있는 CD 케이스를 사이에 두고서 무릎을 꿇고 있는 하야토와 하루키를 보면, 어찌 된 상황인지를 파악하는 것은 간단한 일이었다.

하야토의 얼굴은 끝도 없이 새파랗게 질렸다.

한심하다는 눈빛으로 히메코가 오빠를 흘겨보고, 하루키와 서로 고개를 끄덕였다.

"하루, 이건 야하고 좀 그런 건가요?"

"예, 이건 무척 야하고 많이 그런 거예요."

"……이해심 있는 동생으로서, 오빠도 그럴 때니까 어쩔 수 없다고 생각해요. 그렇지, 사키?"

"후에?! 그, 그게…… 오빠도 그런 거, 흥미 있었군요…….'"

"아니 이건 친구가 떠넘긴 건데, 그게, 제발 좀 봐줘——."

"그건 그렇고 히메코랑 사키, 이 작품에 나오는——."

"하루키————!!"

"우읍?!"

하야토는 무언가 말을 꺼내려는 하루키의 얼굴을 황급히 근처에 있던 쿠션으로 눌렀다. 반사적인 행동이었다.

갑작스러운 일에 눈물을 글썽거리는 하루키가 찌릿 노려보고, 히메코는 어이없다는 듯 한숨을 내쉬었다. 사키는 곤란한 듯 바라볼 뿐. 완전히 가시방석이었다.

"나, 난 저녁거리 좀 사러 갔다 올게!"

더는 버틸 수가 없었던 하야토는 그런 변명을 입에 담으며 밖으로 뛰어나갔다.

뒤에 남겨진 하루키와 히메코와 사키가 서로 얼굴을 마주 보고는 하아, 쓴웃음을 흘렸다.

이 자리에 이제 볼일은 없다. 하지만 어찌 된 영문인지 아무도 이 자리를 떠나려고 하지 않았다.

세 사람의 시선은 CD 케이스에 쏠려 있었다.

"아―아, 도망쳐버렸어."

"정말, 하루키가 놀리니까 그러잖아."

"너, 너무 지나쳤던 건지, 그게~……."

그런 말을 하면서도, 어딘가 들썩들썩하는 분위기가 감돌 았다.

그녀들의 눈동자에는 호기심의 기색.

"……그런데 이거, 어떤 내용일까요?"

"글쎄? 하루, 이거 유명해? 어떤 건지 알아?"

"아니, 나는 애니로 본 게 다야. 게임이랑은 많이 다르다 던데."

"……." "……." "……."

그리고 그녀들은, 어딘가 공범 같은 표정으로 함께 고개를 끄덕였다.

"아 진짜, 하루키 녀석!"

하야토는 덜컹덜컹 힘으로 자전거를 끌며 논두렁길을 달

29

리고 있었다.

도시와 달리 포장되지 않은, 피안화가 심어진 흙이 드러난 길은 덜컹덜컹 자전거를 계속 흔들었다. 어디까지고 길게 일직선으로 뻗고 있지만 폭은 좁다. 한 걸음만 그르치면 논이나 밭으로 빠지겠지.

"어?! 이런, 위험해!"

갑자기 밭에서 갈색의 가늘고 긴 동물이 튀어나와서 급브레이크를 걸었다. 자전거를 옆으로 틀며 흙먼지를 피워 올렸다. 족제비였다.

족제비도 깜짝 놀랐는지 그 자리에 못 박혀서 눈을 마주쳤다가, 그대로 산을 향해 도망쳤다.

츠키노세에서는 자주 있는 광경.

그러나 하야토는 그 모습을 어딘가 먼 곳에서 벌어지는 일처럼 그저 바라봤다.

"……그랬지, 여긴 시골이었지."

한숨을 쉬며 겸연쩍은 얼굴로 머리를 긁적이고, 자조 섞인 웃음과 함께 자세를 되돌렸다.

하야토가 향하던 곳은 츠키노세 채소 출하 조합에 딸려 있는 구매부.

채소 종류는 풍부하게 놓여 있지만 고기나 생선은 주에 세 번 찾아오는 이동식 슈퍼에 의지한다. 잘 생각해보면 오늘은 오지 않는 요일. 언제든지 원하는 때에 좋아하는 것을 살 수 있는 도시와는 다르다.

문득 주위를 둘러봤다.

콘크리트 없이 나무들이 울창한 산에 둘러싸여 있고, 평지 부분에는 틈새를 메우듯이 전신주가 줄을 지어 서 있었다. 질서정연한 주택 대신에 논밭이 펼쳐져 있고, 여기저기서 차나 사람이 아닌 벌레나 짐승의 숨소리가 들렸다.

그것은 불과 2개월 전까지 매일 보던 광경이었다. 그럼에도 익숙하지 않은 무언가로 여겨져서, 톱니바퀴가 어긋나는 것을 느끼고 말았다.

아무래도 이 짧은 기간 사이에 감각이 무척 변해버린 듯했다.

그 상징이라고도 할 수 있는 하루키의 얼굴이 뇌리에 어물거려서 가슴에 손을 댔다.

"…………."

하야토는 복잡한 표정을 짓고는, 어느 장소로 진행 방향을 바꾸었다.

산으로 가는 길을 올라가면 츠키노세에서도 연배가 느껴지는 창고가 특징적인, 무척 크고 낡은 일본식 가옥이 있다. 그 존재감이 드러내다시피 과거에는 이곳 일대를 관할하던 부농의 집이다.

이제는 그 위용과는 다르게 이곳저곳이 상했고, 깨진 창문도 보였다. 안뜰도 잡초가 무성해서 사람이 사는 기척은 없었다.

사실 이곳은 5년 전부터 빈집이 되었다. 사람이 살지 않는 가옥은 빨리 상하는 것이다.

　"그러고 보니 **하루키**는, 완고하게 여길 안 가르쳐줬던가⋯⋯."

　옛날 일을 떠올렸다.

　하루키와 이곳 츠키노세에서, 많은 곳을 놀러 다녔지.

　자연을 상대로 야산이나 강을 뛰어다니고, 방에서 게임을 하거나 히메코도 함께 인형이나 블록 놀이, 그림 그리기를 하기도 했다. 하지만 그것들은 모두 키리시마네 집에서 한 것이었다.

　당시에는 의문으로 생각하지도 않았다. 『하루키네 집에 가보고 싶다』라고 하면, 『히메도 있는 하야토네 집이 좋아』라는 대답이 돌아올 뿐. 그도 그렇기에 납득했었다.

　어느 산모퉁이로 시선을 옮겼다.

　그곳만 어중간하게 나무들이 개간되어서 다른 산과 색깔이 다른 모습은, 마치 화선지에 먹을 흘린 것처럼 눈에 띄었다.

　"『바위와 기둥의 전장』, 인가⋯⋯."

　저기에는 커다란 바위가 굴러다니고, 전체적으로 신전처럼 질서정연하게 허물어가는 콘크리트 기둥이 늘어선 광장이 있다. 여름철에는 자주 물총을 가지고 놀던 기억이 있었다.

　특이한 것은 아니다. 과거 버블기에 개발하려다가 중단된

흔적이었다. 아마도 호텔이나 골프장 따위를 지으려던 것이리라.

그것을 주도한 것이 하루키의 조부모였다나.

그렇지만 버블은 하야토가 태어나기도 전의 일이고, 철이 들 무렵에 니카이도가는 완전히 쇠퇴해서 마을 사람들과의 교류도 거의 없었다. 아무래도 개발 유치를 둘러싸고 당시 츠키노세에서 이런저런 트러블이 있었다고 그러지만, 잘은 모른다.

그리고 5년 전, 마침내 빚을 변제하지 못할 지경이 되어 토지와 가옥이 넘어가고, 그들은 야반도주나 마찬가지로 모습을 감추었다. 그것이 하야토가, 츠키노세의 사람이라면 누구라도 아는 니카이도가의 이야기다.

"니카이도, 하루키⋯⋯."

굳이 그 이름을 입에 담아봤다. 하야토의 미간에 주름이 생겼다.

과거에는 어리니까 아무것도 몰랐다. 그저 하루키와 놀 수 있다면 그것만으로 좋았다.

게다가 기억 속의 하루키는, 항상 웃고 있었다.

하지만 하야토에게 하루키가 어떤 존재이든, 눈앞의 황폐해진 집 손녀라는 사실은 변함이 없다.

대체 츠키노세의 사람들은 어떤 눈으로 보고 있을까?

하루키도 그건 생각하고 있을 것이다.

막 출발하는 전철 안에서 있었던 일이 떠올랐다.

그녀는 사키와 만날 것을 기대하고 있었다. 강에서 낚시나 물놀이, 산에서 투구벌레나 사슴벌레, 모두 모여서 바비큐를 어쩌고저쩌고, 그런 걸 희희낙락 이야기하기도 했다. ……재회한 뒤로 계속 보여주었던, 어릴 적과 변함이 없는 어딘가 짓궂은 미소로.

문득 처음 만났을 때의 무릎을 끌어안고 있던 하루키를 떠올렸다.

혼자니까, 라며 어두운 집으로 빨려 들어갈 때의 쓸쓸한 얼굴. 착한 아이로 기다리고 있는데, 라며 불평을 흘리던 때의 떨리는 어깨. 그리고 전날 수영장에서 외친 『시끄러워, 닥쳐, 저리 가』라는 무언가를 참던 목소리가 겹쳐졌다.

항상 하야토까지 웃게 하던 그 환한 얼굴 뒤로, 대체 얼마나 많은 것을 품은 걸까?

틀림없이, 지금도…….

"아아, 진짜, 모르겠다고……."

이것저것 생각했더니 머릿속은 뒤죽박죽이 되었다.

그 탓에 조금 전에 겸연쩍어서 밖으로 나왔으면서도, 지금은 얼굴을 보고 싶어지고 말았다. 그런 자신이 우스꽝스러웠다.

"정말이지, 하루키는──."

가슴속의 답답함을 내뱉은 말은, 마침 산에서 쏴아 부는 바람에 실려 흘러갔다.

그리고 하야토는 가슴에 댄 손으로 셔츠에 구깃 주름을

만들고 발길을 돌렸다.

　태양은 무척 서쪽으로 기울어 있었다.
　부드러워진 햇살 아래, 하야토는 자전거를 밀며 도시와
달리 좁고 경사가 심한 비탈길을 내려갔다.
　유통 조합이나 우체국 등이 있는 큰길을 따라 츠키노세
중심부로 돌아왔더니, 앞쪽에서 다가온 경트럭에서 빠앙
경적을 울렸다.
　"이봐—, 여기 있었네. 키리시마네 꼬마~!"
　"겐 할아버지?"
　운전석에서 얼굴을 빼꼼 내밀고서 손을 들고 있는 것은
친숙한 이웃 사람.
　홀로 사는 겐 할아버지는, 하야토가 수확이나 잡초 제거
등의 밭일을 자주 돕고 용돈을 받는 사이였다. 아무래도 용
건이 있는 모양이라 자전거를 그 자리에 세웠다.
　"부탁할 게 좀 있어서 말이다—."
　"뭔가요—?"
　"오늘 밤 축제 협의로 술자리가 있는데—, 또 이것저것 만
들어주지 않겠느냐?"
　"어— 괜찮아요—. 히메코한테 말은 해두고 항상 가는 거
기로 갈게요."
　"아니, 그쪽은 이미 주워왔다."
　"예?"

겐 할아버지가 짐칸 쪽을 턱으로 가리키자, 그곳에서 얼굴을 내민 하루키가 짐칸의 옥수수를 한 손에 들고서 수줍은 표정으로 손을 흔들고 있었다. 잠시 상황을 이해할 수가 없었다.

짐칸에는 그 외에도 술자리에서 쓰는 듯한 채소가 실려 있으니 하루키가 그것을 감시한다는 명목일 것이다. 그건 알겠는데……. 곤혹스러워하는 하야토를 제쳐놓고, 겐 할아버지는 호쾌하게 웃음을 터뜨렸다.

"앗핫핫, 이것 참 놀랐어! 우리 양한테 양말을 신겨놓고 기뻐하던 장난꾸러기 녀석이, 엄청난 미인이 되지 않았느냐!"

"으음 그건 그게, 어릴 적의 이야기니까요……."

"그래, 옛날이지! 잡은 벌레나 뱀 허물을 보여주러 오고, 이상한 잡초를 주워 먹었다가 배탈이 나던 녀석이 이렇게나 어른스럽고 기특해졌다니, 사람은 변하는 법이로구나—!"

"저, 정말! 겐 할아버지도 참……!"

아무래도 하루키의 변화가 놀라우면서도 재미있는 모양이었다.

겐 할아버지의 시선을 받은 하루키는 어깨를 움츠리고 입가에 손을 대며 시선을 피했다. 옛날의 악동 같은 모습에서는 상상도 할 수 없는, 단아하게 수줍어하는 청초한 아가씨의 모습이었다.

겐 할아버지도 무심코 눈을 크게 뜨고 너무 놀려서 미안하다는 듯 헛기침을 했다.

그것은 학교 같은 곳에서 본 내숭을 더더욱 과장한 것이었다.

하루키와 눈이 마주치자 곤란하다는 미소가 돌아올 뿐.

하야토가 미간에 주름을 만들고 있었더니, 하루키 뒤에서 불만스러운 목소리가 들렸다.

"겐 할아버지 너무 빨라—! 우리는 자전거라니까—!"

"후우—, 후우—!"

"앗핫핫, 미안하구나, 히메, 사키!"

자기 자전거 페달을 필사적으로 밟고 있는 히메코와 사키였다. 사키는 숨이 턱 끝까지 찬 모습이었다.

그것을 본 하루키는, 조금 미안하다는 표정으로 경트럭 짐칸에서 내렸다.

"겐 할아버지, **하야토 군**하고도 합류했으니까, 저는 여기서 내릴게요. 감사합니다, 채소 같은 것부터 먼저 옮겨주세요."

"오, 그르느냐. 할아버지는 물러나마! 정말이지, 키리시마네 꼬마도 여간이 아니구나!"

겐 할아버지는 멋들어진 미소를 짓고서 하야토를 향해 엄지를 세웠다.

어흠, 하는 헛기침과 하루키와 하야토 사이를 오가는 시선. 할아버지는 조금 민망한 듯, 어금니에 무언가 낀 것 같은 표정이었다.

"으—음 그렇지, 니카이도 씨가 어디론가 갑자기 사라진 건 놀랐다만, 이런저런 일이 있었던 건 우리보다 더 윗세대니까, 어— 그래, 뭐라고 할까…….”

“겐 할아버지……?”

“그게, 사키도 이래저래 신경을 쓴 모양이고, 에에잇, 잘 왔구나, 다, 잘 왔구나! 꼬맹이가 이것저것 복잡한 생각 하는 거 아니야! 그럼 먼저 가보마!”

그렇게 쏜살같이 말을 쏟아내더니, 겐 할아버지는 살짝 얼굴을 붉히면서 경트럭을 급발진했다. 아무래도 신경 쓰지 말라는 말인 듯했다.

하루키는 눈을 끔벅거리다 하야토와 시선이 맞아 아하하 웃었다.

“겐 할아버지, 여전하시네.”

“나도 이래저래 신세를 지고 있어.”

“의외로, 생각이 과했던 걸지도.”

“……그럴지도 모르겠네.”

어쩐지 살짝 맥이 빠졌다. 기지개를 한 번 켠 하루키는 자못 피곤하다는 듯 후우, 한숨을 흘리고 어깨를 떨어뜨렸다.

“……뭐, 그건 그렇고, 어릴 적 모습을 아는 사람은 대하기가 힘들구나.”

“하루, 옛날에는 오빠랑 같이 장난만 쳤잖아. 어쩔 수 없어.”

“당시의 하루키 씨는 그게, 조금 개구쟁이? 말괄량이? 였다고 할까요…….”

“으그그, 옛날의 내가 있다면 혼을 내주고 싶어…….”

“그 정도로 바뀔 하루가 아닐 것 같은데 말이지—.”

"히, 히메?!"

"아, 아하하……."

자전거에서 내린 히메코가 하루키의 어깨를 툭툭 두드렸다. 깔깔 웃는 히메코와 머뭇머뭇하는 사키가 대조적이었다.

아무래도 하루키는 츠키노세에 온 이후 계속 이런 상태인 듯했다. 칭찬으로 사람이 죽을 수도 있겠던 말을 떠올렸다.

확실히 붙임성 있고 단아한 여성으로 행동하는 하루키의 내숭 모드는 시골에서는 보기 드문 태도이고 거기에 과거와의 차이도 어우러지니, **반응**이 괜찮을 만하다. 조금 전 겐 할아버지도 나쁘지 않은 반응이었다.

하지만 어째선지 하야토의 가슴에는, 제대로 표현할 수 없는 답답한 심정이 소용돌이치고 있었다.

"……하야토?"

"윽! 왜, 왜 그래, 하루키?"

"아니 그게, 겐 할아버지가 말한 술자리라면, 집회소야?"

"아, 산기슭 신사 입구 근처에, 무라오네 할머니의 막과자집 옆이야."

"아, 생각났다! 무라오네 할머니…… 아, 그거 혹시 사키네 집?"

"후에?! 네, 네네 그래요. 집회소는 저희 신사가 관리하고 있는데, 모두가 모여서 시끌벅적할 때가 많으니까 과자나 음료를 놓아둘 곳으로 막과자집을 시작했다고 해요."

"아하하, 그랬구나. 어쩐지 거기 마른오징어라든지 연어라든지, 말린 가리비 같은 건어물이 충실했지.”

그런 대화를 나누는 사이 집회소에 도착했다.

츠키노세 신사로 올라가는 기슭에 있는, 가로로 넓은 단층 기와집이었다.

얼핏 보면 연식이 있는 일본식 주택처럼도 보여서, 입구에 걸린 『츠키노세 집회소』라는 간판이 없다면 주민이 아니고서야 평범한 주택으로 착각할 것이다.

태양은 아직 서쪽 높은 곳에 있어서 해질녘까지 아직 시간이 있을 무렵.

집회소 근처의 공터에는 많은 경트럭이나 바이크, 자전거가 세워져 있고, 건물에서는 왁자지껄 웃음소리가 들렸다. 아무래도 한발 앞서 시작한 듯했다.

틀림없이 평소처럼 많은 사람이 모여 있을 것이다.

그렇게 생각했을 때, 하야토의 손은 반사적으로 움직이고 있었다.

“응? 하야토?”

“어…… 아—, 아니.”

붙잡힌 하루키의 팔.

돌발적인 행동이었다. 어찌 된 영문인지, 하야토 스스로도 이유는 잘 알 수 없었다.

다만 확실한 건, 저곳으로 가면 **니카이도 하루키**가 된다—— 그 사실이, 하야토의 미간에 주름을 만든다는 것이었다.

하루키는 쓴웃음을 흘리더니 싱긋, 단아하게 가면을 쓰고 미소 지었다.

"괜찮아요, 하야토 군."

"……그래."

하야토는 애매한 대답을 건넨 뒤 머리를 벅벅 긁고 집회소 문으로 들어갔다.

현관으로 들어서면 안쪽까지 훤히 보이는 복도. 왼쪽에는 군데군데 장지문이 활짝 열린 일본식 큰방이 둘, 왼쪽에는 창고와 화장실, 탕비실이 있어서 그 구조도 일반적인 일본식 집 같았다.

참고로 창고에는 책상이나 방석 예비품 외에도 바둑이나 장기 세트도 충실하고, 세 평 정도의 탕비실은 이상할 정도로 화구가 충실한 부엌이었다.

오락거리가 부족한 츠키노세에서는 무언가 이유를 달고 빈번하게 모여서는 술자리를 벌이는 경우가 많았다.

이번에는 여름 축제 협의라는 모양새이지만, 그 밖에도 소방단 모임이라든지 피난 훈련 어쩌고라든지, 이것저것 모일 이유가 생긴다. 하야토도 중학교에 올라갈 무렵부터 모임에 불려 와서는 용돈을 받으며 안주를 만들었다.

큰방에는 대략 스무 명 정도의 남성진이 모여 있고, 부엌에 들어온 하야토는 우선 가벼운 안주를 준비했다. 익숙한 일이었다.

큰방으로 흘끗 시선을 향하니 이미 빈 맥주병이 몇 개나 굴러다니는 것이 완전히 흥이 오른 모습이었다.

그리고 술자리 안주라면 역시라고 해야 할까, 하루키다.

"자, 풋콩이랑 옥수수, 다 삶았어요~. 그리고 맥주 더 드실 분은……."

"오, 여기야 여기! 이것 참, 사키한테 이야기는 들었지만 정말로 변했구나─! 처음에는 누군가 싶었다고!"

"옛날에는 개미집에 물을 부으면서 기뻐하고 그랬는데 말이야!"

"논두렁의 잡초를 묶어서는 함정을 만들기도 했지!"

"울타리 위를 걷다가 망가뜨린 적도 있었던가!"

"저, 정말이지, 짓궂은 말씀 마세요! 그런 사람한테는 맥주 안 드려요!"

앗핫핫, 겐 할아버지 일행이 웃으며 과거와의 차이를 놀리자 하루키는 건네려던 맥주를 홱 물리고는 토라졌다는 듯 고개를 돌렸다.

켄파치 씨가 곤란하다고 한심한 목소리를 흘리며 맥주로 손을 뻗었지만 토라진 하루키가 그 손을 찰싹 때리고, 옛날부터 친했던 츠키노세 주민들은 안 그래도 주름이 많은 얼굴을 잔뜩 구기며 호쾌하게 웃었다. 술이 들어가기도 해서 그럴 것이다.

"뭐, 어쩔 수 없지. 옛날 하루는 남자애 같았잖아. 아니 나는 그냥 남자애라고 생각했거든? 우리 집에 오면 자주 벌레를 잡으러 가자고 했잖아? 여자애한테 벌레를 잡으러 가자니."

"앗핫핫, 그리고 보니 매미 100마리 잡기다— 라면서 곤충채집통이 가득할 때까지 모았던가!"

"투구벌레나 사슴벌레 함정도 자주 만들었지!"

"히, 히메까지~!"

하야토는 그런 모습을, 탕비실에서 미간에 주름을 지으며 보고 있었다.

히메코의 딴죽 같은 조력도 있어서, 옛날과는 다른 **니카이도 하루키**가 츠키노세 사람들에게 침투되고 있었다. 그것은 과거 어린 시절의 일까지 계산에 넣은, 멋진 연기── 내숭이었다.

오늘의 청초하고 하얀 원피스 차림은 이런 시골에서는 보기 드문 단아한 아가씨의 모습이고, 그런 하루키가 술을 따라주는 것을 꺼리는 사람은 없었다.

나쁘지 않은 분위기.

제대로 **니카이도 하루키**가 받아들여지고 있다.

하야토도 그것이 필요하다는 사실을 머리로는 이해하고 있었다. 하지만 아무래도 가슴으로는 석연치 않아서, 짜증 때문인지 저도 모르게 손에 힘이 들어가 토마토를 삐딱하게 자르고 말았다. 그게 더더욱 미간을 찌푸리게 했다.

"저, 저기! 오빠 그게, 이거, 멧돼지의…… 이, 일단 일본주에 절여서, 냄새는……."

"아! 어, 무라오. 고마워, 밑처리도 해뒀구나. 그쪽에 놔

두면 돼."

"아, 예."

그때 얇게 썬 멧돼지 고기를 든 사키가 나타나 하야토도 의식을 전환했다.

사키는 긴장했는지 삐걱삐걱 어색한 움직임으로 조리대 위에 고기를 놓았다.

최근 그룹 채팅방에서 자주 대화를 나누게 되었지만, 역시나 단둘이서 얼굴을 마주하면 지금까지와 마찬가지가 되어버리는 듯했다.

사키와 눈이 마주치고는 서로 무어라 형용할 수 없는 어색한 쓴웃음을 지었다.

"하아아아~…… 아, 하야토, 고기 빨리 가져오래."

"아, 하루키…… 요청했던 매운 튀김두부 고기말이 지금부터 할 거야. 안주가 부족하면 거기 있는 자른 토마토랑 오이라도 내줘."

"오케이. 아, 가져온 빈 병은 어쩌지?"

"저, 저기, 제 쪽에서 처분할 테니까, 적당히 그쪽에 놔두세요."

"어, 응. 부탁할게, 사키."

"아, 예!"

사키는 하루키에게서 빈 병을 받아들고는 총총히 옆의 막과자점으로 회수했다. 그것을 지켜본 하루키는 양손을 들고 기지개를 쭉 펴더니 어깨를 우드득 울렸다.

하야토는 더욱 험악하게 미간에 주름을 지으며, 딴청과 함께 툭하니 중얼거렸다.

"저기, 답답하진 않아?"

"아하하, 부정할 순 없으려나?"

"……그래."

"정말이지, 하야토는 과보호라니까."

하루키는 맡겨달라는 듯 가느다란 팔로 알통을 만든 뒤 툭 때리고, 큰 접시에 담아둔 냉토마토와 오이절임을 옮겼다.

다시 내숭을 시작한 하루키를 지켜보던 하야토는 크게 고개를 내젓고 요청받은 요리에 착수했다.

적당한 크기로 자른 두부에 소금, 후추와 녹말가루를 얇게 묻히고, 잘게 다진 파를 얹어서는 냄새를 뺀 멧돼지 고기를 얇게 펴서 빙글빙글 감아준다.

그것들을 기름을 붓고 달군 프라이팬에 구워서 색을 낸 뒤 간장, 미림, 설탕, 다진 생간과 마늘, 그리고 두반장으로 만든 소스를 넣어 끈기가 생길 때까지 가열한다.

좋아. 그 완성도에 만족하다가 조심조심 땋은 머리카락을 흔들며 이쪽을 살피는 사키를 눈치챘다. 아무래도 맥주병 처리는 마쳤나 보다.

그 시선은 하야토의 얼굴과 매운 두부튀김 고기말이가 담긴 큰 접시를 오가고 있었다. 어쩐지 어색한 표정. 도와주고 싶어 하는 건 알겠지만 하야토도 어색했다.

애당초 이제까지 사키는 이런 자리에 그다지 얼굴을 비추지 않았다.

비추더라도 고작해야 집안사람에게 부탁을 받아 막과자 집에서 음료나 추가 식재료를 옮기는 정도였고, 하야토와 얼굴을 마주하더라도 인사를 나누고 끝이었다.

그 사이 너무 큰 변화가 생겨서 하야토도 난감해졌다.

하지만, 하고 생각을 고쳤다.

사키와 히메코는 사이좋은 친구다. 그야말로 어릴 적의 **하야토와 하루키**처럼.

문득 과거의 이별을 떠올렸다. 갑작스러운 일이었지.

그때는 그저 공허한 감정을 느끼고, 무엇을 하더라도 허무하고, 그저 흘러가기만 하는 매일을 보내던 것을 기억한다.

'아, 그런가⋯⋯.'

틀림없이 사키도 그런 쓸쓸함을 맛보았음이 틀림없다. 당연할 것 같았던 나날이 무너져서 마음이 약해졌을 게 틀림없다. 그때의 자신처럼.

그래서 무언가를 하려고 하는 마음을, 이렇게 도와주려고 하는 마음은 아플 정도로 알 수 있었다.

그렇게 생각하니 하야토는 점점 사키의 상황이 남 일처럼 여겨지지 않았다.

어흠, 헛기침을 한 번.

"무라오, 옮기는 거 도와줄래?"

"아! 예!"

사키의 표정이 점점 환해지고, 하야토도 그에 이끌려서

미소를 지었다. 타박타박 근처까지 다가온 사키의 머리로 어쩐지 자연스럽게 손을 뻗었다.

"후에?!"

"아! 이런, 미안해!"

"아, 아뇨, 딱히 그게……."

"그게 히메코가…… 어— 아니, 아무것도 아니야."

무의식적인 행동이었다. 머리를 거칠게 쓰다듬자 사키는 깜짝 놀라고, 얼굴만이 아니라 귀나 목덜미까지 붉게 물들었다.

하야토는 쓰다듬던 손을 바라보았다. 어째선지 **그때** 히메코의 얼굴과, 눈물을 흘릴 때의 하루키가 떠올라서…… 애매하게 얼버무리는 듯한 미소를 그렸다.

"갈까."

사키는 하야토의 말에 고개를 끄덕였다.

큰방은 아직도 조금 전까지와 같이 하루키를 중심으로 흥이 오른 모습이었다. 물론 모두의 얼굴에는 미소가 번져 있었다.

하야토는 입구에서 잠시 걸음을 멈추고는 그 모습을 살폈다.

어린 시절의 일로 놀리고, 히메코가 농담을 던지고, 그에 하루키가 항의한다. 그런 사이클. 하루키는 놀림을 당하고 부끄러워하면서도 토라지고, 화내고, 초조해하고, 기뻐하고, 당황하고, 또한 웃는 등등 다양하고 매력적인 표정을 보여주고 있었다. 과연 그것은 어디까지가 연기일까?

문득 그 얼굴이 처음 전학 가서 보았을 때의 모습과, 처음으로 아버지와 얼굴을 마주했을 때, 혹은 전날 수영장에서 아이리와 마주했을 때의 모습과 겹쳐졌다.

그리고 어째선지 타쿠라 마오의 얼굴이 뇌리를 스치고——그것을 쫓아내고자 고개를 내저었다.

"저기, 왜 그러세요?"

"어! 아니, 아무것도 아니야. 음식 가져갈까."

"……그런가요."

갑작스러운 행동을 의아하게 여겼는지, 사키가 걱정스러운 표정을 내비쳤다.

큰방으로 걸음을 들였더니 재빠르게 이쪽을 알아차린 켄파치 씨가 크게 손을 흔들었다.

"오, 왔네 왔어! 역시 하야 꼬마의 안주가 있어야지!"

"다들 마시기만 하고 아무도 안 만드니까 말이야!"

"그건 그렇지!"

앗핫핫, 태평하고 호쾌한 웃음소리가 울려 퍼졌다. 아무래도 계속 이런 분위기인 듯했다.

그들을 상대하던 하루키와 눈이 마주치자 쓴웃음이 돌아왔다.

"하야토 군 접시는 내 쪽에서 받을게요. 사키 접시는——."

"아, 사키는 여기야!"

"후에, 아, 히메. 알았어~."

"그렇지, 키리시마 꼬마도 서 있지만 말고 이쪽에 앉아."

"하야 꼬마한테는 이것저것 물어보고 싶은 게 있으니까 말이야."

"좀 기다려, 음식이 넘치겠어!"

"──아, 아하하……."

금세 모두에게 붙잡혀서는 억지로 하루키 옆에 앉혀졌다.

사키는 사키대로 평소보다 신이 난 히메코에게 회수당해서 움츠러들어 있었다. 아무래도 히메코는 이 자리의 분위기에 취한 듯했다. 하야토는 하아, 크게 한숨을 내쉬었다.

하루키를 흘끗 봤더니 하야토가 가져온 음식을 부지런히 나누고 있었다. 자못 센스 있는 여자아이다운 **니카이도 하루키**의 모습.

그래서 살짝, 장난기라고도 할 수 있을 것이 솟구쳤다. 그리고 켄파치 씨 일행이 말을 걸었다.

"그래서, 하야 꼬마. 도시는 어떠냐?"

"여기하고는 이래저래 다르겠지?"

"츠키노세는 아무것도 없으니까 말이야!"

"어, 그렇지. 근처에 코인 정미소는 없고, 역도 도보권 안이고 전철 대수도 한 시간에 몇 대나 있어. 게다가 100엔샵에 가면 식기부터 수납 도구, 문방구까지 뭐든 갖추어져 있거든. 하루키는 거기서 디오라마나 프라모델 도료랑 공구 같은 걸 샀지."

"응? 뭐야, 하루 꼬마도 이렇게나 참한 아가씨가 되었는데, 취미는 변함이 없나."

"세 살 버릇 여든까지 간다고는 하지만, 흐흥? 혹시 장난기도 여전하다든지?"

"뭐, 그런 느낌이지. 내용물은 옛날이랑 그렇게 다르지도 않아서, 나도 꽤나 장난에 당하고 있거든. 다들 속지 말라고."

"저, 정말, 하야토 군도 참!"

옆의 하루키가 항의하듯, 입술을 삐죽이고 손등을 꼬집었다. 주위에 웃음이 퍼졌다.

그리고 하야토는 많은 일들을 이야기했다.

스마트폰을 고른 일, 영화관이 터무니없이 컸던 일, 수영장에서 간담이 서늘했던 일. 고작 2개월 동안에 체험한 일을 선물거리로 풀어냈다.

신기한 느낌이었다.

마치 긴 여행에서 돌아온 것 같은 착각. 말로 표현할 수 없는 편안함이 거기에 있었다.

옆으로 시선을 옮기자 하루키와 눈이 마주치고 수줍은 미소가 돌아왔다. 틀림없이 같은 기분일 것이다.

하야토는 가슴에 있던 응어리 같은 것이 사라지는 것을 깨달았다.

그렇지, 쓸데없이 지나치게 긴장했을 뿐일지도 모른다.

"봐봐봐, 자기들끼리 먼저 시작해 버려서…… 어머어머어머, 하야토잖아!"

그때 현관 쪽에서 드르륵 문이 열리는 소리와 함께, 시끌벅적한 목소리가 들렸다.

목소리를 듣기에는 츠키노세의 여성진 도착인 듯했다. 새어 나오는 이야기로는, 남성진과는 별도로 축제 준비를 하고 있었나 보다.

그녀들은 하야토와 하루키의 모습을 눈치 빠르게 포착하고는 재빨리 도망치지 못하도록 둘러쌌다.

"어머, 혹시 옆에 있는 건 하루키?!"

"정말로 예뻐졌네, 어머나! 그보다도 진짜 여자애였구나!"

"그 무렵에는 하야랑 항상 같이 흙투성이였던 기억이 강하니까!"

"미얏?!"

그리고 여성진은 남성진과 달리 그야말로 거침이 없었다.

하루키는 츠키노세 마담들에게 몸을 찰딱찰딱 터치로 희롱당했다. 하지만 하루키에게도 그녀들에게도 혐오감 따위는 없었다. 마치 딸이나 손녀를 대하는 듯한 흐뭇한 광경.

하야토가 쓴웃음 짓는 사이, 여성진의 고령자 하나가 몰래 다가오는가 싶더니 묘한 표정으로 물었다.

"그러고 보니 하야토, 어머니는 괜찮으시니?"

"예, 덕분에 어찌어찌. 지금은 재활에 전념하고 있어요. 아버지가 찰싹 붙어서."

"어머어머어머~, 카즈요시는 옛날부터 마유미한테 홀딱 빠져 있었으니까~! 그래그래, 그래서 하루키 말인데."

"하루키가 어쨌나요?"

"너희, 사귀는 거니?"

"".........허?"" "웃?!"

순식간에 분위기가 굳었다.

하야토와 하루키의 얼빠진 목소리가 겹치고, 어디선가 숨을 삼키는 소리가 들렸다.

예상 밖의 말이었다.

굳은 미소의 하루키와 눈이 마주쳤다. 어떻게 반응하면 좋을지 알 수 없었다. 무언가 변명을 하지 않으면 어떻게 여겨질지 모르는데. 등줄기에 식은땀이 흘렀다.

하지만 그때 갑자기 히메코가 웃음을 터뜨렸다.

"풉! 에이~, 오빠랑 하루가~? 아냐아냐, 아니라고. 하루도 지금이야 새침하지만, 우리 집에 왔을 때는 칠칠치 못하게 팬티나 보이는데 뭐. 색기는커녕 오빠도 어이없다는 표정으로 그걸 넘기거든. 아, 요전에도 오빠를 놀리려고 야한—— 우읍?!"

"스톱—! 히메, 스톱!"

깔깔 웃으며 손을 흔들던 히메코의 입을 하루키가 허둥지둥 막았다.

"뭐, 뭐어 다른 사람도 아니고 하루키니까, 색기보다 식욕 같긴 하지, 요전에도 맛을 보겠다면서 중화냉면용 지단이랑 돼지구이를 엄청 먹어서…… 아얏?!"

"정말이지—, 하야토까지—!"

하야토는 한순간 어안이 벙벙했지만, 술렁대는 가슴을 얼버무리듯이 폭로를 쏟아내자 눈물을 글썽이는 하루키에게 있는 힘껏 뺨을 꼬집혔다.

그리고 한순간의 적막 후, 웃음소리가 확 퍼졌다.

"뭐—야, 변한 건 역시 겉모습뿐이냐!"

"그런 부분도 옛날이랑 똑같네! 그래그래, 어쩐지 안심했어!"

"어, 어어 그게, 하야토 군이랑 히메는 특별하다고 할까요—."

"응응, 본성 들켰으니까 감출 필요 없는걸."

"——그래, 그러니까 본성대로, 아니 히메~!"

"아하하, 그렇구나, 내숭이 능숙한 건 마오한테 물려받은 건가."

""——윽.""

그것은 누군가의 별생각 없는 한마디였다.

하루키의 표정이 굳고, 그 어깨가 움찔 떨렸다.

"그래그래, 드라마도 봤어. 집사람이 좋아해서 말이지—, 십 년의 고독이었던가?"

"나유타의 시간이라는 영화도 지금 상영 중이지. 이것 참, 엄청 젊은 모습 그대로라서 부러워!"

"피부 관리법 같은 거 물어보고 싶네!"

"말 없고 쌀쌀맞던 그 아이가 그렇게까지 활약한다니, 어떻게 된 건지 모르겠다니까."

"하루 꼬마한테 말하면 사인이라도 해주려나?"

화제가 하루키의 어머니, 타쿠라 마오로 흐름이 바뀌었다.

기습적이었다.

머리가 한순간 새하얘졌다.

여기 온 뒤로 의식은 하루키의 조부모님에게 가 있었기에, 더더욱.

손을 움켜쥐고, 눈앞의 상황을 어딘가 먼 곳에서 벌어지는 일처럼 바라봤다.

타쿠라 마오에 대해서 이야기하는 그들의 얼굴이나 말에 조소나 매도 같은 부정적인 감정의 기색은 없었다. 그저 단순히 흥미가 있을 뿐이고, 오히려 지역 출신의 유명인을 칭찬하는 것 같았다. 그것만이 다행인가.

"…………."

대단한 일은 아니다. 니카이도가는 계속 츠키노세에서 교류가 없었다.

그러니까 지금의 하루키와 타쿠라 마오의 관계 따위는 모르고, 그저 모녀라는 사실만이 알려져 있다. 그것뿐인 이야기였다.

어리석었다.

어금니를 물고서 흘끗 옆으로 시선을 옮기자 표정이 사라진 하루키가 한순간 눈에 비쳤다. 그리고 이쪽을 알아차린 하루키가 다부지게 미소를 짓자 금세 머리가 끓어올랐다.

움켜쥔 주먹에 손톱이 박혀서 어렴풋이 피가 배고, 가슴에 생겨난 사명감에 내몰려서 소리를 높이려던, 그때였다.

"노, 노래방! 그게 노래, 노래를, 노래를 부르지 않으실, 래요……?!"

"——?!"

필사적이라고도 할 수 있는 큰 목소리가 소란스러운 분위기를 찢어발겼다.

평소의 모습에서는 상상도 할 수 없는 목소리의 주인에게 모두의 주목이 모였다. 사키였다.

"저기 그게, 모임에서 자주 사용, 하시잖아요……?"

사키는 허둥지둥하면서도 뒤집어진 목소리로 호소했다.

평소에 그다지 자기주장을 한 적이 없는 사키의 발언에, 모두가 눈을 동그랗게 뜨면서도 고개를 갸웃거렸다. 사키는 그 시선에 말꼬리와 몸이 모두 위축되면서도 나와 흘끗 눈이 마주치자 입을 꼭 다물고는 가슴 앞으로 작게 주먹을 쥐었다.

그리고 다시 입을 열려던 사키 옆에서 이번에는 히메코의 밝은 목소리가 울렸다.

"아, 좋다, 나 노래 부르고 싶어! 근데 저거 옛날 노래밖에 없지 않아?"

"어, 어어, 최근에 인터넷으로 주문한 레이저 디스크가…….""

"와아! 노래 얼마나 들어 있는데?!"

"그래, 히메 꼬마, 창고 들어가서 바로 오른쪽 바구니 안을 뒤져봐."

"창고 말이지!"

"히, 히메?! 그, 그럼 나는 준비를~."

모두가 당황한 것도 한순간, 히메코가 희희낙락해서 창고로 달려가자 집회소 안은 금세 노래방 분위기로 물들었다.

"이봐, 켄파치 씨. 아가씨들을 도와주자고!"

"좋았어, 내 미성으로 녹여주지."

"시끄러워, 미성은 무슨!"

"술 취한 목소리한테 듣고 싶진 않아!"

"잠깐, 우리도 있거든?"

"난 요새 음이 안 올라가서 말이지."

집회소 노래방 기계는 츠키노세의 몇 안 되는 오락 중 하나였다.

술이 들어간 자리이기도 해서, 한번 그런 흐름이 생기자 조금 전 사키의 모습은 잊고 무슨 노래를 할지, 요전에는 어땠는지, 하는 대화의 꽃만이 여기저기서 피었다. 순식간에 벌어진 일이었다.

"……사키한테 도움을 받았네."

"……그러게."

사키의 행동은 명백하게 하루키의 표정을 보고 일으킨 것이었다.

당연하게도 사키에게 하루키의 자세한 사정을 설명하지는 않았다. 말할 수도 없었다.

그런 사키는 지금 말을 꺼낸 책임을 지고 마이크를 들고 있었다.

그녀의 애타는 시선을 받은 히메코는 "아, 요전에 얘기했던 재방송 드라마 OST가 있어!"라면서 함께 마이크를 들어 도주로를 차단했다. 히메코 본인은 도움을 줄 생각이겠지만, 사키의 눈에는 눈물이.

주변에서는 "좋네—!" "히메 꼬마랑 사키 꼬마가 노래하는 건 처음이지!" "기다렸어!"라며 시끌벅적한 소리가 나왔다.

이윽고 어디선가 들은 적 있는, 조금 옛날 느낌의 인트로가 시작되었다.

몇 번이나 재방송된, 옛 여성 아이돌이 주연을 맡은 인기 드라마 주제가.

드라마를 본 적 없는 하야토도 들은 적은 있는 유명한 노래로, 몇 번인가 이런 모임에서도 쓰였다. 최적의 선곡이리라.

주변에서는 박수를 치고 시끌벅적 흥이 났다.

『『당신에게 첫눈에 반해서~ ♪』』

두 사람의 노랫소리가 집회소에 울렸다.

히메코는 아직 목소리는 딱딱하고 가사를 쫓느라 버거워 보였지만, 몇 번인가 노래방에 간 경험 덕인지 어느 정도 노래를 부를 수 있었다.

한편 사키는 엉망이었다. 이런 자리에서 노래를 부르는 것은 처음이리라.

수줍은 듯 얼굴을 붉게 물들이고, 어깨를 움츠리고서 소곤소곤 가사를 속삭일 뿐.

다행히 이 자리에 있는 연장자들에게는 손녀의 발표회를

지켜보는 느낌인 건지 모두 흐뭇한 표정이었다. 하야토에게도 두 사람이 열심히 노래를 부르는 모습은 보기 좋았다.

특히 사키는, 매년 축제에서 보는 신악무의 의연한 모습과는 정반대라서 더더욱.

"……저기, 하야토. 사키는 착한 애구나."

"응, 그렇지."

"그리고, 엄청 귀여워."

"그럴지도."

"그러니까 말이지, 저렇게 열심히 하는 모습을 보면, 사키한테── 그렇게 생각해 버리거든."

"……하루키?"

하루키는 시선을 사키에게 향한 채, 하야토가 본 적 없는 표정으로 중얼거렸다.

자애로 가득한, 그러나 어딘가 쓸쓸한, 꺼질 것 같은, 말로 표현하기 힘든 복잡한 표정. 그것이 어째선지 하야토의 가슴을 마구 휘저었다.

무심코 존재를 확인하고자 붙잡으려 손을 뻗었지만 휘익 허공을 갈랐다.

하루키는 이미 서 있었다. 앉아 있는 하야토의 위치에서는 그녀의 얼굴이 보이지 않았다.

"하야토, 나도 다녀올게."

그러면서 돌아본 하루키는, 빠져들 것 같은 미소를 보내고 시원스럽게 무대로 향했다.

숨을 삼켰다.

그것은 사람들에게 보여주는 것을 의식한, **니카이도 하루
키의 완벽한 미소—— 의태**였다.

노래는 1절이 끝나고 간주로 접어들 무렵.

츠키노세의 아이돌, 사키와 히메코를 지켜보는 츠키노세
의 사람들은 더더욱 흥이 오른 모습이었다.

짝짝 박수를 치며 시끌벅적, 사키는 얼굴을 붉히고는 등
을 움츠리고, 히메코는 음음음 미간을 찌푸리고서 목에 손
을 대고 있었다.

그런 두 사람 사이로 하루키가 끼어들었다.

"괜찮을까?"

갑작스러운 일이라 놀란 사키에게 하루키는 싱긋 미소를
짓고 손을 내밀었다.

그러자 사키는 몇 번인가 자신의 손과 하루키의 손과 얼
굴을 교대로 바라보고, 쭈뼛쭈뼛 마이크를 건넸다. 하루키
는 맡겨달라는 듯 한쪽 눈을 감았다.

그 모습을 보던 히메코도 몇 번인가 눈을 끔벅거리더니
조금 어이없다는 표정으로 탄식, 결국 사키의 팔을 끌어 무
대를 하루키에게 양보했다.

사키와 히메코에서 하루키로 모두의 주목이 이동했다. 박
수갈채였다. 이번에는 과거의 악동이 무엇을 보여줄 거냐
는 기대가 부풀어 오르고, 흥은 최고조를 맞이했다.

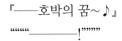

『──호박의 꿈~♪』

""""""──────!""""""

그리고 하루키가 노래하자 세계가 바뀌었다.

지금까지 있었던 것이 뒤집힌 듯, 거꾸로 된 듯, 다른 세계의 문이 갑자기 열린 듯. 츠키노세 집회소는 점점 다른 세계로 덧칠되었다.

눈앞에서 노래하는 것은 하루키이자 하루키가 아니다. 모두의 눈에 비치는 것은 한눈에 반하고, 하지만 좋아해서는 안 되는 상대이고, 호박처럼 마음을 가두어── 비극적인 사랑에 희롱당하는 한 소녀.

하루키의 노랫소리가, 허공을 헤매는 팔이, 조심스럽게 다리가 새기는 스텝이, 하늘하늘 춤추는 긴 머리카락이, 가사에 담긴 슬프면서도 애절한 사랑 이야기를 연주했다.

눈을 뗄 수 없었다. 모두가 떡하니 입을 벌리고, 손뼉은커녕 호흡조차 잊은 채 매료되었다. 하루키는 빛나고 있었다.

히메코와 하야토조차 놀라움을 감출 수 없었다. 사키는 흔들리는 눈빛으로 가슴 앞에서 주먹을 쥐었다.

노래나 안무 실력이 좋다는 것은 알고 있었다. 하지만 이것은 그저 실력이 좋다든지, 그런 차원이 아니었다.

이것은 하루키가 **연기하는**, 혼신을 담은 **누군가**의 이야기였다.

적어도 츠키노세 같은 시골의 집회소에서 볼 수 있을 법

한 **연기**가 아니다.

대체 누가 이런 **드라마**를 볼 거라 예상했을까?

『──녹색의 편지, 마음에 삼키며…… ♪』

그리고 노래가 끝났다.

집회소에 퍼진 것은 그저 적막.

모두가 하루키에게 삼켜져 있었다.

취기 따위는 진즉에 날아갔지만 모두가 어떻게 반응하면 좋을지 망설이는 듯했다.

문득 눈앞의 **하루키**를, 어딘가 먼 존재처럼 느끼고 말았다.

그만한 존재감이었으니까. 하야토는 아플 정도로 주먹을 움켜쥐고 있었다.

하루키는 그런 모두의 반응이 의외였는지, "어라? 어라?" 라고 어라를 연호하며 얼어버렸을 뿐.

간신히 평소의 **하루키**를 본 것 같아서, 하야토는 가슴속에 생겨난 답답한 불안을 떨쳐내듯, 한층 더 크게 박수를 쳤다.

짝짝짝 하는 소리에 정신을 차렸는지, 잔물결처럼 박수가 퍼지며 적막을 집어삼켰다. 세계가 원래대로 돌아왔다.

"이야, 하루 꼬마, 엄청난 걸 봤어!"

"어머나, 나 놀라서 옥수수 떨어뜨렸어!"

"나는 고기 소스랑 맥주 흘려서 옷에 얼룩이…… 엄마한 테 혼나겠구먼!"

"와하하, 대체 뭐냐! 하지만 굉장했어!"

"아하하, 최근 몇십 년 사이에 가장 놀랐어!"

그리고 하루키는 츠키노세 모두의 시선을 받고 부끄러워하면서도, 하야토와 눈이 마주치자 싱긋, 평소의 짓궂은 미소를 지었다.

두근거리면서도 경험에서 비롯된 본능으로 등줄기에 식은땀이 오싹 흘렀다.

그래도 하야토가 아는 하루키라는 사실에 조금 안도했다.

"자, 다음은 하야토 차례야!"

"오, 하야 꼬마! 기다렸다고!"

"자, 다음은 어떤 걸 보여주는 거냐?!"

"나도 하야토 군의 노래, 들어보고 싶어!"

"아니, 잠깐만. 나는 그게……!"

하루키는 억지로 하야토의 팔을 잡아당겨서 무대로 끌고 갔다.

음치라는 자각이 있는 하야토는 주변의 시선에 주춤거리고 하루키를 원망스럽게 노려봤지만, 니히히 하는 멋들어진 미소가 돌아올 뿐.

하아, 한숨을 쉬며 머리를 벅벅 긁적이고, 마이크를 받아들었다.

"……정말이지, 난 모른다고."

그리고 하야토의 곡조 없는 노랫소리가 집회소에 울리고, 츠키노세의 밤하늘에는 이제까지와 다른 종류의 웃음소리가 울려 퍼지게 됐다.

으슥하게 밤이 깊었다.

다른 아이들의 도움도 받아서 설거지를 마친 하야토가 큰 방으로 얼굴을 내밀었더니, 몇 명은 완전히 만취해서는 다다미 위에 뻗어서 잠들어 있었다.

여름이니까 감기에 걸릴 일은 없을 것이다. 게다가 자주 있는 일이다.

크게 한숨을 한 번. 넷은 쓴웃음과 함께 집회소를 뒤로했다.

"내일 봐, 하루키. 그리고 무라오도. 덕분에 살았어."

"잘 자 사키, 하루."

"응, 내일 봐, 하야토, 히메."

"잘 자, 히메…… 오, 오빠도요."

돌아갈 장소가 다르기에 그 자리에서 각자 헤어졌다.

하야토와 히메코는 천천히 자전거를 밀며 귀로에 올랐다.

도시보다 밝은 달과 밤하늘이 츠키노세 시골의 논두렁길을 비추었다.

우룩우룩 물가에서 들리는 황소개구리의 중저음을 베이스로, 수풀의 귀뚜라미나 산의 솔부엉이 울음소리가 겹치며 시골의 여름밤을 노래한다.

오랜만에 듣는 그것들은 무척 그립고, 또한 어딘가 신선하게 느껴졌다.

"아, 이런. 내일 아침에 먹을 빵 같은 게 아무것도 없네."

"으음―, 아침 식사 없어?"

"어쩔 수 없지, 역에서 사 온 과자로 대신할까."

"이럴 때 저쪽이라면, 돌아가면서 편의점이라도 들르면 되는데."

"여기는 편의점이라고는 산을 넘어가야 되고, 차로 30분은 걸려."

"전혀 편의가 없잖아, 정말!"

"뭣하면 저쪽에는, 새벽부터 하는 빵집도 있었지."

그런 불만을 나누며 아하하, 함께 웃었다.

불편한 곳이다. 하지만 그런 츠키노세도, 의외로 나쁘지 않다.

도시와는 다르게 열기가 담겨 있지 않은 청량한 바람이 지나가고, 구름을 움직였다.

"으응~, 오늘 모임은 즐거웠지! 사키도 하루도 있었고!"

"……나는 호되게 당했어."

"아하하, 그건 그것대로 재미있었으니까 괜찮잖아."

"좋은 웃음거리였겠지!"

"연습이 필요한 거야, 연습이."

"그럴지도."

"……그런데 하루 말이지, 아까 굉장했지."

"그러네…… 히메코?"

문득 히메코가 걸음을 멈추었다.

음색은 묘하게 딱딱했다.

명백하게 평소와 다른 분위기. 하지만 어두워서 표정은

잘 보이지 않았다.

"——타쿠라 마오. 아까, 누가 그랬지."

"읏?!"

"······역시 오빠, 그거 알고 있었구나."

"아니, 그건······."

순간적으로 말이 나오지 않았다.

딱히 히메코에게 감추려던 것은 아니었다. 하지만 하루키의 민감한 부분이니까. 설령 동생이고 자신처럼 소꿉친구라 할 수 있는 사이일지라도 쉽사리 꺼낼 이야기는 아닐 것이다.

하지만 그것은 하야토의 사정이다. 히메코의 입장에서 보면, 혼자만 따돌림을 당했다고 생각하더라도 어쩔 수 없다. 하야토는 필사적으로 말을 찾았다.

하지만 가슴에 떠오르는 말은 모두 그저 변명에 불과한 것들뿐.

"하루는 있지, 틀림없이 오빠니까 그걸 가르쳐준 거야."

"히메, 코······?"

하지만 이어지는 히메코의 목소리는 너무나도 따뜻하고 또한 자비로웠다.

하야토의 가슴이 크게 뛰었다.

시골의 밤하늘 아래, 온화하게 미소 짓는 히메코는 몹시 어른스러워 보였다. 그것은 하야토가 본 적이 없는 동생의 모습이었다. 그 변화에 당황했다. 무슨 말을 하면 좋을지,

더더욱 알 수가 없었다.

모든 것을 꿰뚫어 보는 듯한 눈빛을 마주한 하야토는 그만 눈을 피했다.

아무래도 도시에서의 생활은 동생도 변하게 만들어버린 듯했다.

그런 하야토의 동요를 제쳐놓고 히메코는 천천히 다시 걸어갔다. 하야토도 황급히 뒤를 쫓았다.

잠시 말없이 걷다가, 히메코는 툭하니 어딘가 타이르는 것 같은 말투로 말을 흘렸다.

"어릴 적에 하루는 있지, 남자 같았어."

"그랬, 지."

"항상 오빠랑 같이, 툭하면 옷을 흙투성이로 만들고, 몸여기저기에 상처를 만들어서는."

"여기저기 놀러 다녔으니까."

"그치만 있지, 그건 분명 오빠가 그걸 원했기 때문이야. 하루는 틀림없이, 응…… 생각해보면 그때부터 계속 여자아이였을지도 모르겠어."

"………………?"

이번에는 하야토가 걸음을 멈추었다. 히메코가 꺼낸 말의 의미를 잘 알 수가 없었다.

하지만 히메코는 무언가를 깨달은 것 같은 그런 표정이었다.

"그러니까 있지, 오빠. 제대로 하루를 지탱해줘."

활짝 지은 미소가 동생인데도 넋을 잃을 정도로 예뻤기에 하야토는 그 자리에 못 박히고 말았다.

홀로, 오도카니 츠키노세 밤의 논두렁길에 남겨졌다.

"······굳이 말 안 해도 알아."

하늘을 보며 흘리고 만 하야토의 혼잣말은 어두운 밤하늘로 녹아들고, 산에서 쏴아 불어드는 바람에 사라졌다.

◇　◇　◇

하야토와 히메코와 헤어진 뒤, 사키와 하루키는 드륵드륵 자전거를 밀며 사키의 집이 있는 신사로 향하고 있었다. 산기슭에 있는 집회소에서 무척 가깝지만 언덕길이 가팔랐다.

"······."

"······."

둘 사이에 대화는 없었다. 그렇다기보단 무슨 이야기를 해야 할지를 모르는 상태였다.

대신에 벌레나 작은 동물들의 소리가, 여름의 시골 밤을 노래하고 있었다.

사키는 살짝 어색하다는 심정과 함께 흘끗흘끗 하루키를 보며, 조금 전 술자리에서 본 하루키의 모습을 떠올렸다.

오랫동안 츠키노세에 살았던 것처럼 완전히 모두의 원 안으로 녹아드는 애교.

음료나 음식을 옮기고 하야토를 돕는 수완.

그리고 모두가 압도당한 노래.

투명한 목소리, 끌어들이는 동작, 애절한 눈빛.

선명하고, 세련되고, 눈부시고, 그 모든 모습이 밤하늘의 별처럼 반짝반짝하고, 중천에서 빛나는 달처럼 존재감으로 가득 찬 여성이었다.

아무래도 자신과 비교가 되어, 무어라 형용할 수 없는 한숨을 흘리고 말았다.

"저기 사키, 잠깐 괜찮을까?"

"후에?"

"들르고 싶은 곳이 좀 있거든. 같이 가줘."

"어, 아, 예."

갑자기 하루키가 말을 건넸다.

안 좋은 생각을 하고 있었던 탓인지 대답하는 목소리가 묘하게 뒤집어지고 말았다.

의식을 되돌리자 이미 눈앞에는 토리이. 사키의 집은 바로 앞이었다.

일단 반사적으로 대답했지만, 무슨 일인지 잘 알 수가 없었다.

사키가 고개를 갸웃거리자 하루키는 쓴웃음 지으면서도 손짓했다.

"바로 저기야."

"저기는……."

그 자리에 자전거를 두고 참배로에서 미묘하게 벗어난,

잡초가 우거진 옆길로 나아갔다.

평소에 다들 거의 사용하지 않는, 세츠마츠샤*로 가는 길이었다.

사실 사키도 그곳에 용건이 있는 경우는 거의 없어서 더더욱 상황을 알 수 없었다.

산의 나무들을 억지로 개간하여 만들어진 길은, 달이나 별빛이 거의 닿지 않아서 발밑이 불안했다. 하지만 앞을 가는 하루키는 마치 익숙한 길을 걷는 듯한 발걸음으로 척척 나아갔다. 사키는 영문도 모른 채 필사적으로 뒤를 따랐다.

그런 사키의 고전을 알아차린 하루키는 "아하하"라며 쓴웃음을 흘리고, 툭하니 중얼거리며 손을 내밀었다.

"사키는 말이지, 굉장하구나."

"후에?"

예상 밖의 말이 날아들어 괴상한 목소리를 높였다.

굉장해? 어디가? 조금 전에 그만한 광경을 만들어낸 사람이 할 말이야?

머릿속을 물음표로 가득 채우면서도 쭈뼛쭈뼛 머뭇거리는 기색으로 하루키의 손을 붙잡았다. 어렴풋이 열기를 띤, 부드러운 손이었다.

"서늘하네. 손이 차가운 사람은……."

"예?"

*섭말사(攝末社). 주 신사에 딸려 있는 부속 신사. 불교의 말사(末寺)와 유사한 역할을 한다.

"응, 아무것도 아니야. 그보다도 사키였구나, **하야토**를 지탱해준 거."

"예?! 저, 저기 그게, 어어……?!"

"다른 사람들한테 들었어. 아직 어린아이라도 도와줄 수 있는 일이 있을지, 물어보고 다녔다며?"

"그, 그건……."

"그것만이 아니야. 오늘도 맥주를 더 꺼내거나 접시랑 컵을 가져다주거나, 티 안 내고 테이블을 닦아주거나…… 그리고 나를 도와주거나."

"따, 딱히 저는 그런, 대단한 일은……."

"쿡, 그런 점을 말하는 거야. 아, 다 왔다."

"…………와아!"

어스름한 나무들의 터널을 빠져나가자, 단숨에 달빛과 별빛이 비쳐들었다.

여름 밤하늘의 스포트라이트를 받고 있는 것은, 낡은 사당을 둘러싸고 받들 듯 흐드러지게 핀 해바라기들. 태양과 비교하면 공허하지만 그럼에도 달빛과 별빛을 받으며 환상적으로 반짝이고 있었다.

무척. 그렇다, 무척 아름다운 광경이었다.

그리고 이것은 밤이기에 볼 수 있는 모습이기도 했다.

사키는 설마 자신의 신사에 이런 장소가 있는 줄은 몰라서, 무심코 감탄을 흘리며 빠져들고 말았다.

"굉장하지?"

"예, 정말요!"

"하야토한테도 보여준 적 없는, 내 보물이야."

"오빠한테도? 어…… 아…….'"

"……아하하."

하루키는 어두운 표정으로 힘없이 웃었다.

하야토가 모르는, 밤의 이런 장소를 알고 있다…… 그 의미가 잘 와 닿았다.

틀림없이 이곳은 과거의 **하루키**에게 특별한 장소였을 터.

"……어째서 여길 저한테?"

"사키니까."

"저, 니까?"

"분명 지금의 **하야토**가 있는 건, 너무 쓸쓸해지지 않았던 건, 사키 덕분이니까…… 그러니까 있지, 보여주고 싶었어."

"아!"

그리고 하루키는 올곧은 눈빛을 향했다.

마음속 깊은 곳까지 꿰뚫어 보는 것 같은, 그런 눈동자.

그만 숨을 삼켰다.

그래, 아마도 틀림없이.

그녀에게는 사키가 품고 있는 마음을 들키고 말았을 것이다.

하지만 신기한 기분이었다.

부끄러워서 참을 수가 없고, 사실은 지금 당장 이 자리에서 도망치고 싶다.

그런데도 묘하게 하루키에게서 눈을 뗄 수가 없다.

꼬옥, 주먹을 쥐자 하루키는 표정을 확 풀었다.

"뭐, 하야토는 모르는 모양이지만…… 아, 여기였던가?"

"아…….""

그리고 하루키는 곤란하다는 듯이 웃으며 몸을 돌리고, 사당 뒤쪽의 마루 밑을 뒤졌다.

썩은 나무 칼, 공기가 빠진 공, 반짝반짝 평평한 돌 같은 잡동사니를, 어린애 장난감을, 보물을 꺼냈다. 그것들을 앞에 두고 하루키가 중얼거렸다.

"여기는 있지, 옛날에 우리 비밀기지였거든. 그립네. 당시에는 이런 걸 좋아해서, 정신없이 모았던가."

"아, 아하하, 그, 아이들이 좋아할 느낌이네요."

"하지만 지금의 하야토가 좋아할 거라든지, 기뻐할 건 모르겠단 말이야. 사키는 알겠어?"

"후에?! 으음, 그게…… 아으으…….""

그리고 하루키는 일어서서 몸을 돌리고, 꾸물꾸물 치맛자락에서 손가락을 꼬고, 부끄러운 듯 뺨을 물들였다.

"8월 25일."

"어어, 그건…….""

"하야토 생일. 요전에 메시지로 츠키노세에 갔을 때, 상담할 게 있다고 그랬지? 그게, 같이, 하야토 생일 선물, 만들 수 없을까— 해서."

"…………아."

"안, 될까······?"

같이.

사키의 마음을 알고서도, 같이.

많은 생각이 담긴 그 말은, 하루키가 사키를 **인정한다**는 뜻이기도 했다. 그것이 전해졌다.

그래서 사키는 흔들리는 눈동자를 크게 뜨고, 충동이 이끄는 대로 하루키의 손을 잡았다.

"예, 오빠를 놀라게 해줘요!"

그리고 가슴속에서 솟구치는 마음을 그대로 이야기했다.

"응. 잘 부탁해, 사키."

소녀 둘은 손을 맞잡고 어깨를 흔들었다.

달빛과 별빛 아래, 해바라기들도 바람을 받으며 흔들리고 있었다.

세계가 넓어질 때

츠키노세 신사의 경내에는 오래된 사당과 대조적으로 근대적이고 큰 가옥이 서 있다. 제사를 관장하는 무라오 본가다.

축제가 다가오는 어느 날 밤, 주위가 완전히 어둠으로 뒤덮인 오후 여덟 시가 넘은 시각.

올해로 일곱 살이 되는 무라오 신타는, 아버지에게 이끌려서 큰아버지의 집이기도 한 무라오 본가에 와 있었다. 축제와 관련해서 논의할 것이 있다나.

평소에 신타의 아버지는 마을 의회 의원을 맡고 있지만 신관도 겸업 중이라, 이렇게 일이 있을 때에는 무라오 본가의 문지방을 드나들었다.

신타도 어린 마음에, 이렇게 자신도 장래에 이 신사와 관련되어 일할 것이라고 생각했다.

그렇지만 어른들의 이야기는 아직 신타로서는 잘 알 수 없었다.

초등학교 1학년 남자아이에게, 이런 모임은 지루하다.

솔직히 오기 싫었지만 올해는 신타도 축제와 관계가 있기도 해서 그럴 수도 없었다. 적어도 이 시간을 넘기기 위해 집에서 데려온 파트너, 도감을 꼭 끌어안았다.

또래가 없는 츠키노세에서 신타의 친구는 그저 책이었다.

책은 신타에게 많은 것을 가르쳐준다.

먼 옛날에 사람의 힘만으로 거대한 돌을 짜 맞추어 만들어진, 피라미드.

북극 나라의 밤하늘에 나타나는 환상적인 빛의 커튼, 오로라.

빛이 닿지 않는 우주보다도 가기 어렵다는 바다 밑의 세계, 그곳에 사는 생물.

책이 보여주는 세계는 언제나 신타의 가슴을 드높이 두근거리게 해주었다.

아버지가 "안녕하십니까"라는 말과 함께, 대답을 기다리지 않고 장지문을 열었다. 흙마루라고 해도 될 것 같은, 무척 넓은 현관에는 수많은 신발이. 이미 많은 친척들이 모여 있는 듯했다.

이런 모임에 자주 사용하는 무라오 본가의 일본식 큰방에 얼굴을 내밀자, 여러 사람들이 환영의 말로 맞이했다.

"어서 오렴, 신타 군!"

"올해는 신타 군이 주역이구나."

"의상이 맞는지 확인해야지."

"네가 신타 군? 안녕, 처음 보는구나?"

"웃?!"

숨을 헉 삼켰다.

마을 사람 모두가 서로 얼굴을 안다고 할 수 있는 이곳 츠키노세에서, 처음으로 보는 무척 예쁜 여자아이.

색소가 옅은 아마포색 머리카락이 많은 무라오가 사람들 사이에서, 밤하늘처럼 검고 윤기 있는 긴 머리카락은 무척 눈에 띄었다. 인형처럼 단정한 얼굴로 시선을 맞추고 싱긋 미소 지으니, 신타는 그만 두근두근해서 저도 모르게 아버지 뒤로 숨어버렸다.

상황을 잘 알 수가 없었다.

오늘은 축제와 관련된 모임이었을 터인데, 그녀의 환영회 같은 분위기였다. 신타는 도감을 펴고 흥미 없는 척을 하며 귀를 쫑긋 세웠다.

"갑작스럽게 한동안, 신세를 지게 되었습니다."

"괜찮아괜찮아, 우리 손녀하고도 사이좋게 지내는 모양이니…… 호호, 그렇구나, 최근에 사키의 춤에 색이 나오는 이유를 알겠구나."

"하, 할머니~!"

아무래도 그녀는 사촌 누나 사키의 친구로, 옛날에 이곳 츠키노세에서 살았다나.

그리고 그녀는 할머니가 옛날에 아무것도 못 해서 미안했다며 머리를 숙이자, 어딘가 곤란하다는 표정을 지었다.

신타는 세세한 것까지는 이해할 수 없었다.

그저 예의 바르고, 붙임성도 좋고, 어른스럽고, 어른들에게 귀여움을 받는다는 것은 알 수 있었다. 살짝 마을의 아이돌이 된 느낌이었다.

"아, 이거 선물이에요. 제가 알바하는 곳에서 파는 건데, 드셔보세요!"

그리고 그녀는 테이블 위에, 과자 상자를 꺼내어 펼쳤다.

신타는 눈을 크게 떴다.

색색의 여름 꽃이 흐드러지게 핀 네리키리.[*]

반짝반짝 빛나는 보석 같은 코하쿠토.[**]

돔 형태의 한천 안에 불꽃을 가둔 킨교쿠칸.[***]

모두가 도저히 음식으로 여겨지지 않을 정도로 화려한 전통 과자들.

신타도 어른에게 자기 몫을 받았지만, 손을 대지도 않고 그저 빠져들고 말았다.

"신타 군, 안 먹어? 이런 거 싫어해?"

"어?!"

얼마나 보고 있었을까?

이윽고 그녀가 의아하다는 표정으로 물었다.

갑자기 바로 옆으로 다가와서는 예쁜 얼굴을 가져다 댔기에, 신타는 그만 도감으로 새빨개진 얼굴을 가리고 말았다.

그러자 도감 너머에서 "앗!" 하고 놀란 목소리가 들렸다.

무슨 일인가 싶어서 쭈뼛쭈뼛 고개를 들었더니, 눈동자를 반짝반짝 빛내는 그녀의 모습.

---

[*]찹쌀가루를 반죽해서 만드는 과자

[**]한천가루에 설탕과 색소를 넣어서 굳힌 과자.

[***]투명한 양갱 안을 색소 등으로 꾸민 과자.

조금 전까지의 어른스러운 모습과는 달리 어린아이 같은 표정을 마주하자, 신타도 가슴이 두근거려 어쩌면 좋을지 알 수가 없었다.

"사슴벌레! 표지 사진 사슴벌레지? 와, 신타 군도 사슴벌레 좋아해?!"

"어…… 아, 응……."

"좋지, 사슴벌레! 늘씬한 그 모양에 쫘악— 하고 콰악—하는 집게! 옛날에 자주 잡았거든! 신타 군, 잡은 적 있어?"

"……없어."

"어어어, 아까워라! 이렇게, 밤중에 함정을…… 아, 그렇지. 지금부터 함정을 설치하러 갈까! 저기저기, 사키, 안 신는 스타킹 같은 거 없어?!"

"하, 하루키 씨?!"

신타가 곤혹스러워하는 사이, 그녀는 사촌 누나를 끌어들여서는 척척 이야기를 진행했다.

"함정이라면, 강에도 페트병을 잘라서 만든 걸 담가놓으면, 이만—큼 한가득 물고기를 잡을 수 있으니까!"

희희낙락해서 이야기하는 그녀에게서 눈을 뗄 수가 없었다.

신타가 책으로 아는 것과 같은 이야기를 하고 있지만, 어째선지 이상하게 가슴이 두근두근했다.

신기한 고양감, 시야가 갑자기 열리는 것 같은 감각.

신타가 처음으로 느끼는 감정이었다.

"그러니까 가자, 신타 군!"

"응!"

그녀가 내민 손을 망설임 없이 잡았다.

주변의 어른들이 흐뭇하게 지켜보는 가운데, 이날 신타는 밖으로 뛰어나가고, 그의 세계를 크게 넓힌 것이었다.

과거와 같이,
마음이 **피**어난다

아직 밤의 장막이 짙게 남은 새벽.

하야토는 옆에서 재촉하는 대로, 잠기운이 남은 눈으로 창문을 통해 아직 별이 반짝이는 동쪽 하늘을 바라보고 있었다.

잠시 후에 세계가 밝아오기 시작하고, 그러는가 싶더니 단숨에 모든 것을 불태우듯 빨갛게 타올랐다.

선명한 일출이었다. 그저 예뻤다.

그야말로 숨 쉬는 것을 잊고, 잠기운이 날아갈 정도로.

하지만 감개무량한 눈빛의 하루키와는 대조적으로, 하야토는 그녀를 빤히 바라보며 한숨을 내쉬었다.

"굉장하네, 하야토. 여름날의 새벽이 계절어로 사용되는 의미를 처음으로 이해했을지도."

"그러네, 굉장하긴 해. 하지만 이걸 굳이 보여주겠다면서 이런 시간에 억지로 깨우기 전에 내 입장도 생각해보라고."

창문을 열어젖힌 하루키가 니히히 웃었다. 하야토는 미간을 눌렀다.

밤에서 아침으로 변하는 이 한순간, 그리고 이 계절에만 볼 수 있는 여름의 여명은 확실히 아름다울 것이다. 하야토도 처음으로 봤을 정도였다.

그러나 시계를 보면 아직 다섯 시 전, 명백하게 이상한 시간대였다.

아직 어스름한 방, 눈앞에는 하루키.

오늘의 하루키는 셔츠에 반바지뿐인 옛날과 같은 복장임에도 불구하고, 크게 성장한 몸매가 어릴 적과 명백하게 달라서 묘하게 마음이 뒤숭숭했다.

어젯밤 히메코의 말이 뇌리를 스쳤다.

그것을 생각하면 가슴속은 복잡하지만, 이런 일을 하는 것은 상대가 자신이기 때문이라고 생각하면 어째선지 또 기쁨이 샘솟는다. 그래서 자조 섞인 항의의 의미도 담아서 굳이 입을 크게 벌리고서 한숨을 한 번 쉰 뒤 삐친 머리를 긁적였다.

"하루키, 민폐라고 생각하진 않는 거야?"

"어라, 민폐라면 얼마든지 끼쳐도 되는 거 아니었던가?"

"그건…… 정말이지."

"죄, 죄송해요, 이런 새벽부터 들이닥쳐서…… 미, 민폐겠죠……."

"무, 무라오?!"

예상 밖의 목소리가 들려, 크게 입을 벌린 채 얼빠진 얼굴로 굳어버렸다.

시선을 돌리자 방 입구 쪽에서 사키가 면목 없다는 듯이 서 있었다.

일출 탓인지 붉게 물든 얼굴로 머뭇머뭇하는 모습을 보니 심장이 두근거려서 허둥지둥하고 말았다.

"저기 그게 어어 히메코, 는 아직 자고 있을 테니까, 으~, 이런 자다 깬 모습으로 미안해!"

"아니 이건 이것대로 레어하다고 할까, 이런 시간에 밀어닥친 저희가 잘못이니까요."

"그보다도 하야토, 나 때랑 반응이 전혀 다르잖아?!"

"하루키는 그거야, 전과도 있잖아!"

"전과라니 뭔데?!"

"아, 아하하……."

수줍은 심정을 감추려는 것도 있어서, 하루키에게 건넨 대답은 목소리가 거칠어졌다.

하야토에게 사키는 하루키와는 또 다른 의미로 특별한 존재다.

츠키노세에 몇 안 되는 또래.

동생의 친구.

그리고 매년, 축제에서 신악무를 추는 여자아이.

처음으로 신악무를 보았을 때의 충격은 지금도 잘 기억하고 있다.

달빛과 별빛과 화톳불에 일렁이는, 그려내는 것은 환상적이며 신비한 고대의 이야기.

하야토가 처음으로 본 무대이자 연극이라고도 할 수 있는 것.

그 박력에 압도되어, 당시의 모습이 아직도 뇌리에 선명하게 새겨져 있다.

그것을 연기한 것이 평소에는 심약하고 얌전한 사키였기에 더더욱.

"하루 누나, 빨리 가자고?"

"어?! 시, 신타……?"

그때, 사키의 등 뒤에서 작은 남자아이가 얼굴을 내밀었다. 타박타박 하루키 곁으로 가서 옷자락을 꾹 잡아당겼다. 사키와 마찬가지로 아마포색 머리카락을 지닌, 선이 가는 소년이었다.

무라오 신타, 사키보다 일곱 살 어린 사촌 동생.

사촌이 똑같이 어른스러운 성격으로, 학교 같은 곳에서는 얌전히 책을 읽으며 보낼 법한 타입. 하야토도 밖에서 노는 모습을 거의 본 적이 없었다.

그래서 하야토는, 사키 이상으로 신타가 와 있다는 사실에 놀랐다.

게다가 어린아이에게는 깨는 것도 힘든 시간대인데.

사정을 알고 있을 하루키에게 다시 시선을 향했더니 득의양양한 표정이 돌아왔다.

"후훗, 사실은 어젯밤에 곤충채집용 함정을 깔아놨어!"

"하루 누나랑 같이 만들었어!"

"언제? 그보다도 잘도 신타가 따라줬구나…….."

"내가 사슴벌레에 대해서 이야기했으니까!"

"아침에 일찍 일어나려고 노력했어!"

"아, 아하하……."

신타는 졸린 눈을 비비면서도, 거친 콧김으로 하루키의 옷자락을 잡아당겨 재촉했다.

사키 쪽으로 시선을 향했더니 미안하다는 듯 쓴웃음. 아무래도 신타의 들러리로 온 모양이었다.

신타와는 나이 차이도 있어서 아무래도 거의 교류도 없다 보니, 어떻게 대하면 좋을지 알 수 없었다. 하지만 눈앞에서 하루키와 함께 신이 난 모습을 보니 어릴 적의 일이 떠올랐다.

오늘 하루는 동심으로 돌아가도 될 것이다.

"잠깐만 기다려, 얼른 옷을 갈아입을 테니까."

"오케이. 아, 히메는 어떻게 하지?"

"……이 시간에 히메코가 일어날 리가 없잖아. 게다가 기분이 상해서 난폭하게 굴걸."

"아하하, 그러네—."

모두 함께 얼굴을 마주 보고, 작게 웃었다.

그 후, 하야토는 재빨리 옷을 갈아입고 다른 사람들과 함께 집을 나섰다.

츠키노세의 새벽 공기는 도시와 달리 서늘하니 쌀쌀했다.

하늘은 동쪽에서 서쪽으로 붉은색과 보라색의 그러데이션을 그리고, 아직 조금이지만 빛나는 별들을 장식하고 있다. 산 쪽에서는 조금 성질 급한 매미가 인사를 했다.

햇살을 받아 밤에서 아침의 색깔로 점차 덧칠되는 논밭의 모습을 바라보며 산속의 어느 장소로 걸어갔다.

하루키와 신타가 들뜬 발걸음으로 앞서가고 조금 떨어진 뒤쪽을 낡은 곤충채집통을 든 하야토와 사키가 따라갔다.

"역시 시골의 여름이라면 곤충채집을 빼놓을 수 없거든, 도시에서는 정말로 보이질 않으니까! 함정에 사슴벌레가 걸려 있으면 좋겠는데, 투구벌레도!"

"어릴 적에도 투구벌레나 사슴벌레는 무척 레어했지. 매미만 잡았던 것 같아."

"곤충채집, 처음이야……!"

깔아놓은 함정을 이야기하자 이야기에 흥이 올랐다.

그러고 보면 하루키가 이사 간 이후엔 처음으로 하는 곤충채집일지도 모른다.

오랜만이다 보니 이러니저러니 해도 하야토 역시나 두근두근하는 기분이었다.

"……앗."

"이런! 괜찮아, 무라오?"

"예?! 어, 저기 예, 그게, 괜찮아, 요…….."

그때 갑자기 사키가 발이 걸려 넘어질 뻔했다.

하야토가 얼른 손을 잡아서 부축했더니 사키가 팔을 끌어안는 모양새가 되었다.

얼굴을 들여다보자 조금 처진 눈매가 수면 부족인지 잠기운으로 물들어 있었다. 하야토는 "너무 이른 시간이네"라며 쓴웃음을 흘렸다.

사키의 얼굴이 점점 수치심으로 붉게 물들었다. 그녀는 황급히 몸을 뗐다.

"으음— 하야토, 사키 괴롭히면 안 된다고?"

"저기 그게, 딱히 그런 건……."

"아, 안 괴롭혀! 진짜, 먼저 간다!"

하루키가 놀리는 걸 견디기 싫어 걸음이 빨라졌다.

신타는 한순간 하루키와 하야토의 얼굴을 번갈아서 봤지만, 곤충채집의 흥미 쪽이 더 컸는지 하야토를 따라갔다.

하루키와 사키는 서로 얼굴을 마주 보고, 쿡쿡 웃었다.

그들이 향한 곳은 사키네 신사에서 조금 떨어진 곳에 있는 산속의 잡목림.

입구 근처에는 상수리나무와 너도밤나무, 참나무 등이 자라는 과거의 놀이터 중 하나였다.

지금은 거의 사용되지 않는 임업용 도로도 개척되어 있지만, 그럼에도 포장되지 않은 길은 거칠어서 발이 걸리고는 한다.

아직 어린 신타는 걷느라 고생인 듯했다.

"신타, 누나랑 손잡을래?"

"응, 괜찮아! 혼자서 갈게!"

신타는 보다 못한 사키가 손을 내밀어도 수줍은지 거절했다.

그보다도 함정이 어떻게 되었는지가 신경이 쓰이는지 달려가는 모습이다.

정말, 하듯 사키가 한숨을 내쉬자 옆에 있는 하루키는 아하하 웃음을 흘렸다.

밤중에 깔아놓고 오기도 해서, 그렇게 안쪽에 함정이 있는 것은 아니었다. 잡목림으로 들어가자마자 나무에 매달린 갈색 함정이 보였다.

"아—……."

"…………어."

"뭐, 이런 일도 있지……."

"그, 그러네요……."

아쉽다는 목소리가 겹쳤다.

작게 자른 바나나를 소주와 콜라에 절여서 스타킹에 넣은 곤충채집 함정에는, 슬프게도 목표인 사슴벌레나 투구벌레 대신에 개미와 풍뎅이가 무리 지어 있었다. 아무래도 다른 벌레에게도 무척 맛있는 미끼였나 보다.

이런 실패도 어릴 적부터 자주 겪은 일이었다. 하야토는 어쩔 수 없다며 벅벅 머리를 긁적였다.

"……어떻게 할래?"

"왠지 여기서 물러나면 지는 것 같아……!"

"모를 것도 아니다만."

"사슴벌레, 없어?"

"아니, 찾을게! 내 기억이 정확하다면, 조금 안쪽으로 간

곳에 괜찮은 크기의 상수리나무가 있었을 거야!"

"오—!"

"아니 잠깐만, 하루키. 대체 몇 년 전의 기억이야?!"

묘한 부분에서 대항 의식을 불태우는 하루키는 임도를 벗어나서 잡목림 안으로 수풀을 갈랐다. 신타도 그녀를 뒤쫓고, 하야토와 사키도 황급히 따라갔다.

잡목림 안은 다양한 식물이 울창하기에 몸 여기저기에 가지가 닿거나 해서 걷기 힘들었다. 그런 곳을 억지로 나아가고 있으니, 하루키의 훤히 드러난 팔다리에 자잘한 생채기가 생겼다. 틀림없이 과거와 같은 수순이라는 생각일 것이다.

하지만 지금의 하루키는 남자라고 생각해서 접하던 때와 달리, 귀여운 여자아이다. 흉터가 남으면 어쩌려는 거야——. 그런 생각을 한 하야토는 미간에 주름을 지었다.

"저기, 하루키. 일단 물러나지 않을래? 가더라도 이것저것 준비부터 하자고."

"으—응, 그건 그렇네…… 아, 저거! 저거야, 저거 봐!"

"저건…….."

마침 그런 제안을 했을 때였다.

하루키가 가리킨 곳에는 희미하게 어딘가 기억에 걸리는, 커다란 구멍이 있는 나무가 있었다.

무척 큰 나무였다. 구멍은 시선보다도 훨씬 위, 2층 창문 정도 높이일까?

"저것만 확인하고 올게!"

"아니, 잠깐…… 무슨 원숭이냐."

"하야토—! 그거 들리거든—!"

하루키는 말하기가 무섭게, 하야토가 제지하는 목소리도 무시하고 달려갔다. 나무를 오르는 모습은 세월의 공백이 느껴지지 않을 만큼 훌륭했다. 그녀는 어릴 적과는 다른 긴 머리카락을 꼬리처럼 흔들며 스륵스륵 올라갔다.

예전에 저 정도 나무는 자주 올라간 기억도 있으니까 괜찮다고 머릿속으로는 이해했다. 하지만 아무래도 조마조마한 심정이 되고 만다.

게다가 옛날이라면 아무 생각도 없이, 하야토도 하루키와 하나가 되어 올라갔을 것이다.

이윽고 구멍에 도달한 하루키는 "아!"라며 소리 높였다.

"있다, 있어, 사슴벌레!"

아무래도 목표로 하는 것이 있었나 보다. 뒷모습이 들썩들썩하는 것을 알 수 있었다.

어떻게 할까…… 하야토가 망설이는 사이, 자그마한 그림자가 나무로 뛰어들었다.

"사슴벌레, 보고 싶어!"

"'신타?!'"

하야토와 사키의 목소리가 겹쳤다.

평소의 신타라면 생각할 수도 없는 무척 대담한 행동이었다.

신타는 하루키를 흉내 내어, 생각했던 것보다도 가뿐한

모습으로 척척 나무를 올랐다.

　나무타기 자체가 처음인지 팔다리를 움직이는 방법이 서툴러서, 이번에는 그쪽에 조마조마했다.

　"신타 군, 위험한데?! 오, 올라갈 때는 팔다리를 세 곳으로 고정하도록 의식하라고?!"

　두 사람의 목소리로 신타가 올라오는 것을 깨달은 하루키는 놀라면서도 나무타기의 포인트를 어드바이스.

　지켜볼 수밖에 없었다. 신타가 저렇게나 멋진 미소를 짓고 있으니까.

　"몰랐어…… 저 애, 저렇게나…….."

　"나도 의외네……."

　묘한 기시감이 있었다.

　다시금 떠오르는 것은 과거의 자신.

　'그러고 보니…….'

　과거에 하루키가 이사 간 뒤, 혼자서는 어떻게 놀면 좋을지 더는 알 수가 없었던 것을 떠올렸다. 예전과 같은 일을 하더라도, 혼자서는 공허해졌던 것을 기억한다.

　틀림없이 신타는 다 함께 노는 게 처음이었을 것이다.

　그렇기에 들뜨고 마는 것임이 틀림없다.

　그리고 주저 없이 나무에 매달린 신타가 눈이 부신 듯 눈매를 가늘게 떴을 때였다.

　"윽?!"

　"시, 신타?!"

"위험해! ——아야——……."

구멍 근처까지 올라간 신타가 방심했는지 다리가 미끄러져 떨어졌다.

순간적으로 나무 밑에 있던 하야토가 받아냈지만, 지면에 강하게 쿵 부딪히고 말았다.

"신타?! 오, 오빠도 괜찮아요?!"

"난 뭐 아무렇지도 않아…… 하하, 게다가 신타는 아직 작고 가벼우니까 말이지."

"어…… 아……."

"정말이지, 뭐 하는 거니, 신타!"

안색이 바뀌어서는 달려온 사키가 눈물을 글썽이며 혼을 냈다. 하지만 신타는 이 상황을 제대로 이해하지 못하고서 떨고 있을 뿐. 눈가에 눈물이 맺혔다.

"무라오, 진정해. 나도 어릴 적에 자주 나무에서 떨어졌으니까. 신타도 다친 곳은 없지?"

"으, 응……."

"하, 하지만 오빠……."

"영, 차!"

"하루키?!" "하루키 씨?!" "하루 누나?!"

그때, 갑자기 하루키가 구령과 함께 나무에서 뛰어내렸다.

이 정도는 아무것도 아니라는 듯이 착지한 하루키가 니히히 웃었다.

하야토가 어이없어하면서도 "역시 원숭이냐"라며 중얼거

리자 하루키는 한순간 불만스러운 시선을 보냈지만, 이내 무라오 사촌지간 사이로 들어가서는 갑자기 마구잡이로 신타의 머리를 헝클어뜨렸다.

"오, 신타 군, 대단해대단해! 떨어졌는데도 울지 않는 건 굉장하구나—, 하야토는 투구벌레를 놓쳤다며 펑펑 운 적도 있으니까."

"하루 누나?"

"잠깐, 야, 하루키! 그건 대체 언제 얘기야?!"

"오, 오빠가 펑펑 울어……?"

"무, 무라오도 믿지 말라고."

"으히히."

갑자기 과거 일을 폭로하니 얼굴이 빨개지는 하야토. 그 모습을 보고 눈을 끔벅거리는 사키. 어리둥절한 것은 신타도 마찬가지였다.

하지만 하루키는 천진난만한 미소를 짓고, 잡은 사슴벌레를 신타의 손에 쥐여줬다.

"그런 대단한 신타 군에게는, 이 사슴벌레를 증정하도록 하지요."

"어, 그래도 돼?! 하루 누나가 잡은 건데?!"

"괜찮아괜찮아, 도시로 데려가는 것도 좀 너무할 테니까."

"고, 고마—— 아."

대답 대신에 꼬르륵, 귀여운 배꼽시계가 울렸다. 부끄러워하는 신타를 중심으로 쿡쿡 웃음소리가 번졌다. 그리고 하야토가 빤히 바라보는 것을 깨달은 하루키는 짓궂은 미소를 짓고는 날름 혀끝을 내밀었다.

어릴 적부터 본 익숙한 미소. 그런데도 가슴이 두근거렸다.

"어— 그게, 배고프니까 일단 집으로 돌아갈까."

"그러네요, 어쩌면 히메도 깼을지도."

"아, 잠깐만 하야토, 사키! 신타 군도 가자고?"

"응!"

그리고 하야토는 두근거리는 가슴을 얼버무리며 집으로 걸음을 옮겼다.

"다녀왔어, 으차."

아직 어스름한 현관으로 하야토의 작은 목소리가 빨려들고, 그리고 뒤에서 "실례합니다"라는 작은 세 목소리가 이어졌다.

대답이 없는 걸 보아 아무래도 히메코는 아직 자는 모양이었다. 애당초 아직 잔다는 확신이 있었기에 작은 목소리였던 거지만.

참고로 문은 잠그지 않고 나갔다. 츠키노세에서는 웬만하면 문까지 잠그지 않는다. 그렇기에 하루키랑 사키도 아까 그냥 들어온 것이다.

하야토는 그대로 부엌으로 향했다. 아침부터 이러니저러니 해도 상당한 거리를 걸었으니까 배도 고팠다. 그럼 아침은 뭐로 할까.

애석하게도 이사 전에 대부분 처분했기에 변변한 것이 남아 있지 않았다. 있는 것은 소금, 설탕, 후추에 기름 종류 같은 일상적인 조미료, 그리고 몇몇 인스턴트식품에 통조림 같은 비축용 물건뿐. 그리고 어제 사키한테 받은 겐 할아버지네 여름 채소.

팔짱을 끼고 으~음, 신음했다. 그러자 등 뒤에서 머뭇머뭇하는 목소리가 날아들었다.

"저, 저기~, 도와드릴 거, 없을까요?"

"무라오?"

사키였다. 의외의 상대에 놀라면서도 흘끗 거실로 시선을 향했더니, 곤충채집통 안의 사슴벌레를 진지하게 바라보는 하루키와 신타가 있었다. 히메코는 아직 자고 있으니 혼자 심심해진 건가 보다.

쓴웃음을 지으며 사키를 돌아봤다. 오늘의 사키는 어제에 이어, 익숙한 중학교 교복이나 무녀 옷이 아니라 고급스러운 디자인의 프릴 슬리브 니트에 무릎을 폭 가리며 조금 더 아래까지 오는 튈 스커트 차림. 색소가 옅은 자신을 어른스럽게 연출했다.

결코 피부를 많이 드러낸 것은 아니지만, 신선한 인상이라 두근대고 말았다.

아마도 히메코가 츠키노세로 돌아오는 이 날을 위해서 주문한 것이리라.

아직 새 옷인 것 같은데 아침 식사 준비로 더럽히는 건 좀 그랬다. 그러고 보니 히메코가 조리 실습에서 쓰는 앞치마가 있었지. 그걸 생각하던 참에 마침 아침 메뉴까지 번뜩 떠올랐다.

"알았어, 우선 채소를 씻어서 썰고…… 그 전에 집을 비우고 있었으니까, 일단 접시를 설거지하는 편이 좋겠지?"

"예!"

그리고 함께 요리를 개시했다.

가지는 우선 세로로 반을 자른 다음 반달 모양으로 썰고, 오이는 잘게 썰어서 볼에 담은 뒤 소금을 넣어 주무른다. 부드러워지면 물기를 짜고, 물기를 뺀 고등어 통조림과 함께 참기름으로 버무린다.

거기에 잘게 다진 토마토, 그리고 살짝 데친 오크라와 채썬 차조기 잎을 뿌리면 여름철 더운 아침에도 입맛이 당기는, 고등어와 여름 채소의 상큼한 샐러드 완성이다. 와사비 간장을 뿌려도 맛있을 것이다.

이것만으로는 부족하니까, 츠키노세로 돌아올 때 역 구내 매점에서 산 바나나를 스펀지케이크로 감싼 과자를, 버터를 바른 알루미늄 호일에 넣고 토스터로 구웠다.

금세 달콤한 향기가 퍼지고 거실에서는 두 사람의 귀여운 꼬르륵 소리가 들렸다. 하야토와 사키는 얼굴을 마주 보고 함께 웃었다.

그리고 냄새에 낚인 것은 하루키와 신타만이 아닌지, 타박타박 계단을 내려오는 소리도 들렸다.

"오빠, 배고파~…… 아니, 왜 다 여기 있는 거야?!"

거실로 내려오자마자, 놀란 히메코의 삐친 머리가 팔짝 뛰었다.

거실의 키 낮은 테이블에 다 같이 아침 식사를 둘러싸고 앉았다. 히메코는 눈을 가늘게 뜨며 불평을 흘렸다.

"정말이지—! 아침부터 다들 와 있어서 놀랐다고 할까 한 마디 해줬으면 했다고 할까…… 어차피 하루의 즉흥적인 행동이겠지—?!"

"뭐, 7년 만이라 너무 신이 나서 말이지……."

히메코는 퉁퉁, 삐친 심정을 감추려 하지 않았다.

화가 났다기보다는 혼자 따돌려져서 토라진 모습. "딱히 곤충채집은 흥미 없지만 말이지"라며 계속 투덜거리고 있었다.

"히, 히메를 깨우는 것도 좀 그래서……."

"그렇기는 하지만~~!"

하야토는 하루키가 필사적으로 히메코를 달래려 하는 모습에 어이없어하면서도, 신경 쓰지 않는 척 아침을 먹고 있었다. 그러자 그런 하야토의 태도가 마음에 들지 않았는지 히메코가 입술을 삐죽이며 타박했다.

"오빠도 제대로 하루 고삐를 좀 붙잡고—— 아니, 팔꿈치는 어떻게 된 거야?!"

"응? 이거 뭐야? ……어디서 긁혔나?"

히메코는 무심코 몸을 내밀며 하야토의 팔꿈치에 생긴 찰과상을 가렸다.

　500엔 동전 두 개를 나란히 놓은 정도의 넓이가 검붉게 변해서, 그냥 보기에도 심한 상처. 하지만 겉보기만큼 아픈 건 아니라서 하야토 스스로도 지금 알아차렸을 정도였다. 아무래도 신타를 받아낼 때에 생긴 듯했다.

　"잠깐만, 오빠. 그거 괜찮아?"

　"와, 하야토. 이건 꽤 큰 상처잖아."

　"뭐, 괜찮겠지. 침이라도 발라두면 금세——."

　"안 돼요!"

　이 정도는 대단한 것도 아니다—— 라고 말하려다가, 사키의 큰 목소리에 가로막혔다.

　그녀는 평소의 느긋한 모습에서는 생각할 수도 없을 만큼 민첩하게 우격다짐으로, 금세 부엌으로 끌고 가더니 상처를 씻어주었다. 하야토도 동요를 감추지 못했다.

　"무, 무라오? 그게, 괜찮으니까……."

　"괜찮게 안 보여요! 정말이지!, 제대로 상처를 보여주세요~!"

　"아, 예."

　사키는 이의를 허락하지 않았다. 상처를 씻은 뒤에는 손수건으로 물기를 슥 훔치고, 이어서 파우치에서 꺼낸 휴대용 소독약과 연고로 치료했다.

　무척 준비성이 좋았다.

"미안해요, 신타 때문에……."

"……아."

무척 의외였지만 그 말로 이래저래 납득이 됐다.

파우치에 넣어둔 응급처치 키트에, 지금 막 팔에 붙인 데 포르메된 여우의 귀여운 일러스트가 뛰어노는 무척 큰 반창 고. 그것들이 본래 누구를 위해 준비된 건지는 뻔하다.

하야토는 사키의 새로운 일면을 알고 입가에 흐뭇한 미소 를 머금었다.

"자, 반창고는 나중에 작은 걸로 다시 붙이세요."

"어— 그게, 고마워, 응."

"아뇨, 이 정도는……."

"무라오는, 누나구나."

"후에?"

누나. 하야토의 그 말이 무슨 뜻인지 이해하지 못하고, 사 키는 눈을 끔벅거렸다.

하야토가 싱긋 미소 짓고 거실에서 아침을 먹고 있는 신 타에게 시선을 향하자 사키는 금세 얼굴이 붉게 물들었다.

조금 억지스럽게, 누군가를 돕고자 돌봐주는── 그것은 사촌 누나로서의 흐뭇한 모습이자, 하야토에게는 같은 남 매 중 연장자로서 친근감이 샘솟는 모습이기도 했다.

"그렇구나, 그래서 착실하게 구는 거였나."

"예?! 어, 아니, 그게~!"

사키는 하야토가 보낸 눈빛을 어떻게 받아들여야 할지 알

수 없어 큰 목소리로 허둥대고 말았다. 그러자 그 목소리를
알아차린 하루키와 히메코가 의아한 표정과 함께 부엌으로
고개를 내밀었다.

"하야토 뭐 했어? 사키한테 장난이라도 쳤어?"

"오빠, 혹시 또 사키를 꼬셨다든지? ……완전 질리는데."

"아니야. 하루키랑 히메코랑 다르게, 무라오는 여자력이
높다고 했을 뿐이야."

"잠깐, 오빠! 여자력이 궤멸한 하루랑 날 똑같이 취급하
지 마!"

"히메?! 아니 하야토, 사람한테는 비교해도 되는 분야랑
안 되는 분야가 있다고?!"

"아, 아으으…….'

그리고 펼쳐지는 평소의 대화에, 사키도 끌려 들어갔다.

혼자 외야에서 그 모습을 보고 있던 신타는, 곤란하다는
표정으로 곤충채집통 안 사슴벌레의 집게를 향해 말을 걸
었다.

"……여자력?"

아침 식사 후, 식기 정리를 마치고 차를 마시며 한숨 돌
리는 참에, 갑자기 하루키가 "저요!"라고 말하는 듯 손을 들
었다.

"강에 가자!"

"강?"

"응, 강에 고기 잡으러 가자. 자, 이거!"

"그건…… 어느새 만든 거야."

"사키네 집에서 어제?"

"곤충채집만 하는 게 아니었냐……."

그리고 하루키가 어디선지 모르게 꺼낸 것은, 하야토와 옛날에 자주 만들었던 2리터 페트병 고기잡이 함정.

페트병 뚜껑 부분을 잘라서는 거꾸로 다시 붙여서, 안에 들어가는 것은 쉽지만 나오는 것은 어렵게 만든 수제 함정이다.

물론 고기를 끌어들이는 미끼의 냄새가 확산되도록, 안에 구멍을 몇 개 뚫었다.

"미끼도 만들었어!"

"신타도 같이 했니."

제대로 자기 몫의 함정을 든 신타도, 거친 콧김을 내뿜으며 하루키 옆으로 와서는 하이파이브를 했다. 기대에 찬 그 모습을 보니 싫다고 대답하기는 힘들었다.

하야토와 시선이 마주친 사키도 쓴웃음을 짓고 있었다.

"음~, 하루랑 오빠는 강인가…… 그럼 우리는 어떻게 할까, 사키?"

"후에?"

그때, 히메코가 기지개를 켜며 하품 섞인 목소리로 그런 말을 흘렸다.

자신에게 이야기가 돌아오자 사키는 어, 라며 눈을 끔벅거렸다.

하루키는 의아하다는 듯 히메코에게 대답했다.

"어라, 히메랑 사키는 안 가려고?"

"강이라면 그거잖아, 옛날에 오빠랑 자주 놀던 곳이지? 근처에 나무 그늘도 없고, 더울 테고, 햇볕에 탈 테고, 뭐 신타 군도 하루 말고 오빠까지 있으니까 괜찮겠지, 사키?"

"어, 아니 그게……."

히메코는 노골적으로 싫다는 얼굴로 가고 싶지 않은 이유를 언급했다.

사키는 시선을 히메코와 하루키 사이에서 헤맸다.

신타는 이미 강에만 흥미가 있는지, 함정과 미끼 체크에 공을 들이고 있을 뿐.

그러자 그 모습을 본 하루키는, 히메코를 향해 어깨를 으쓱이고 어쩔 수 없다는 듯 고개를 가로저었다.

"뭘 모르는구나, 히메는."

"허? 무슨 소리야, 하루?"

명백한 도발에, 히메코는 뾰로통하게 미간을 찡그렸다.

그리고 하루키는 더더욱 아쉽다는 표정을 만들고, 히메코를 부추기듯이 말했다.

"아웃도어 레저."

"웃?!"

"그래, 우리가 지금부터 가는 건 도시에서는 절대로 체험할 수 없는, 아웃도어 레저라고?"

"뭐?! 어, 아니 하지만…….'"

"히메, 너무 가까이 있다 보니 모르는 걸까? 딱히 함정을 설치해서 물고기를 잡는 것만이 강에 하는 액티비티가 아니잖아?"

"그, 그렇기는 하지만…….'"

"계곡에서는 캐니어닝에 샤워 클라이밍, 살짝 산속으로 들어가면 깊은 곳에서 다이빙도 할 수 있지? 그 밖에도 피싱 레저로 낚아 올린 곤들매기나 산천어로 하는 바비큐 등등, 도시 사람들이 동경하는 감동적인 레저가 있을 텐데."

"캐, 캐니어닝에 샤워 클라이밍, 동경하는 감동적인 레저?! ……응, 확실히 쉬는 동안에 뭘 했는지 이야깃거리가 되려나…… 그치, 그치, 사키?!"

"아, 아하하…….'"

히메코는 캐니어닝 같은 익숙하지 않은 단어들과, 자랑과 감동이 어쩌고 하는 말에 속아 바로 눈을 반짝였다.

사키는 손바닥을 홱 뒤집은 친구의 태도에 메마른 웃음을 흘리면서도 평소의 히메코답다는 듯 웃었다.

득의양양한 표정으로 엄지손가락을 척 세운 하루키를 보며, 하야토는 머리를 벅벅 긁적이고 어이없다는 눈빛으로 중얼거렸다.

"결국, 계곡 바위에 올라가거나 뛰어들거나, 낚시를 하는 것뿐이잖아…….'"

그러자 하루키는 장난스럽게 한쪽 눈을 감고 핑크색 혀끝

103

을 날름 내밀었다.

키리시마네 집을 뒤로한 다섯 명은 그다지 정비되지 않은 험한 길과 산기슭 사이를 흐르는 강을 따라서 상류를 향해 걸어갔다.

강폭은 도시의 주택가 길 정도에 흐름은 완만하고, 깊이도 무릎이 미처 잠기지 않을 정도. 개울이나 시냇물이라고 해도 될 규모의 이 강은 산 맞은편에 있는 큰 강으로 흘러드는 지류 중 하나다.

오전 중이라고는 해도 한여름의 햇볕은 강해서 피부를 찌릿찌릿 태웠다.

더위 탓에 모두 이마에는 구슬 같은 땀이 맺혔지만 발걸음만은 흥겹고 가벼웠다. 별것 아닌 이야기로 꽃을 피웠다.

"그러고 보니 사키, 요전에 오빠랑 회전초밥집에 갔다 왔어."

"회전초밥?! 그건 그러니까, 돌아가는 초밥집 말이야~?!"

"굉장했지…… 초밥 종류만이 아니라 사이드 메뉴도 굉장히 충실해서, 프라이드 포테이토부터 닭튀김에 케이크…… 그야말로 풀코스였지……."

"우와, 초밥 풀코스! ……히메코, 이미 완전히 도시 여자구나……."

"뭐, 초밥?! 하야토, 나한테 비밀로 하고 대체 언제 간 거야!"

"요전에 시험 기간 중에 갔어. 아무리 그래도 매일 밥을 만들 여유가 없어서 말이지."

"하루, 시험 기간 중에는 우리 집에 거의 안 왔으니까 말이지―."

"으그그……."

참고로 히메코의 초밥 취향은 참치, 연어, 새우, 달걀로 완전히 어린애 입맛이다.

그러는 사이, 이윽고 강이 크게 호를 그리는 장소가 보였다.

이곳만 커브라서 그런지 강폭도 넓어지고, 안쪽에는 돌이 잔뜩 굴러다니는 체육관 정도 넓이의 강가가 펼쳐져 있었다. 츠키노세의 주민에게도 인기인, 아웃도어의 거점으로 적절한 장소이자 오늘의 목적지였다.

마침 강 건너편 산에서 쏴아 바람이 불었다. 습기를 머금은 바람은 차가워서 금세 하야토 일행의 몸에 실린 열기를 빼앗았다. 하야토는 편안한 기분으로 눈웃음을 지었다.

"우와, 그리워라! 여기도 여전하구나―!"

"어, 야 하루키!"

7년 만의 놀이터를 보고 눈을 반짝이며 크게 감격한 하루키는, 쏜살같이 강가로 달려가서는 그 기세 그대로 주운 돌을 수면을 향해 던졌다.

풍당풍당 소리를 내고 파문을 그리기를 가뿐히 열 번 이상.

하루키는 흐흥, 거칠게 콧김을 내뿜고는 득의양양한 표정으로 돌아봤다.

아무래도 실력은 떨어지지 않았다는 표현인 듯했다.

"그럭저럭, 공백이 있어도 이 정도는 쉽지?"

"그래? 그럼 내가 시범을 보여줄까?"

"으음?!"

그것을 도전으로 받아들인 하야토는 차분하고 자신만만한 모습으로 강을 향해 돌을 투척했다. 이쪽도 퐁당퐁당 하루키에게 지지 않게, 그러나 조금 더 기세 좋게 날아갔다.

옆에서 보면 튕긴 횟수는 거의 호각. 하지만 하야토는 하루키에게 의기양양한 표정을 향했다.

으그그, 하루키의 얼굴이 분한 듯 일그러졌다.

"나도 오랜만이었지만, 두 번 많은데?"

"바, 방금 그건 그냥 준비운동이었는데? 잘 봐, 내 진심에 기겁하지 말라고!"

"오? 그래, 라무네라도 걸까?"

"흐흥, 덤벼 봐—!"

그리고 갑자기 시작된 물수제비 승부. 하야토와 하루키는 교대로 강에 돌을 던지고, 돌은 퐁당퐁당 수면에서 생물처럼 튕겼다.

컨디션을 되찾았는지 서로 튕기는 횟수도 점점 늘어났다.

강물소리와 수면을 때리는 경쾌한 리듬과 함께 승부가 더더욱 뜨거워졌다.

"자, 방금은 내가 한 번 더 많이 튕겼어!"

"어, 그러네. 하지만 거리는 전부 내가 압도적으로 멀리 날아갔지."

"으기기…….."

"앗핫핫!"

"정말! 오빠도 하루도 뭐 하는 거야!"

""어?!""

정신을 차린 히메코가 두 사람에게 큰 소리로 딴죽을 걸었다.

허리에 손을 대고서 우뚝 선 히메코 옆에서는 사키가 쓴웃음을 짓고 있었다.

하야토와 하루키도 겸연쩍은 표정으로 시선을 헤맸다.

무어라 형용할 수 없는 조금 불온한 분위기를, 갑자기 텀벙텀벙 물소리가 갈랐다.

"에잇! 으으~~음, 에잇!"

소리가 울리는 방향으로 시선을 향했더니, 강을 향해 돌을 던지는 신타. 아무래도 하루키와 하야토의 물수제비에 감화된 듯했다.

하지만 오버스로로 던진 돌은 수면을 튕기지 않고, 그대로 허무하게 물속으로 잠길 뿐. 신타도 얼굴을 찌푸렸다.

그때 하야토가 돌을 줍고 말을 건넸다.

"신타, 돌멩이는 가능한 한 이렇게 평평한 걸 고르는 거야. 손가락이 딱 걸리도록 각진 게 나아. 그리고 던질 때는 수면에 평행으로, 회전을 의식해서…… 이런 식으로, 말이야!"

"어?! 어, 어―, 이렇게…………………… 와앗!"

요령을 가르친 뒤 시범을 보여준 하야토를 따라서, 신타가 다시 강으로 돌멩이를 던졌다.

이번에는 조금 전까지와 달리 퐁당퐁당, 두 번 돌이 튕겼다.

횟수는 고작 두 번. 하야토와 하루키에게는 아득히 미치지 못하지만 그래도 확실하게 튕겼다.

"가능한 낮은 위치에서 던지는 것도 괜찮아. 이렇게 한쪽 무릎을 꿇어서. 해볼래?"

"이렇게, 에잇! ……와, 와아~!"

"오, 신타 굉장한데."

"튀, 튕겼어! 잔뜩! 튕겼어!"

이번에는 네 번 튕겼다. 신타는 환호성과 함께 양손을 들고, 온몸을 써서 기뻐했다.

사키가 그 모습을 흐뭇하게 지켜보는 사이, 어느샌가 곁으로 다가온 하루키가 손을 꾹 잡아당겼다.

"사키도 해보자."

"후에?! 저기, 그게, 저는…….."

"……하야토는 있지, 보다시피 가르쳐주는 걸 잘하거든. 나도 옛날에 배웠고."

"어…… 아…… 예!"

하루키의 의도를 헤아린 사키는 그녀가 이끄는 대로 달려갔다.

"아, 하루랑 사키! 기다려, 정말—!"

홀로 남겨질 뻔한 히메코가 마지못해 황급히 두 사람을

뒤쫓았다.

어느샌가 물수제비 대회가 시작되었다.

특히 열중한 것은 신타, ……그리고 히메코.

"봤어, 지금 그거 봤어?! 제대로 일곱 번 튕겼지! 흐흥, 내가 더 잘했어!"

"으음, 여섯 번이 큰 벽이야……."

"히, 히메 거기서 뛰면 위험해~! 신타도 멋대로 혼자 멀리 돌 찾으러 가지 말고~!"

걱정하는 사키의 목소리를 제쳐놓고, 히메코도 신타도 던지는 방법을 궁리할수록 튕기는 횟수가 늘어나는 것이 재미있는지 정신을 놓고 있었다.

참고로 사키는 사람에게는 저마다 맞는 것이 따로 있다는 사실을 잘 이해시킬 만큼 못 던졌다. 아무래도 철봉도 올라가지 못할 정도의 운동 신경을 가진 듯했다.

"와! 됐어, 일곱 번 됐어, 튕겼어! 지금 그거 봤지, 히메 누나!"

"오, 신타 군도 꽤 하는데. 나도 질 수 없지, 다음은 열 번을 노리겠어! 그건 그렇고 Stone Skimming, 심오하구나……."

"스토 스키미?"

"Stone Skimming이야, 신타 군."

"아, 아하하하……."

쓸데없이 유창한 발음으로 신타에게 득의양양한 표정을

짓는 히메코. 그 모습을 바로 옆에 있는 사키만이 아니라, 조금 떨어진 곳에 있는 하야토와 하루키도 쓴웃음을 흘리며 바라봤다.

"저기, 하야토."

"응?"

"나 있지, 이따금 진심으로 히메의 장래가 걱정될 때가 있어⋯⋯."

"⋯⋯우연이네, 나도 그래."

참고로 히메코가 물수제비를 시작한 계기는, 『이거, 스코틀랜드에서는 Stone Skimming이라고, 세계대회도 열리는 물가의 레저 스포츠인데 안 할 거야?』라는, 어디선가 들은 잡학 지식을 바탕으로 한 하루키의 도발이었다. 여전히 히메코는 참으로 간단했다.

하야토는 문득 떠오른 것을 물었다.

"그러고 보니 물고기 함정, 어떻게 할 거야?"

"아—, 신타 군 물수제비에 열중하고 있으니까 말이지⋯⋯ 응—, 몇 개 있으니까 내 것만 먼저 설치할까? 일단 말은 해둘게. 얘들아——."

"응, 부탁할게."

하루키가 다른 아이들 곁으로 가는 것을 지켜보던 하야토는, 한발 앞서 비치 샌들을 신은 채 강으로 들어갔다.

"앗 차가?!"

정강이까지 잠기는 강물은 상상 이상으로 서늘해서, 무심코 소리를 높이고 말았다.

하지만 8월의 더위로 몸에 쌓여 있던 열기가 발끝부터 강으로 녹아내리는 건 기분이 좋았다.

눈에 호를 그리며 시원함을 잠시 즐긴 뒤, 강바닥을 살펴 함정을 놓기에 적당한 장소를 찾았다. 그리고 돌을 움직여서 흘러가지 않도록 그 자리를 정돈했다. 상당한 중노동이었다.

한바탕 함정을 설치할 준비를 마치고 후우 숨을 내쉬며 이마에서 흐르는 땀을 손등으로 훔치는 사이, 조심스러운 목소리가 들렸다.

"오, 오빠, 저도 도울게요~!"

"무라오? 어라, 하루키는?"

"아, 아하하…….."

한 손을 들며 이쪽으로 다가오는 사키의 모습. 그 등 뒤에서는 히메코와 신타가 부추겼는지, 의기양양하게 돌을 던지고 있는 하루키가 있었다. 그야말로 혹 떼러 갔다가 혹 붙인 격이었다. 아무래도 사키는 저쪽에서 튕겨 나온 듯했다.

사키가 강가에서 뮬 샌들을 벗고는 치맛자락을 들며 물속으로 들어오려고 했기에, 하야토는 황급히 소리 높여 제지했다.

"잠깐만, 무라오! 위험해!"

"후에? 아…… 꺄악?!"

"큭…… 늦으면 안 돼!"

강의 흐름은 완만하고, 수심도 얕다.

그래서 사키도 뮬 샌들이 젖지 않도록 살짝 맨발로 들어오자고 생각한 거겠지.

하지만 강바닥은 의외로 위험하다. 뾰족한 돌이나 유리조각이 있을지도 모르고, 평평한 곳을 걷고 있더라도 이끼 따위 때문에 미끌미끌해서 자칫하면 미끄러진다.

아니나 다를까 사키도 미끄러운 이끼를 밟고는 성대하게 균형을 잃고, 간발의 차이로 하야토가 팔을 붙잡아 품으로 끌어당겼다.

"후우…… 괜찮아, 무라오?"

"어, 아, 아니 그게……?!"

"윽?! 괘, 괜찮으니까 진정하고 단단히 붙잡도록 해."

"하, 하지만 이거 가까워서, 안겨서……?!"

사키는 완전히 하야토의 품속에 폭 들어가 버렸다. 연모하는 사람에게 안긴 것 같은 모양새였기에 사키의 머리는 순식간에 끓어오르고 말았다.

사키는 필연적으로, 수치심 때문에 허둥지둥 혼란에 빠져서는 떨어지려고 발버둥 쳤다.

발밑이 불안했기에 결국 하야토까지 균형을 잃고 말았다.

"아얏—!"

"꺄악?!"

첨벙, 커다란 물소리가 터졌다.

피해를 최소한으로 억누르고자 자기 쪽으로 넘어진 하야

토는 강바닥에 엉덩방아를 찧었다.

사키도 함께 쓰러졌지만, 젖지 않도록 하야토가 겨드랑이 아래를 잡아 들어 올려서 치맛자락이 젖는 정도로 그쳤다. 반면 하야토는 셔츠 절반까지 물에 젖고 반바지는 속옷까지 완전히 젖었을 것이다.

사키는 무슨 일이 벌어졌는지 상황을 제대로 파악하지 못한 채, 황급히 몸을 떼고는 눈을 끔벅거리며 굳어 있을 뿐.

강에서 엉덩방아를 찧은 하야토와 사키가 서로를 마주 봤다. 참으로 이상한 광경이었다.

하야토는 갑자기 우스워서 참을 수 없다는 듯 웃음을 터뜨렸다.

"아핫, 아하하하하하하하핫!"

"오, 오빠?!"

"착실한 누나라고 생각했더니, 무라오한테도 이런 덜렁대는 구석이 있구나 생각하니까 웃겼어."

"아으으~…….."

연모하는 사람이 놀림 섞인 목소리로 웃음을 터뜨리자, 사키는 얼굴을 붉히며 움츠러들고 말았다.

하야토가 조금 과하게 놀렸나 싶어서 난처한 표정으로 일어섰다.

"어— 그게, 미안해. 다친 곳은 없어?"

"어, 아, 예, 그건 덕분에."

"그런가. 그건 다행이네."

그리고 싱긋 웃으며 손을 내밀었다.

사키는 한순간 그 손의 의미를 이해하지 못하고, 잡아도 되는지 시선이 하야토의 손과 얼굴을 왕복. 쓴웃음 지은 하야토가 재촉하듯 손을 더욱 내밀자, 결국 머뭇머뭇 그걸 잡으려 하고──.

"……하야토, 완전 한심한 표정이야."

"앗 차가!"

"히얏?!"

기세 좋게 하야토의 얼굴로 물이 날아들었다.

놀라서 고개를 돌리자, 어딘가 그리운 대나무 물총을 손에 든 하루키가 있었다. 하루키는 말없이 뾰로통한 표정으로 얼굴을 향해 물을 쫙쫙 발사했다.

갑작스러운 일이었다.

하지만 그대로 당하고만 있을 하야토가 아니었다.

"이게, 무슨 짓이냐─!"

"흐흥, 안 닿거든─!"

강물을 양손으로 퍼서 뿌리려고 했지만 하루키는 훌쩍 피하고는 강가로 거리를 벌렸다. 그대로 보복하듯 사정거리 밖에서 반격을 날렸다.

"이건 어떠냐!"

"으음?!"

하지만 하야토도 재주 좋게 손바닥으로 물 탄환을 만들어서 오버스로로 던졌다.

산탄총처럼 물을 흩뿌리는 하야토. 거리를 벌리고 라이플처럼 조준해서 쏘는 하루키.

일진일퇴의 공방이었다. 하지만 균형은 금세 무너졌다.

바로 발밑에서 탄환을 보충할 수 있는 하야토와, 그럴 수 없는 하루키.

대나무 물총은 얼마 안 되어 탄환이 떨어졌다.

발사되지 않는 무기를 본 하야토가 씨익 웃었다. 하지만 하루키도 씨익 웃음으로 답했다.

"신타 대원, 내가 물을 보급할 때까지 하야토를 막아줘!"

"예스, 맴! 에―잇!"

"으엇?!"

갑자기 등 뒤에서 나타난 신타가 물을 촥 뿌려서 놀랐다.

돌아보니 하루키와 같은 대나무 물총을 장비한 신타의 모습.

하야토가 허를 찔린 틈에, 하루키도 재빨리 탄환 보급을 마치고 공격으로 돌아갔다.

무기를 든 두 사람과 붙으니 하야토도 점점 구석으로 몰렸다.

"후후, 이제 그만 단념할 때야, 하야토."

"각오해라!"

"큭, 이대로는…… 아니, 저건!"

문득 강가에 놓여 있는, 함정 따위를 넣어둔 신타의 배낭에서 예비로 보이는 대나무 물총이 튀어나와 있는 것이 시야에 들어왔다. 하야토는 득의양양하게 웃었다.

그 시선과 웃음의 의미를 알아차린 하루키가 외쳤다.

"앗, 무기를 들켰다! 사수해라, 신타 대원! 쏴라—! 마구 쏴라—!"

"에잇, 에—잇!"

"하핫, 무기가 있다면 나도……!"

강을 뛰쳐나와 배낭을 향해 일직선으로 달려가는 하야토.

그것을 저지하고자 열심히, 사방팔방으로 물의 탄막을 만드는 하루키와 신타.

긴박한 분위기가 흘렀다. 가장 중요한 순간이었다.

"…………아."

"어…… 으…… 아……."

"히, 히메코……."

하지만 그것은 갑자기 끝을 맞이했다.

"……하루? 신타 군? 오라버니?"

땅속 깊은 곳에서 울리는 것 같은 목소리를 짜내는 것은, 물 탄막의 먹잇감이 된 히메코.

머리부터 발끝까지 흠뻑 젖고, 머리카락도 옷도 엉망이었다.

히메코가 후후후, 어두운 웃음을 흘리고 저벅저벅 배낭까지 걸어가서 무기를 손에 들자, 하야토와 하루키와 신타는 등줄기가 오싹해져서 뒷걸음질 쳤다.

"시, 신타 대원, 하야토를 벽으로 삼아 전력으로 몸을 지키며 도망친다!"

"예, 옛썰—!"

"아니, 잠깐, 하루키—, 신타—?!"

두 사람에게 등을 꾹 밀린 하야토가 앞으로 고꾸라지며 휘청거리고, 눈앞에는 귀신 같은 형상을 한 동생의 모습.

하루키와 신타는 쏜살같이 도망쳐버렸다.

하야토도 큰일 났다며 황급히 등을 돌려 달아났다.

"이 녀석들—, 거기 서라—!"

그리고 분노한 히메코의 목소리를 신호로 술래잡기가 시작되었다.

그 모습을 사키는 멍하니 보고 있었지만, 꺄아꺄아 소란스러운 모두의 목소리를 듣고 있는 사이에 어째선지 웃음이 올라왔다. 조금 전의 하야토처럼.

그리고 정신이 들자 왠지 미소를 짓고 있는 모두의 곁으로 달리고 있었다.

"히메~, 하루키 씨~, 오빠~, 신타~, 다들 기다려요~!"

한여름의 눈부시게 빛나는 태양 아래, 첨벙첨벙 물소리가 울린다.

주변 일대에는 요란한 매미 소리와 불어드는 바람.

다섯 웃음소리가 푸른 하늘로 크게 빨려 들어갔다.

태양이 바로 위에서 쏟아지는 한낮. 츠키노세 강가의 생활 도로.

그곳에 점점이 물로 발자국이 만들어져 있었다.

다들 정도의 차이는 있지만 옷이 젖는 것도 개의치 않고 강에서 실컷 놀았다.

"이것 참, 가끔은 흠뻑 젖을 때까지 물놀이를 하는 것도 좋은데!"

"차가워서, 기분 좋았어!"

"정말이지, 하루는 강 중간까지 들어가니까 놀랐다고!"

깔깔 웃으며 이야기로 꽃을 피웠다.

강에서 엉덩방아를 찧은 하야토 이외에 특히나 흠뻑 젖은 것은 하루키.

셔츠가 몸에 찰싹 달라붙어서, 소녀다운 선이나 밑에 입고 있는 캐미솔 따위도 드러나고 말았다.

그냥 보고 있을 수만은 없었기에 하야토는 무언가 말하려다가―― 그만두고 머리를 긁적였다. 햇살은 강해서 이대로도 금방 마를 것이다.

왔던 길을 돌아가며 나누는 것은, 함정에 걸려 있던 사냥감에 대한 이야기.

"그건 그렇고, 물고기는 전혀 안 잡혔네, 하야토."

"그만큼 함정 옆에서 첨벙댔으니까 물고기도 경계해서 안 왔겠지."

"그러고 보니 여긴 은어랑 산천어 낚을 수 있지 않았던가?"

"있기는 하지만 숫자가 적어. 노릴 거라면 산 너머에 있는 낚시 구역으로 가는 편이 나아."

"거기는 멀고 유료니까 말이지…… 뭐, 전혀 아무것도 안

걸린 건 아니었잖아?"

그리고 하루키와 하야토는 신타가 열심히 들여다보는 함정 페트병으로 시선을 옮겼다.

안에 있는 것은 엄지손가락 정도 크기의 민물게 십여 마리. 유일하게 함정에 걸려 있던 사냥감이었다.

활발하게 돌아다니는 것, 얌전히 있는 것, 이쪽의 얼굴을 보고 집게를 들어 위협하는 것까지. 보고 있으면 어느 것이든 무척 개성적이었다. 입가에 흐뭇한 미소가 그려졌다.

"응응, 민물게도 좋아!"

"그러네, 활기도 괜찮으니까, 우선은 하룻밤 민물에 담가서 흙부터 뱉게 만들어야겠네."

"근데 오빠, 이 정도 숫자면 고작해야 한 사람 간식밖에 안 되잖아?"

"잠깐, 너희들, 민물게를 먹을 거야?!"

""……어?""

놀란 하루키의 목소리에, 키리시마 남매의 어리둥절한 목소리가 이어졌다.

서로 얼굴을 마주 보고, 한순간 침묵이 흘렀다.

그리고 하루키는 믿을 수 없다는 듯 신타 곁으로 달려가서, 함정 안에 있는 민물게를 바라보며 동의를 구하듯 말을 이었다.

"이렇게나 작고 귀여운 아이들을 먹는다니, 지독한 소릴 다 하는구나—…… 그렇지, 신타 군?"

"민물게 튀김, 바삭바삭해서 좋아."

"신타 군?!"

하지만 신타의 대답에 하루키가 굳었다.

그리고 설마, 하는 표정으로 사키에게 시선을 향하자 곤란하다는 표정이 돌아올 뿐.

"술자리에서도 맥주 안주로 인기예요……."

"사키까지?!"

아무래도 츠키노세에서 민물게는 인기 식재료인 듯했다.

머리를 부여잡은 하루키를 제외하고는 모두, 아하하 이것저것 얼버무리듯 웃음이 번졌다.

그리고 음식 이야기를 한 탓인지 꼬르륵 누군가의 배꼽시계가 울렸다. 이미 점심때였다.

"오빠, 배고파—. 점심 어떻게 해?"

"뭐로 할까…… 어차피 사러 가야 하겠구나."

"아, 그러고 보니! 하야토, 예전에 바비큐 숯에 불을 피우는 비기가 있다고 그랬지? 그거 신경 쓰이는데!"

"와, 바비큐!"

"오빠, 나 채소 잔뜩 넣어서 굽거나 요거트로 이것저것한 치킨 먹고 싶어! 곤로 꺼내자—!"

"내, 내가 할 수 있는 일은 뭐든 말해줘!"

"바비큐, 바비큐!"

하루키와 히메코가 바비큐를 떠들어대기 시작하자, 그때까지 민물게에 정신이 팔려 있던 신타도 신이 나서 이야기에 끼어들었다.

기대에 찬 여섯 눈동자는 하야토도 쳐내기가 힘들었다.

"지금부터 하면 시간이 꽤 걸리는데…… 뭐, 그래그래, 알았다고."

"저, 저도 도울게요~."

"그럼 의지할게, 무라오. 으음, 우선은 닭을 키우는 켄파치 씨한테 고기를 사고, 채소는 괜찮으니까 허브가 문제인가…… 겐 할아버지가 몇 가지 기를 텐데── 응?"

그때, 눈앞의 길에서 희고 복슬복슬한 집단이 나타났다. 양떼였다. 양떼 최후미에는 겐 할아버지의 모습.

어딘가 공터의 잡초를 먹이고 오는 길일까? 겐 할아버지네 양떼는 잡초 제거 일을 할 때가 많았다. 츠키노세에서는 자주 볼 수 있는 광경이었다.

다만 잡초라도 무척 호불호를 가리니까, 효율에 대해 언급해서는 안 된다. 게다가 잡초보다 채소 모종을 좋아한다나. 미식가였다.

"메에~~!"

"후에?"

그리고 이쪽을 알아차린 양 한 마리가 큰 울음소리를 한 번.

사키를 향해 똑바로 달려오더니 머리를 쓰다듬으라며 몸을 비볐다.

"메에에~~!"

"어머? 어머어머어머~?"

"메에, 메에~." "메에~~~~." "메에, 메에~~~."

"어, 어, 잠깐~?!"

그리고 다가온 처음의 한 마리를 계기로, 다른 양들도 다가와서는 사키를 둘러쌌다. 혼자만 몹시 몸이 크고 느긋한 양 하나가, 허둥지둥 모두를 뒤따르는 모습도 흐뭇했다.

갑작스러운 일에 놀란 하루키는 하야토의 옷자락을 붙잡고 양떼를 가리켰지만, 하야토뿐만 아니라 히메코나 신타도 아하하 쓴웃음을 흘릴 뿐.

"사, 사키?! 하, 하야토, 저거 괜찮아?!"

"괜찮겠지, 지금도 무라오라는 걸 알고 응석을 부릴 정도로 똑똑하니까."

"양들이 사키를 묘하게 잘 따른단 말이지―."

양떼 안으로 내던져진 모양새가 된 사키가 열심히 쓰다듬자, "메에~~." "메에, 메에~~"라며 기분 좋은 듯 울음소리를 냈다.

이것도 츠키노세에서는 드물지 않은 광경이었다.

"오―, 장난꾸러기들, 물놀이하고 오나? 한쪽은 아주 싱싱한 남자에다, 한쪽은 아주 요염한 여자가 되지 않았느냐, 앗핫핫!"

"미얏!"

기분 좋은 듯 손을 들며 다가온 겐 할아버지가, 젖은 생쥐 꼴이 된 하야토와 하루키를 보고 웃음을 터뜨렸다.

겐 할아버지의 지적에 처음으로 자신의 상태를 알아차린

하루키가 얼굴을 붉혔다. 그리고 가슴이 보이지 않도록 자신을 그러안으며 움츠러들었다.

히메코는 어이없다는 듯 한숨을 내쉬고, 신타는 어리둥절해서 고개를 갸웃거리고, 하야토는 미간에 복잡한 주름을 지으며 알 수 없는 심경을 얼버무리듯 화제를 돌렸다.

"어— 그게, 겐 할아버지네에서 타임이나 로즈마리 같은 거 기르지 않았던가?"

"으응? 그래, 숫자는 적지만 있지. 왜 그러냐?"

"좀 나눠줘. 바비큐에 쓰자고 그래서 말이지."

"바비큐? 아, 그렇구나. 여름이고 다들 모였으니까. 그렇다면 고기도 필요할 테니, 켄파치 씨한테도 내가 연락을 해둘까?"

겐 할아버지가 놀리는 듯한 목소리로 스마트폰을 꺼내어 하야토에게 보여줬다.

하지만 하야토는 흐흥 코웃음을 치며, 당하지 않겠다는 듯 자신의 스마트폰을 꺼내고는 연극조로 아쉬운 척 대답했다.

"그러네, 내가 연락해도 되겠지만, 켄파치 씨 번호를 모르니까 말이지. 겐 할아버지, 부탁해도 될까?"

"오? 뭐냐, 마침내 스마트폰을 산 거냐."

"……아무래도 도시에서는 없으면 불편했거든."

"앗핫핫, 그런가그런가!"

"그렇다니까. 들어봐, 겐 할아버지! 오빠도 참, 스마트폰이 없으니까 말이지——."

"그래그래, 하야토도 참——."

히메코와 하루키가 예전 하야토의 실패담에 대해 불평하기 시작했다.

겐 할아버지의 으하하 웃음소리와, 사키의 쿡쿡 소리 죽인 웃음이 새어 나왔다. 그리고 두 사람의 입에서 실패담이 나오니 하야토는 떨떠름한 표정을 지을 수밖에 없었다.

중천의 태양이 서쪽 하늘로 조금 기울었을 무렵.

점심을 먹기에는 조금 늦은 오후.

산속의 조금 높은 곳에 있는 키리시마가의 정원은 와자지껄 떠들썩하고, 뭉실뭉실 연기가 피어오르고 있었다. 옆의 누구 소유인지도 모를 공터에는 경트럭과 경차, 그리고 자전거가 여러 대 세워져 있었다.

"우와, 엄청난 불길이야! 사키 지금 그거 봤어?! 불기둥처럼 화악 올라왔다고!"

"삼겹살은 지방이…… 히, 히메, 빨리 뒤집어~."

"머시멜로, 굽는 거 재미있어……!"

숯을 피운 곤로 앞에서는 히메코랑 신타가 즐겁게 떠들고, 사키가 조마조마해서는 나무랐다.

굽고 있는 것은 츠키노세산 옥수수랑 피망, 양파, 토마토에 새송이버섯 같은 채소류에 멧돼지 고기. 치익치익 굽는 소리와 불꽃이 춤을 추고, 연기와 함께 웃음이 피어올랐다.

"이봐——, 맥주 추가로 좀 가져다줘——!"

"옥수수는 이제 다 된 거 아냐?"

"구운 토마토는 다 됐어, 어차피 생으로도 먹을 수 있으니까 말이야, 앗핫핫!"

그리고 바비큐로 흥이 오른 것은 딱히 하야토 일행만이 아니었다.

그 후 양계장을 운영하는 켄파치 씨에게 연락을 한 겐 할아버지는, 부탁받은 채소 말고도 고기와 켄파치 씨를 포함한 많은 주민들까지 데리고 키리시마가로 찾아왔다. 물론 술까지.

하야토도 처음에는 당황했지만, 부탁한 것 이상으로 많은 양의 식재료를 가져다주고 돈은 됐다고 그러니 가정의 지갑을 쥔 몸으로서는 거절할 수 없었다.

이렇게 대낮부터 술자리가 시작된 것도 하야토가 오히려 흔쾌히 받아들였기 때문이다. 오락거리가 적은 츠키노세에서 이렇게 술자리의 낌새를 알아차린 참가자가 멋대로 늘어나는 건 자주 있는 현상이었다.

"하야토, 아직일까아직일까?! 엄청 맛있을 것 같은 냄새가 새어 나오는데!"

"어―, 슬슬 괜찮을지도."

안절부절못하는 하루키의 시선 앞에 있는 것은, 오늘의 핵심인 두 종류의 치킨이다.

하나는 소금을 조금 많이 뿌리고 숯불로 껍질이 바삭바삭해질 때까지 제대로 구운 뒤, 타임, 바질, 로즈마리 등 막 딴

프레시 허브와 함께 알루미늄 호일로 감싸서 굽고 있는 그릴 허브 치킨.

하나는 소금, 후추, 레몬즙을 주물러 바르고, 다진 생강, 마늘에 큐민, 코리앤더, 터메릭, 칠리 파우더와 요거트를 합친 소스에 절인 뒤, 꼬치에 꿰고 버터를 발라서 굽고 있는 탄두리 치킨.

둘 다 향긋하고, 겉보기도 손색이 없이 맛있어 보였다.

"으으으~, 둘 다 꽤나 오래 굽고 있잖아?!"

"뭐, 익기는 했을 테니까 괜찮겠지. 시험 삼아서 하나 열어볼까."

"예예예, 내가 열게── 우와!"

말하자마자 하루키가 알루미늄 호일을 개방하고, 금세 농축된 허브와 치킨이 어우러진 강렬하고 상쾌한 향기가 주위로 퍼졌다.

그리고, 주변의 수다가 그쳤다.

그때까지 떠들고 있던 모두의 흥미가 그릴 허브 치킨으로 쏟아지고 있었다. 어디선가 꿀꺽 침을 삼키는 소리도. 그야말로 이 자리의 주역이 나타난 순간이었다.

"아, 우선 잘라야겠네."

"오빠, 빨리빨리!"

"오, 오빠, 일회용 접시는 여기에 준비할게요~."

"하야토, 내 것만 다른 사람들보다 적지 않아?!"

"자자, 조르지 마. 잔뜩 구워뒀으니까."

치킨을 분배하는 하야토 옆에서 하루키와 히메코가 맹렬한 식욕을 발휘하여 팍팍 위장을 열고 있었다. 두 사람의 기세에 이끌려 먹던 신타도, 뺨을 빵빵하게 부풀리고서는 목이 막혀 사키가 물을 주고 등을 쓰다듬어주었다.

그리고 식욕이 자극된 것은 그녀들만이 아니었다.

"이봐— 하야 꼬마. 이쪽으로도 가져다줘—."

"살짝 매운 녀석이 좋은데, 맥주에 맞으니까!"

"그러게!"

"앗핫핫!"

"자자, 조금만 기다려줘."

겐 할아버지를 포함한 어른 팀도 빨리 먹게 해달라고 졸랐다.

하야토는 쓴웃음 지으면서도 척척 나누었다.

이렇게 누군가를 대접하는 것은 싫지 않다. 습관이 된 느낌도 있었다.

확실히 이런 일은 수고가 들고, 힘들다. 그래도 맛있다, 더 줘, 또 먹고 싶다, 라는 말을 들으면 옛날에 뚫린 오랜 상처가 남은 마음이 채워진다. 흐뭇한 미소를 머금게 된다.

"아, 겐 씨랑 켄파치 씨 쪽에는 제가 가져갈게요~."

"무라오?"

"오빠, 아까부터 계속 만들기만 하고 먹질 않잖아요. 아, 남은 치킨도 제가 잘라서 나눌게요~."

"아니 하지만…… 아."

그러면서 사키는 하야토가 든 일회용 접시를 홱 낚아챘다. 갑작스러운 일에 눈을 끔벅거리는데, 대답 대신에 뱃속에서 꼬르륵 소리가 울렸다.

　　사키가 그것 봐요, 라는 듯 쓴웃음을 흘리니 대답할 말도 없었다.

　　그리고 하야토도 눈앞의 그릴 허브 치킨을 일회용 접시에 담아서 먹기 시작했다.

　　"응, 맛있어, 잘 됐네."

　　바삭바삭하게 구운 껍질과 넘쳐나는 육즙과 함께, 허브의 상쾌한 향기가 입 안으로 퍼졌다.

　　푸른 하늘 아래 바람을 쐬며 가득 펼쳐진 논밭을 바라보고 하는 식사는, 각별한 개방감도 어우러져서 더더욱 좋았다. 공복이기도 해서 먹는 손이 멈추지 않았다.

　　순식간에 접시가 비자 옆에서 홀쩍 새로운 접시가 튀어나왔다. 멧돼지 고기와 채소가 담겨 있었다. 그야말로 가득.

　　"자, 이것도 먹어야지, 하야토."

　　"하루키."

　　아무래도 하루키가 추가로 가져다준 모양이었다.

　　그리고 하루키는 옆에 앉아서 자기 몫을 맛있게 먹기 시작했다.

　　누군가와——하루키와 함께 먹으니 맛이 더욱 배가되는 것 같았다.

　　"문득 생각했는데 말이지, 바비큐는 저쪽에선 절대로 못

하겠지."

"그러게, 우리 집은 아파트고, 하루키네는 정원이 그다지 넓질 않고."

"후훗, 게다가 혹시 했다가는 연기 때문에 폐가 된다며 혼날 거야."

"그리고 보니 고깃집 연통이 제대로였는데."

"아, 고깃집! 우리한테는 비밀로 남자애들이랑 갔던 거 기억하거든! 다음에 데려다줘!"

"예예."

그런 시답잖은 대화를 나누며, 고기를 구워서는 먹는다. 그것을 반복했다.

히메코와 신타도 힘겨운 듯 배를 붙잡으며 먹고, 그 모습을 지켜보는 겐 할아버지네 어른 팀은 재미있어하며 더 먹으라고 권유하다가 사키에게 질책을 듣고 있었다.

다들, 웃고 있었다.

문득 그 모습을 바라보던 하루키가 툭하니 아무것도 아니라는 듯 중얼거렸다.

"하야토랑 히메코, 사키나 신타 군, 겐 씨나 켄파치 씨까지…… 사람들이 잔뜩 있구나."

"그러네."

"나 있지, 츠키노세에 오길 잘했어."

"……하루키?"

그리고 하루키는 곤란하기도 하고 기쁜 것 같기도 하고,

어딘가 쓸쓸해 보이기도 하는 복잡한 웃음을 흘렸다.

어디선가 본 기억이 있는 표정이었다.

하지만 제대로 떠오르지 않았다.

말을 뒤졌지만 찾지 못하고, 하야토의 가슴이 조여들었다.

무언가 말을 해야 돼—— 그런 사명감과도 닮은 심정에 사로잡혀, 억지로 말을 짜내려던 그때였다.

"어— 그게——."

"메에~~~~, 메에, 메에에에~~~~!"

""어?!""

어딘가 무거워지려던 분위기를, 몹시 다급한 느낌의 울음소리가 찢어놓았다.

나타난 것은 어딘가 본 적 있는 양.

예상 밖의 난입자에 모두가 무슨 일이냐며 얼굴을 마주 봤다.

"어라? 무슨 일이지…… 저거~?"

"메에에~~~~, 메에~~~~!"

"뭐?! 사키가 아니라 나야?!"

양은 잘 따르는 사키를 지나쳐서, 겐 할아버지에게 일직선으로 달려가더니 옷자락을 물고 잡아당겼다.

겐 할아버지네 양은 이따금 탈주해서 느긋이 산책할 때가 있다.

하지만 그런 것치고는 분위기가 이상했다.

무언가 전하고 싶은 것이 있는 듯한데 그것이 무엇인지를 모르겠다.

다들 더욱더 곤혹스럽다며 고개를 갸웃거리고, 조금 전에 추가 술을 자전거로 가지러 갔던 사람이 안색이 바뀌어서는 "이봐—!"라며 외쳤다.

"큰일이야, 겐 씨네 양이 출산하려고 해!"

""""뭐?!""""

계절에 어긋난 양의 출산 소식은, 모두의 취기를 날려버리기에 충분한 것이었다.

시골과 달리 도시의 말매미는, 숲의 나무가 아니라 건물의 외벽에 붙어서 아침부터 지잉지잉지잉 울고 있었다.

그렇게 말매미들이 노래하는 주택가, 어느 모퉁이에 있는 오래된 일본 가옥의 세면대.

미나모는 거울 앞에서 복잡한 표정을 짓고, 빗과 헤어밴드를 손에 들고서 악전고투 중이었다.

"으으으, 이상하지 않을까…….''

불안한 혼잣말이 새어 나왔다.

거울에 비치는 것은 곱슬곱슬한 머리카락을 하프업으로 땋는 자신의 모습.

천진난만하면서도 어른스러운 느낌이 어우러지며 그녀의 매력을 이끌어 내고 있었다.

평소라면 하야토의 어머니, 마유미가 꾸며주는 헤어스타일이지만 최근에 하루키에게도 배우며 혼자서도 할 수 있도록 연습하고 있었다.

묶은 뒷머리가 불안하게 폴짝폴짝 흔들렸다.

"아, 슬슬 가야겠네요.''

교복으로 갈아입고 집을 나서자 옆집 마당에서 "멍!'' 하고 기운찬 인사가 날아들었다.

시선을 향했더니 러프 콜리 렌토가, 펜스까지 꼬리를 흔들며 달려왔다.

"렌토, 안녕. 오늘도 덥구나~."

"멍! 멍멍, 멍!"

"어머, 미나모, 안녕…… 어머, 어머어머어머! 오늘은 머리가 엄청 귀엽구나!"

"아마미 씨, 안녕하세요! 그게, 이상하진 않을까요?"

"아니, 전혀! 우후후, 잘 어울려. 지금부터 학교 가니?"

"예, 부 활동이에요."

"어머, 어머어머어머, 부 활동! 청춘이구나…… 후훗, 잘 다녀오렴."

"예!"

굉장히 멋진 미소를 짓는 이웃에게 인사를 하고, 미나모는 학교 화단을 향해 통학로를 걸어갔다.

자, 오늘은 어떻게 돌봐줘야 할까?

그런 생각을 했지만, 평소와 다른 헤어스타일이라서 조금은 주변의 시선이 신경 쓰이고 영 뒤숭숭하기도 했다. 자연스럽게 걸음이 빨라지고 말았다.

교문을 지나가자 운동장에서 활발한 구령이 들렸다.

여름방학이라고는 해도 미나모 말고도 부 활동 등으로 학교에 오는 학생은 많았다.

"좋아!"

화단에 도착한 미나모는 꾹, 가슴 앞으로 주먹을 쥐고서 기합을 넣었다.

이 시기는 다양한 여름 채소 수확이 기다리기에 항상 꽃이 잔뜩 피어 있었다.

또 방심하다가는 금세 잡초가 무성해질 테고 태풍도 다가온다고 하니, 세세한 손질과 대책 마련이 필요하다.

얼핏 본 결과 오늘의 수확은 없을 듯했다. 그 대신 생명력 왕성한 여름 채소들의 제멋대로 자란 잔가지를 전정하거나 잡초를 뽑거나, 손질을 했다.

점점 깔끔해지는 화단의 모습을 보며 어딘가 자신의 헤어스타일 손질과도 비슷하다며 쿡쿡 웃음을 흘렸다.

그렇게 한바탕 작업을 마치고, 후우 한숨을 내쉬며 이마의 땀을 손등으로 훔쳤을 때.

문득 스마트폰 벨소리가 울렸다.

"어? ……여보세요, 하루키?"

『야호— 오랜만이야, 미나모. 지금 뭐 해? 괜찮아? 어라, 혹시 밖이야? 바빠?』

하루키의 전화였다. 그녀의 목소리는 흥분으로 물들어서는 무척 들떠 있었다.

미나모는 무슨 좋은 일이라도 있었나 싶어 쓴웃음을 흘리고, 작업을 멈추고서 그늘로 이동했다.

"마침 화단의 채소를 얼추 돌본 참이에요. 그리고 태풍에도 대비해야 하는데…… 무슨 일 있었나요?"

『응응, 있잖아, 들어봐, 굉장했어! 출산이! 양이! 어제 낮

부터 계속! 출산할 계절이 아니라 큰일이라고. 다들 시끌벅
적해서, 밤을 새게 돼서!』

"어머!"

『준비 같은 것도 전혀 안 됐고, 난산이고, 먼 곳까지 수의
사 선생님도 부르러 가야 하고, 겐 할아버지만이 아니라 마
을 사람들도 허둥지둥했는데! 조금 전에 간신히 전부 끝난
참이었거든!』

아무래도 어제 낮부터 지금까지 계속, 양 출산과 씨름했
다나 보다.

하루키에게도 뜻밖인, 그리고 잊을 수 없는 일이었다고
한다.

아직 흥분이 식지 않은 모습으로『지푸라기 잔뜩 모았어!』
『밧줄로 어미 양 배에서, 줄다리기처럼 잡아당겼어!』『츠키
노세에서는 양의 출산 자체가 아직 세 번째밖에 안 됐대!』라
며, 그때의 모습을 필사적으로 이야기했다.

스마트폰 너머에서 하루키가 손짓 발짓을 하는 모습이 선
해서, 미나모도 흐뭇한 표정을 지었다. 아무래도 츠키노세
전체를 끌어들인 일대 이벤트로 발전한 듯했다.

『다들 엄청 열심히 했어. 하야토는 이것저것 부탁을 받고,
사키는 주로 뒤에서 보조를 하고…… 나는 그냥 이리저리
허둥대고. 그래도 있지, 태어난 순간에는 정말로 굉장했거
든. 날이 밝자마자 다들 손을 들고서 와아 기뻐했는데, 그
만 눈물이 나오더라고.』

"그런가요. 생명이 태어나는 순간과 마주한 거군요."

틀림없이 그것은 하루키가 이야기하는 것 이상으로 대단한 일이고, 신비한 일이었을 것이다.

미나모는 눈가에 호를 그리고, 화단에 흐드러지게 핀 여름 채소의 꽃들을 바라보며 생각에 잠겼다.

처음 열매가 맺혔을 때의 감동을 다시금 떠올리면, 누군가에게 이야기하고 싶다는 하루키의 마음을 잘 알 수 있었다. 그 마음을 자신에게 이야기해 주었다는 사실이 가슴에 남았다.

『그래, 나랑 마찬가지로 계산 착오로 태어났는데도, 다들 기뻐했다니까…….』

"하루키……?"

문득 하루키가 툭하니 중얼거렸다. 그 음색은 몹시 무기질적이라 감정의 색깔이 보이지 않았다. 아니, 무언가를 필사적으로 억누른 것 같았다.

미나모는 새어 나온 그 말에 숨을 삼켰다. 가슴이 욱신거렸다.

하루키의 가정 사정은 들었기에 친구로서 무언가 말하고 싶었지만 그 말은 찾을 수가 없었다.

헛도는 머리로, 필사적으로 생각을 짜냈다.

"이, 이제 곧 할아버지가 퇴원하세요!"

『어?』

"하야토 씨 어머니도, 조만간에, 그게…….."

『……아하핫! 응, 그런가. 그렇구나. …………고마워, 미나모.』

"하루키……."

『후와~아. 나도 엄청 졸음이 쏟아져서. 미안해, 또 연락할게.』

"아……."

전화는 미나모의 대답을 기다리지 않고 끊어졌다. 명백하게 배려하는 행동이었다.

하아, 한심한 목소리로 한숨을 흘렸다.

하늘을 올려다보니 마침 바로 위에 있던 태양이, 뭉게구름에 가려져서 지면으로 그림자를 드리웠다.

그와 동시에 점심시간을 알리는 종소리가 울렸다.

"아, 정리해야겠네요."

마음을 다잡은 미나모는 재빨리 전정한 잔가지나 잡초를 쓰레기봉투에 넣어서 정리하고, 쓰레기장으로 걸음을 옮겼다.

학교 뒤뜰, 그곳에 있는 쓰레기장은 평상시에도 학생이 방문할 일은 그다지 없다. 지금은 여름방학이기도 하니까 더더욱.

그래서 그곳에 누가 있을 줄은, 생각도 하지 않았다.

"어째서인가요?!"

"그게, 나한테는 따로, 마음에 둔 사람이……."

"그건 거짓말이에요! 소문과 다르게 카즈키 군이 니카이도 양을 정말로 어떻게 생각하는지, 난 알아요!"

그곳에 있던 것은 치정 싸움을 벌이는 것 같은 한 쌍의 남녀.

이곳은 고백 포인트로도 유명한 장소다. 미나모도 몇 번인가 그런 현장을 보아서 어느 정도 익숙했다. 남자가 카즈키인 케이스는 특히 더.

평소라면 숨을 죽이고서 지나칠 참이지만, 니카이도라는 명백하게 하루키를 가리키는 말에 동요해서 어깨를 움찔 떨며 쓰레기봉투를 툭 떨어뜨리고 말았다. 당연히 그들도 미나모의 존재를 알아차렸다.

"누, 누구야?!"

"······너는 아마 하야토 군이랑 같은 원예부인."

"아, 저기 그게, 쓰레기를······."

겸연쩍은 표정을 지은 미나모는, 떨어뜨린 쓰레기봉투를 주워들며 엿볼 생각은 없었다고 어필. 미나모의 표정을 보고도 타의는 없었음을 모를 사람들은 아니었다.

무어라 형용할 수 없는 분위기 가운데, 미나모의 아하하 메마른 웃음이 울렸다.

"······저, 포기하지 않을 거예요."

"타카쿠라 선배!"

"······아."

그런 말을 남기고, 2학년 여학생── 타카쿠라 선배는 몸을 돌려서 떠났다.

그녀에 대해서는 미나모도 소문으로 알고 있었다.

연극부 소속에 좋은 집 아가씨로, 작년 미스 콘테스트의 압도적 승자인 그녀는 떠나는 모습도 그림이 되었다.

이런 상황임에도 빠져들고 마는 걸 보면 역시나 2학년의 유명인.

하지만 아무래도 카즈키에게 그냥 집착하는 게 아니라 심상치 않은 사이 같았다.

생각해보면 이전에도 두 번, 그녀가 카즈키에게 고백하는 모습을 봤다.

아마도 두 사람 사이에는 상당히 복잡한 사정이 있을 것이다.

그런 겸연쩍은 심정이 미나모의 표정으로 드러났는지, 카즈키는 분위기를 수습하는 쓴웃음을 한 번 짓고 미나모를 돌아봤다.

"아하하, 이상한 걸 보여줬네. 그게, 조금 전 일은 잊어줄 수 있을까? ······그럼."

그러면서 카즈키는 가볍게 손을 들고 이 자리를 떠나려 했다.

"저, 저기, 잠깐만요······?!"

"어?! 으, 으음······?"

하지만 미나모는 반사적으로 카즈키를 붙들어 세우고 말았다.

놀란 것은 카즈키만이 아니라 미나모도 마찬가지라, 말꼬리에서는 완전히 곤혹의 기색이 배어 있었다.

애초에 미나모와 카즈키에게 직접적인 접점은 없다. 고작해야 하루키나 하야토의 이야기에 언급되는 정도. 말하자면 친구의 친구.

게다가 미나모는 이곳에서 카즈키가 여자를 차는 모습을 잔뜩 보았다. 드문 일도 아니었다. 그런데도 오늘만큼은 붙들어 세우고 만 것은 왜일까?

"지, 지금 카이도 군, 하루키나 하야토처럼, 괴로운 표정이에요……!"

"웃?!"

그것은 그들과 똑같이, 마음속에 있는 무언가를 필사적으로 견디려 하는 표정이었다.

어째선지 미나모로서는 무시할 수가 없었다.

조금 전 하루키와의 통화가 있었기에 더더욱.

카즈키는 굳어서 크게 눈을 떴다. 그리고 하늘을 올려다보며 탄식을 한 번 뱉었다.

"큰일이네, 그건 지금의 나한테 최고로 곤란한 한마디야."

카즈키는 항복이라는 듯, 가볍게 양손을 들고서 그렇게 중얼거렸다.

그리고 잠시 후.

미나모는 카즈키에게 이끌려서 어느 카페에 와 있었다.

"여긴……."

진짜 일본풍 인테리어에 뛰어다니는 점원의 살깃 무늬 하카마 제복.

미나모네 교실에서도 자주 화제로 언급되는 과자 시로였다.

미나모도 할아버지에게 병문안을 갈 때 그 인기를 자주 보았지만, 다행히 여름방학이라고는 해도 평일, 점심 피크 타임을 지난 시간대라서 빈자리가 여기저기 보였다.

"서서 이야기하는 것도 그렇고, 조용한 장소가 좋을 것 같아서…… 그, 꽤나 걷게 했으니까 내가 살게."

"아, 아뇨, 그건 그게, 개의치 마세요."

"하핫, 괜찮아."

"저, 저기……."

미나모는 익숙하게 가게로 들어가는 카즈키를 황급히 뒤쫓았다.

가게로 들어온 것은 처음이었다. 흥미는 있었지만 내향적인 미나모에게 혼자 화려한 카페에 들어가는 것은 무척 허들이 높았기 때문이다.

흘끗 카즈키를 봤다.

늘씬하니 키가 크고, 거리에서도 오가는 여성들의 주목을 받던 상쾌한 미남. 실제로 지금도 가게 안의 뜨거운 시선을 모으고 있었다. 그 옆에 서 있으면서 긴장하지 않는 편이 어려웠다.

"어서 오—— 아니, 카즈키?! 게다가 여자를 데리고 왔는데?!"

"여, 이오리 군. 그게, 뭐 조금 사정이 있어서."

"어, 아, 그, 잘 부탁합니다."

"손님, 머리 숙이지 마세요!"

포렴을 지나자 놀란 목소리가 맞이했다.

카즈키와 친한 듯 말을 던지는 밝은 머리카락의 점원——
이오리였다.

그러나 미나모도 이오리와 접점은 없었다. 고작해야 눈앞
의 대화에서, 두 사람이 허물없는 사이임을 알 수 있을 뿐.

어떻게 된 일일까.

문득 카즈키의 얼굴을 본 이오리가 눈을 크게 뜨며 진지
한 표정을 짓고, 어쩔 수 없다는 듯 머리를 긁적였다.

"어— 그게, 안쪽 별실 구석, 거기라면 남들의 시선을 피
할 수 있어."

"고마워, 이오리 군."

"됐어, 나중에 이유 정도는 가르쳐줘라?"

"이야기할 수 있는 범위라면."

가게 입구에서 잘 안 보이는 장소로 안내를 받았다. 다른
손님과도 거리가 있어서 대화가 들릴 일은 없을 것이다. 어
려운 대화를 나누기에는 적절한 자리였다.

신발을 벗고 자리에 앉자마자 카즈키가 메뉴판을 건넸다.

"와아!"

시야에 날아든 것은 형형색색의 일본풍 과자들.

수조에서 헤엄치는 금붕어 젤리, 수박이나 망고 같은 여름 과일을 사용한 찹쌀떡, 그리고 수국 같은 여름의 꽃을 본 뜬 라쿠간*.

미나모는 화려한 그 모습에 눈을 반짝였다가, 이내 미간에 주름을 지었다.

너무나도 종류가 많아서 어느 것으로 할지 고민에 빠지고 말았다.

"쿠즈키리** 말차 파르페가 추천이야."

"후에?"

"탱글한 쿠즈키리의 목 넘김과 상쾌함, 말차의 쓴맛과 단맛이 여름다워서 좋다고 들은 적이 있거든."

"아, 예, 그럼 그걸로."

"저기요—, 쿠즈키리 말차 파르페 둘—."

망설이고 있던 참에 마침 잘됐다며 카즈키의 제안에 따랐다.

카즈키가 주문을 하는 동안, 다시금 가게 안을 둘러봤다.

회반죽으로 칠해진 검은 기둥과 들보, 그것들과 대조적인 하얀 벽이 차분한 분위기를 연출하고, 그 공간을 뛰어다니는 것은 하카마의 모던 일본풍 제복.

그렇구나, 소문이 도는 것도 이해가 됐다. 저 제복은 스스로도 조금 입어보고 싶을 정도니까.

---

*곡물 가루와 설탕을 틀에 굳혀서 만드는 과자.
**칡가루를 굳혀서 면 모양으로 자른 음식.

미나모는 자신의 앞머리를 꾹 잡아당겼다.

괜찮을까? 이상하지 않을까?

평소의 미나모는 꾸미는 것과 거리가 멀어서, 오늘은 이런 헤어스타일로 오기를 잘했다고 생각하는 한편, 아무래도 반짝반짝 빛나 보이는 다른 손님들과 자신을 비교하고 말았다.

"그러고 보니, 평소랑 헤어스타일이 다르네."

"예?! 저, 저기 그게, 이상……하지 않나요?"

"전혀! 잘 어울려서 귀여워."

"읏! 아으으……."

생글생글 붙임성 있는 미소로 카즈키가 헤어스타일을 칭찬하자, 미나모는 수치심에 얼굴을 새빨갛게 물들이고는 어깨를 작게 움츠리고 말았다.

제대로 얼굴을 보지도 못하고 무릎을 꾸물꾸물.

그래도 칭찬을 해줬으니 무언가 답례의 말을 해야—— 그런 생각에 쭈뼛쭈뼛 고개를 들자, 실수했다고 전하는 듯한 카즈키의 눈과 딱 마주쳤다.

"어— 그게, 미안해…… 나쁘게 생각하지 말고 들어줬으면 좋겠는데, 지금 그건 딱히 꼬신다든지 그럴 생각으로 한 말은 아니고, 그냥 그렇게 생각한 거라고 해야 되나, 어어……."

"후엣?! 저기 그게, 저도 그냥 그런 말을 듣는 게 익숙하지 않아서, 놀랐다고 할까 부끄러워졌다고 할까……."

"그, 그렇구나, 그럼 다행이네! 하핫!"

"아, 아하하……."

어쩐지 맞물리지 않는 이상한 대화를 펼치는 카즈키와 미나모. 서로 어색한 미소가 흘렀다.

"그게, 주의하고는 있는데 아무래도 사람에 따라서는 받아들이는 게 달라서인지 묘한 기대를 하게 만들어버릴 때가 있어."

"혹시, 조금 전 그 타카쿠라 선배도?"

"……아, 그 사람은 중학생 시절부터 이런저런 일이 있어서."

카즈키는 곤란하다는 표정으로 씁쓸하게 미간에 주름을 지었다.

미나모에게는 한순간 그것이, 이따금 하루키가 드러내는 어딘가 자학적인 표정과 겹쳐 보였다.

물론 무슨 말을 해줘야 할지는 알 수 없었다. 애당초 카즈키와 제대로 대화를 나누는 것은 오늘이 처음이니까.

미묘한 분위기가 흐르다가, 기가 막힌다는 심경을 머금은 밝은 목소리에 흩어졌다.

"무—슨 이상한 표정이야, 카즈키?"

"어?! 아, 이오리 군."

"저기, 그게………… 와아!"

"자, 쿠즈키리 말차 파르페 나왔습니다."

미나모는 테이블에 나온 쿠즈키리 말차 파르페를 보고, 가슴 앞으로 양손을 꽉 쥐며 눈을 반짝였다.

쿠즈키리, 경단, 앙금을 겹치고 말차와 흑임자 아이스크림과 생크림으로 장식한 파르페. 녹색과 하얀색과 검은색의 화사한 콘트라스트가 여름철에 반가운 시원함을 연출했다.

과연, 추천할 만했다.

이오리는 이야기를 들을 생각은 없는지 쓴웃음을 지으며 바로 안쪽으로 물러났다.

이제 먹어도 되려나? 그런 생각을 하며 카즈키의 얼굴을 흘끗 봤더니, 마음껏 먹으라는 듯이 싱긋 웃으며 손잡이가 긴 파르페 스푼을 들었다.

"잘 먹겠습니다…… 으응?!"

가장 처음으로 입 안에서 느껴진 것은, 적절한 냉기였다.

뜨거워진 몸의 열기가 빼앗기고, 그곳으로 말차의 상쾌한 쓴맛과 단맛이 퍼졌다. 매끈한 쿠즈키리의 식감도 엄청났다.

"맛있어~!"

"응응, 이것도 맛있네. 후후, **그만큼** 열심히 맛을 이야기할 만하네."

카즈키는 무언가를 떠올리며 흐뭇한 표정을 짓고 있었다.

아무래도 추천받았을 때를 떠올리는 것이리라.

추천한 누군가가 어지간히도 특별한 상대인지, 보는 쪽도 그에 이끌려서 웃음을 흘리고 말 정도로 멋들어진 미소였다. 마치 하루키가 하야토에 대해서 이야기할 때처럼.

"아, 혹시 그 추천한 사람이 카이도한테 특별한 사람인 건가요?"

"으응?! 콜록, 콜록콜록콜록, 으음!"

"괘, 괜찮아요?!"

미나모가 자기 생각을 그대로 툭 흘리자 카즈키는 성대하게 목이 메었다. 몇 번이나 기침을 하고, 눈꼬리에 눈물을 글썽거리고, 얼굴은 새빨갰다.

미나모도 카즈키의 색다른 반응에 허둥대고 말았다.

또 지레짐작을 해버렸나 싶어 뒷머리가 폴짝폴짝.

"콜록…… 후우, 이제 괜찮아. 그게, 갑작스러워서 놀랐다고 할까…… 확실히 조금 특별한 사이고, 좋은 아이라고 생각하지만, 서로 그런 대상이 아니라고 할까……."

"? 그런가요?"

"…………응."

카즈키의 미소에는 살짝 그림자가 드리워 있어서 도저히 그 말 그대로 받아들일 수가 없었다.

미나모가 걱정스럽다는, 곤란하다는 표정을 짓자 카즈키는 한 손을 이마에 대고 한숨을 한 번 쉬었다. 그리고 가볍게 머리를 내젓고 미나모를 다시 바라봤다.

"하아. 나는 누군가와 사귄다든지 좋아한다든지, 그런 걸 잘 모르겠거든. 게다가 아마도 나한테는 누군가와 뭔가를 할 자격이 없어."

"카이도?"

"……소문은 들은 적 없어?"

"으음 그게, 무척 인기 있다는 것 정도는……."

"……중학생 때, 세 다리를 걸쳤다는 거."

"…………어."

미나모의 얼굴이 혐오로 일그러졌다.

문득 뇌리를 스치는 것은 홀로 지내는 할아버지의 집, 그리고 집에 얼굴을 비추지 않는 아버지의 얼굴.

어지간히도 지독한 표정이었는지 이번에는 카즈키가 허둥댔다.

"소, 소문은 어디까지나 소문이야! 그게, 양다리라고 생각해도 어쩔 수 없는 상황이 되었다고 해야 되나, 결코 나로서는 그럴 생각 없었고, 헤어지려고 협력을 받다가 세 다리로 보이게 되었다고 할지, 아무튼 사실 전혀 바람을 핀다든지 그런 게."

"어, 아, 예! 미, 미안해요, 지레짐작을 해서, 그게……."

"아, 아하하……. 아니야, 내가 말해놓고서, 응. 지독한 녀석이라고 생각해."

필사적으로 변명의 말을 꺼내는 카즈키는 우스꽝스러울 만큼 진지했다. 그 모습은 미나모의 친구—— 하루키를 방불케 했다.

"……쿡."

"미타케……?"

그에게 어떤 과거가 있었는지는 모른다.

하지만 얼핏 빈틈이 없는 것처럼 보이지만 사실은 하루키처럼 그저 서투르고, 무척 진지할 뿐이라는 것이 전해졌다.

그렇게 생각하니 어딘가 밉지 않아서 그만 웃음을 흘리고 말았다.

"후후, 미안해요. 그래도 이걸 추천해준 애는 그 여자들이랑 다른가 보네요. 사이도 좋은 것 같고요."

"음…… 추천받았을 때는 수많은 사람 중 하나에 불과했고, 그게, 미움을 받지는 않는다고 생각하지만……."

어딘가 불안해 보이는 표정을 짓는 카즈키.

미나모는 또다시 눈을 끔벅거렸다.

말할 것까지도 없이, 카즈키는 무척 인기 있다. 이렇게 대화를 나눠보니 외모나 행실만이 아니라 상대에 대한 배려도 느껴져서, 같은 반 여자들이 목소리를 높이는 것도 납득이 갔다.

그렇기에, 이렇게 특정한 누군가의 반응을 신경 쓰는 모습이 놀라웠다.

아무래도 어지간히도 특별한 상대인가 보다.

"좋아, 하나요?"

"조……!"

카즈키는 말문이 막혔다.

하지만 그것도 한순간, 카즈키는 가슴에 손을 대며 괴롭게 말을 흘렸다.

"……그건 상관없어. 그 애는 따로 좋아하는 애가 있으니까."

"후에?"

"다만 본인은 『좋아하는 사람이 있었다』라고 과거의 일로 끝내려고 하는 모양이지만, 그게, 정말로 착한 애라서, 나는 응원하고 싶은 마음이 강하다고 할까……."

"응원, 인가요……."

"자기가 미는 아이돌의 행복을 바라는 것과 가까울지도."

"후훗, 그렇게 말하니까 조금은 알겠네요."

미나모는 예전에 밤의 공원에서, 흠뻑 젖은 하루키와 만났을 때를 떠올렸다.

서투르고, 비밀을 털어놓아 주고, 친구가 되어준 여자아이.

틀림없이 그 아이는 카즈키에게 그런 상대일 것이다.

그런 대화를 나누는 사이 어느샌가 파르페가 비었다.

"뭐, 아까 그 타카쿠라 선배랑도 이전에 연애 관련으로 이래저래 실패를 해서…… 그러니까 당분간 그런 건 없어도 괜찮을 것 같아."

"실패, 인가요."

"응, 실패. 다른 사람의 마음이라는 게 이래저래 잘 알 수가 없게 되어버려서 말이지…… 게다가──."

팅, 스푼이 유리잔을 때리는 소리와 함께, 카즈키는 자신의 생각을 흘렸다.

"사랑이나 애인 같은 것보다는 누군가와의 인연이라고 해야 되나, 친구와의 확실한 것을 원해."

"친구……."

그러면서 웃는 카즈키의 얼굴은 무척 눈부시고 무언가에 애태우는, 애절하지만 또한 아름다운 표정이었다.

인연—— 그 말이 미나모의 가슴에도 박혔다.

미나모가 말을 아끼는 사이 카즈키는 평소의 싱글거리는 미소로 돌아와서는 일어섰다.

"이런, 너무 오래 붙잡았나? 그게, 거의 투덜거리기만 했는데, 이것저것 들어줘서 고마워."

"아, 아뇨, 그게, 정말로 듣기만 했으니까…… 아, 그래도 괜찮다면, 또 이야기 들을게요!"

순간적으로 그런 말을 꺼냈다.

카즈키는 잠시 굳어서는 눈을 끔벅거리고, 무언가 납득했다는 듯 고개를 끄덕이며 웃었다.

"아, 그렇구나. 미타케의 그런 점은 하야토 군이랑 닮았어. 그래서 나도 술술 이야기해 버린 걸까?"

"후에?!"

"하핫, 그럼 또 무슨 일 있으면 투덜대도록 할게. 그럼!"

"……앗!"

그리고 카즈키는, 미나모가 놀라서 굳어 있는 틈에 영수증을 들고서 계산을 마치고 가게를 나갔다.

남겨진 미나모는 한동안 멍한 모습으로 뒷머리를 폴짝폴짝 움직였다.

제 3 화 비익의 새, 연리의 가지

양 출산 소동으로부터 얼마 후.

이날 츠키노세의 산은 어딘가 찌릿찌릿하면서도 조용했다.

태양이 서쪽 산으로 기울 무렵.

산 중턱에 있는 신사 옆, 무라오가, 그중에서도 사키의 방.

그곳에서 하루키와 사키는 산과 마찬가지로 어딘가 찌릿 찌릿한 분위기 가운데 진지한 얼굴로 손을 움직이고 있었 다. 그녀들 옆의 바닥에는 천 생지나 끈, 봉재 도구가 굴러 다녔다.

"으음, 틀에 맞춰서 생지를 조금 크게 자르고, 어······."

하루키가 만드는 것은 수첩 모양의 스마트폰 케이스.

얼룩 털 고양이가 프린트된 천 생지를 틀에 맞추어 조심 스럽게 자르는 참이었다.

"영차, 엄청 단단해, 그래도~."

사키가 만드는 것은 앞치마.

만드는 것 자체는 간단하지만, 그냥 만들면 재미없으니까 여우 도안을 손바느질로 붙이려고 악전고투 중이었다.

둘 다 하야토에게 줄 생일 선물이었다. 이따금 인터넷으 로 조사한 제작 방법이 맞는지를 확인하며 작업이 진행되고 있었다.

그때, 밖에서 쏴아 강한 바람이 불었다.

바람의 몸통박치기를 당한 창문이 덜커덩 소리를 내자, 구름이 흘러갔는지 새빨간 석양이 방으로 비쳐들었다.

"와, 벌써 저녁이야!"

"으응~, 나머지는 밤에 할까."

사키의 말에 손을 멈춘 하루키가 양손을 들고서 쭈우―욱 기지개를 켜자 어깨가 두둑 울렸다.

츠키노세에 온 뒤로 때를 봐서 제작을 진행했고, 오늘은 오후부터 계속 작업 삼매경이었다. 하루키는 모양이 제대로 잡힌 스마트폰 케이스를 보고 절절하게 중얼거렸다.

"응, 조금만 더 하면 완성이겠네―."

"……오빠, 제대로 받아줄까요."

문득 사키가 만들던 앞치마를 손에 들고 나약한 말을 흘렸다.

"……허?"

하루키의 입에서 이상한 목소리가 새어 나오고, 눈도 크게 뜨였다.

하루키의 시선을 받은 사키는 황급히 변명을 꺼냈다.

"이, 이런 선물을 하는 건 처음이고, 이제까지 접점도 변변히 없었으니까 갑자기 주면 이상하게 생각하진 않을까 싶기도 하고……."

"음―, 하야토는 조잡한 비누나 수건, 추첨으로 응모하는 접시 같은 것도 애용하니까, 이런 실용적인 물건에 기뻐할걸?"

"그게, 받아주더라도 히메 거라고 할까, 동생 친구니까 괜히 조심해서 사용한다든지 안 쓴다든지…….”

"아하하, 하야토한테는 누가 준 물건인지를 신경 쓸 정도의 섬세함 같은 건 없으니까, 쓸 수 있는 거라면 뭐든 쓸 거야—.”

하루키가 깔깔 웃으며 작게 손을 내젓자 사키는 살짝 눈썹을 모으며 눈을 가늘게 뜨고, 어렴풋이 선망이 밴 목소리를 흘렸다.

"……그렇게 단언할 수 있는 거, 조금 부러워요.”

"아—…….”

하루키는 거기서 말문이 막히고 말았다.

눈동자에 조금 쓸쓸해 보이는 사키가 비쳤다.

무슨 말을 하면 좋을까. 알 수가 없어 미간에 주름만 지었다.

"미, 미안해요, 갑자기 이상한 소리를 해버려서……!”

"아니아니아니, 저기 그게, 으음…….”

그러면서 사키가 부끄러운 듯 시무룩하게 고개를 숙이니, 하루키도 필사적으로 다시 이런저런 말을 굴렸지만 역시 적절한 것이 나오지 않았다.

으—응, 신음하기를 잠시. 다시 사키를 바라봤다.

천진난만한 느낌이 남아 있지만 아름답고 단정한 생김새는, 색소 열은 머리카락, 피부와 어우러져서 신비한 분위기를 연출하고 있다.

가슴도 미나모 정도는 아니더라도 제대로 강조되어 있고 스타일도 좋다.

성격도 성실하고 온화하다. 하야토를 앞에서나 뒤에서나 지탱해준 데다, 츠키노세의 주민들에게 사랑받는 모습도 잔뜩 보았다.

그렇다, **착한 아이**였다.

옆에서 보면 하야토를 향한 사키의 어프로치는 정말로 티가 나지 않았다.

직접적으로 나누는 말은 적고, 요리나 바비큐에서는 필요한 도구를 근처에 준비하거나, 양 출산 때는 수의사 선생님이나 필요한 물건을 가지고 있는 집으로 사전에 연락을 돌리는 등등, 본인이 모르는 곳에서 몰래 배려하는 게 끝.

옆에서는 보이지만, 하야토 본인은 쉽게 알 수 없을지도 모른다.

가슴속이 복잡했다. 문득 급속히 부풀어 오른 생각이 그만 형태가 되어 입에서 흘러내렸다.

"사키는 있지, 언제부터 하야토를 그게, 신경 쓰게 됐어?"

"예?! 아뇨 그게, 으~…… 어, 언제부터라는 건 애매하지만, 계기라면……."

"계기?"

"예……."

사키의 얼굴이 점점 붉게 물들었다.

꾸물꾸물 다다미 위에 검지로 동그라미를 그리며 그녀가 말했다.

"……칭찬을, 받았거든요."

"어……?"

"무엇을 위해서 하는 건지도 모를 신악을, 예쁘고 멋있다고, 처음으로 누군가 칭찬해준 게, 오빠였어요."

"……! 그렇, 구나……."

흘끗흘끗 시선을 보내며 부끄러워하면서도 소중한 물건을 조금 자랑스럽게, 다른 사람에게는 비밀이라는 듯 드러내는 말투.

사키는 수줍게 미소 지으며 가슴에 손을 대고 눈을 감았다. 그리고 무척 예쁘고 빠져들 것 같은 미소를 짓다가——자조하듯 눈살을 찌푸렸다.

"그런 단순한 일이에요. 하지만 제게는 커다란 일이라…… 아하하, 바보 같네요."

"아니, 그렇지 않아!"

하루키는 반사적으로 사키의 손을 붙잡고 있었다.

묘하게 열기 어린 분위기가 흘렀다.

말은 나오지 않고 가슴만 욱신욱신 아팠다.

다만 하나 분명한 것은, 하루키에게 한결같은 이 마음을 품은 사키가 도저히 남처럼은 여겨지지 않는다는 거였다.

"있지있지, 이거 봐, 하루 누나—!"

""어?!""

그때 문득 사키의 방 장지문이 기세 좋게 열렸다. 두 사람은 황급히 거리를 벌렸다.

나타난 것은 신타.

손에는 모래와 돌멩이를 채워서 공원 같은 것을 꾸민 수조가 있고, 거기서 민물게 몇 마리가 노는 모습이 보였다.

"신타 군, 민물게 아쿠아리움 완성했구나."

"응, 자신작이야!"

"어머, 귀여워."

잡은 민물게를 놓아두려고 하루키가 만들어보라며 제안한 것이었다.

아무래도 하루키와 사키가 선물을 만드는 동안, 신타는 이것을 만들고 있었나 보다.

"돌로 둘러싼 연못이 중요한데──!"

어딘가 부끄러운 듯, 하지만 조금 자신만만하게 이야기는 모습은 조금 전 사촌 누나와 쏙 빼닮았다.

쿡쿡 웃음을 흘리며 시선을 나눈 하루키와 사키는 얼굴을 마주 보고, 함께 웃었다.

생일 선물 완성을 목표로, 이날도 밤늦게까지 작업은 이어졌다.

정신이 들자 **하루키**는 어두운 회색 공간에 서 있었다.

주위를 둘러봐도 아무것도 없고, 세계에 그저 홀로.

어딘가 답답한 기분을 느꼈다.

그것에서 도망치듯, 이곳이 아닌 어딘가로 가고 싶었다.

하지만 어떻게 하면 좋을지 알 수 없었다.

몸에 들러붙는 무거운 공기 가운데, 고개를 숙인 채로 발버둥 치듯 필사적으로 손을 뻗었다.

하지만 아무것도 붙잡을 수 없었다.

그런 소용없는 행동을 반복했다.

눈에 비치는 것은 아무것도 없고, 마음은 점점 깎여나갔다.

『하루키, 이쪽이야!』

『──어?』

그때, 갑자기 누군가 손을 붙잡았다.

당황하는 하루키는 개의치 않고, 억지로 끌고 갔다.

대체 누군가 싶어서 고개를 들자, 빛이 비쳐들고──.

"──꿈."

그리고 하루키의 의식이 떠올랐다.

막 날이 밝았는지, 차광 커튼 구석으로 어렴풋이 갓 떠오른 가냘픈 햇빛이 스며들었다.

자다 깨서 멍한 머리로 주변을 둘러보니, 어스름하게 익숙하지 않은 일본풍 여자 방이 시야에 비쳤다. 낮은 테이블 위에는 앞치마와 스마트폰 케이스.

결국 어제는 밤늦게까지 사키와 함께 선물을 완성시켰다.

"그런가, 그랬지…… 아니, 어라, 사키가 없어……?"

그제야 간신히 어젯밤에 사키의 방에서 잠들었던 것을 떠올렸다.

하지만 그 방의 주인이 없었다. 이불은 깔끔하게 개어놓았다.

시각을 확인하자 아직 여섯 시 전. 다시 자도 될 시간이지만, 애석하게도 잠기운은 없었다.

그보다도 사키가 어디로 갔는지 신경 쓰여 살며시 방을 빠져나왔다.

"어두워……."

작게 중얼거렸다. 복도는 아직 어둡고 적막하고, 발밑도 불안했다.

하루키는 벽에 손을 짚으며, 주위를 살피며 걸어갔다.

하지만 어느 방에도 누군가가 있는 기척은 없었다.

그리고 현관에 도착했더니 사키의 샌들이 없는 것을 깨달았다.

"밖에 나갔나…… 아니, 우왁!"

현관을 연 순간, 휘이잉 강풍이 불어서 하루키의 긴 머리카락이 휘날렸다.

하늘을 올려다보니 어두침침한 구름이 남쪽에서 다가오고 있었다.

"그러고 보니 요전에 미나모도 그랬는데, 태풍이 접근 중이랬던가……."

하루키는 바람에 휘날리는 머리카락을 누르며 경내를 걸어갔다.

쏴아아 나무들이 불안하게 술렁대고, 오래된 신사가 삐걱삐걱 소리를 울렸다. 마치 태풍의 도래를 원망하는 노래 같았다.

어딘가 산이 꺼림칙한 모습을 내비치는 가운데, 배례전이 태연하게 서 있는 것이 시야에 들어왔다.

하루키는 그곳으로 빨려 들어가듯이 발길을 들이고——.

"웃?!"

——순식간에 신성한 분위기로 덧칠되어, 숨을 삼켰다.

시선이 향한 곳은 배례전 안쪽, 한 단 높은 장소에 있는 제단 앞의 마루가 깔린 방.

그곳에서 신악을 추는 무녀 복장의 신비한 소녀—— 사키가 만들어낸 세계에 의식이 빨려 들어간 것이다.

단아하게 춤추는 소매, 엄숙하게 옮기는 다리, 틈틈이 울리는 의연한 방울 소리. 그리고 변화무쌍한 사키의 표정.

신사(神事). 축제의 신에게 바치는 춤.

그럴 터인데, 어째선지 그게 하루키에게는 드라마로 보였다.

이 땅을 찾아와서 풍요롭게 만들고 떠나가는 천신에게 그리움을 품은 지신의 기담. 이별이 있다는 것을 알면서도 애태우는 마음을 억누르지 못한 소녀의, 사랑 이야기.

몸을 태울 것 같은 마음, 입장에 고민하는 애절함, 피할 수 없는 이별에 대한 두려움.

그것들을 단 한 사람, 사키가 선명하게 그려내고 있었다.

압도당했다.

호흡조차 잊고, 빠져들고 말았다.

그 자리에 다리를 꿰맨 것처럼 경직되어 눈을 뗄 수가 없었다.

그렇구나, 하야토가 칭찬할 수밖에.

그곳에는 그저 연기로는 만들어낼 수 없는, **진짜** 열기와 색깔이 있었다.

저것과 비교하면 자신의 그것은 얼마나 얄팍할까.

사키가 발하는 빛에 몸을 불태우고 말았다.

다시금 떠오르는 것은 어젯밤의 말.

『……칭찬을, 받았거든요.』

그리고 그때 사키의 얼굴은 무척 아름답고 귀여워서, 그야말로 **여자아이**라는 말이 딱 맞았다. 만약 하루키가 그 표정을 연기한다 해도 그저 가짜에 불과할 것이다.

──그걸, 본능적으로 깨닫고 말았다.

왜냐면 그곳에 담긴 마음은──.

"──아."

하루키의 가슴이 크게 뛰었다. 아플 정도로 술렁이기 시작했다.

이를 악물고, 셔츠 가슴께를 꽉 붙잡고, 그리고 그 바람에 세워져 있던 빗자루를 덜커덩 넘어뜨리고 말았다.

"웃! 누구야~?!"

"……윽!"

사키가 하루키의 존재를 알아차렸다.

머릿속은 태풍처럼 거칠어지고, 제대로 된 사고도 어려웠다.

딱히 들켰다고 잘못인 것은 아니었다.

그러나 하루키는 어떤 표정을 지으면 좋을지 알 수가 없어서, 그 자리에서 도망치듯이 달려가고 말았다.

"……뭘 하는 걸까."

신사를 뛰쳐나온 하루키는 정처도 없이 츠키노세를 걷고 있었다.

도시와 달리 포장되지 않은 길에는 돌멩이가 여럿 굴러다녔다.

눈에 띈 것을 발끝으로 가볍게 찼더니 논두렁길 잡초 사이로 사라졌다.

하아, 한숨을 내쉬고 하늘을 올려다보자, 몹시 맑은 북쪽의 푸른 하늘이 남서쪽의 습한 공기와 함께 다가오는 엷은 구름에 침식당하고 있었다.

햇살은 약하고, 마을은 무척 조용했다.

평소에는 시끄러운 닭장 옆을 지나도 기척은 있지만 적막했다.

"…………아."

분명 정처도 없이 걸었을 텐데. 하루키의 시야에 비치는 것은 츠키노세 각지로 뻗은 다섯 줄기 길이 교차하는 교차로, 공터 한 구획, 마을 유일의 우체통. 꽈악, 셔츠 가슴께에 주름을 만들었다.

이곳은 일찍이 어린 **하루키**가 갈 곳을 찾아서, 하지만 어디로도 못 가고서 무릎을 끌어안고 있던 장소.

그리고——.

"하루키?"

"하야, 토……?"

그때, 끼익 자전거 브레이크 소리가 울렸다.

소리가 들린 쪽으로 시선을 향하니 하야토의 모습.

서로 뜻밖의 일에 놀란 표정으로 눈을 끔벅거렸다.

"대체 이런 새벽에 무슨 일이야? 산책이야? 완전히 실내복 차림인데."

"응, 아하하, 어쩐지 조금. 하야토야말로, 이런 새벽부터 무슨 일이야?"

"겐 할아버지네 밭이 신경 쓰여서. 그게, 겐 할아버지는 혼자 사니까, 태풍이 올 때는 항상 대책을 돕거든."

"호오, 그렇구나. 하야토답네."

"나답다니 뭔데."

"그 말 그대로의 의미야, 하핫."

자전거 바구니에는 하야토 본인 것으로 여겨지는 목장갑과 모종삽이 있었다. 하루키는 그걸 보며 쿡쿡 웃었다.

하야토는 의아한 듯 미간을 찡그렸다.

"그러고 보니 미나모도 태풍 대책을 한다고 그랬지. 대책

이란 건 구체적으로 뭘 하는 거야?"

"흙을 대서 모종이 쓰러지지 않도록 하거나, 배수를 좋게 하거나, 방풍망을 세우거나, 버팀목을 보강하거나, 그리고 수확할 수 있는 것은 수확하거나. 뭐, 이것저것 많아."

"그렇구나—."

하루키는 팔짱을 끼고 끄덕였다. 듣는 것만으로도 큰일일 듯하니, 일손은 아무리 더 있어도 모자랄 것이다.

게다가 아무런 말도 없이 신사를 뛰쳐나온 참이다.

밭 태풍 대책을 돕고 있었다고 그러는 편이, 사키네 집으로 돌아갔을 때에 변명도 된다.

"저기, 하야…… 하야, 토……?"

고개를 든 하루키는 하야토의 시선이 우체통 옆으로 향한 것을 깨달았다.

그 눈빛이 무척 진지하고 날카로워서, 그리고 어쩐지 그리워서 가슴이 술렁거렸다.

"……."

"……."

어째선지 더는 아무 말도 할 수가 없어서 서로 조용히 그 자리를 바라봤다.

틀림없이 같은 생각을 하고 있을 것이다.

"옛날에, 여기서 처음으로 하루키랑 만났지."

"……응, 기억하고 있어."

"여긴 어떤 의미로 츠키노세에서 가장 눈에 띄는 곳이니까."

"이런 곳에서 봐달라는 느낌으로 무릎을 끌어안고서 말이지, 바보 같았네."

"처음 봤을 때는 뭐야, 이 녀석? 했어."

"……아하하."

하야토가 쓴웃음을 흘렸다.

옛날 일을 다시 떠올린 하루키도, 그에 이끌려서 붉은 얼굴로 쓴웃음.

어렸다고 하면 그뿐이지만, 무척 유치한 짓이었다고 다시 생각했다.

괴롭고, 답답하고, 아무것도 믿을 수 없고, 그러면서도 누군가 구해주기를 바라고.

그때는 여기서 그러는 것 말고는 달리 어째야 할지 알 수가 없었다.

그리고 처음으로 하야토가 말을 걸었을 때, 어떻게 생각했던가.

"그때 있지, 나, **하루키**가 엄청 마음에 안 들었어."

"하야토?"

"뭘 체념한 얼굴인 거야, 뭘 불행하다는 티 내고 있는 거야, 대체 뭐가 문젠데, 하면서."

"그건……."

문득 하야토가 얼굴을 들여다봤다.

조금 전과 마찬가지로 무척 진지하고 날카로운, 향수로 채색된 눈빛으로.

이내 하야토는 짓궂은 미소를 히죽 그렸다.

"그리고 뭔가, 지금의 하루키도 마음에 안 든다고, 으차!"

"미얏?!"

덥석 팔을 붙잡힌 채 당겨졌다.

억지로 자전거 짐칸에 앉히는가 싶더니, 하야토는 당황하는 하루키를 개의치 않고 페달을 밟았다.

"꽉 잡으라고—!"

"하야토—?!"

자전거에 하루키를 태운 하야토가 의기양양하게 페달을 계속 밟았다.

충분히 포장되지 않은 길은 덜컹덜컹 불안정하게 흔들렸지만, 그런데도 하야토는 상당한 속도를 냈다.

우체통이 순식간에 멀어지고 대신에 푸른 전원 풍경이 사방을 둘러쌌다.

하루키는 떨어지지 않으려고 하야토의 허리에 두른 손에 힘을 꽉 싣고, 항의하듯 소리를 높였다.

"잠깐, 하야토, 너무 빠르잖아?!"

"빠르지 않으면 균형을 못 잡으니까!"

"왜 굳이 농로 쪽으로 가는 거야?!"

"그야 큰길에서 둘이 달리면 경찰이 잡을 거 아냐!"

"여기는 순찰도 지자체 봉사자가 하고, 애초에 가장 가까운 파출소조차 산을 몇 개 넘어야 있잖아?!"

"하핫, 그러네!"

"정말~!"

그런 대화를 나누는 사이에도, 자전거는 하루키와 하야토를 싣고서 나아갔다.

그리고 눈앞에 시냇물과 다리가 보였다.

수면에서부터 헛간 정도 높이, 길이는 2차선 횡단보도 정도의, 이 부근에서는 드물지 않은 생활용 다리였다.

"그러고 보니 하루키, 옛날에 저 다리에서 자주 물로 뛰어내렸지! 이상한 포즈로!"

"윽! 그, 그건…… T, TV를 보고…….''

"하핫, 나도 같이 뛰어내려서 흠뻑 젖었던가!"

"어, 엄청 상쾌했으니까, 하야토한테도 가르쳐 주려던 거야!"

"지금 생각하면 엄청 위험한 짓이었네—?"

"어, 어린애들은 그런 법이니까!"

놀리는 듯한 목소리에, 하루키는 항의의 의미도 담아서 하야토의 허리에 두른 손에 힘을 꽉 줬다.

그런 하루키가 우스운지 하야토는 어깨를 잔뜩 들썩이며 다리를 지나갔다.

강을 등지고서 산기슭의 길을, 도회지가 있는 동쪽을 향해 달렸다.

그러자 이번에는 함석 지붕이 달린 학교 정도 크기의 너덜너덜한 폐공장과 자재 하적장이 보였다.

"그렇네, 저기! 원래는 목재 가공장 같은 거였나? 자주 안에 들어가서 탐험하고는 했지!"

"하야토는 폐자재로 목검 만들기에 열중하지 않았던가?"

"그래그래, 검을 잔뜩 만들었지. 하루키도 꽤나 공들인 걸 만들지 않았어? 뭐였더라, 암흑 성광검 클라우 솔라스 아스칼론 무라마사!"

"갸―악??!!?! 옛날의 내 이야기지만 너무 아파, 잘도 그런 걸 기억하네! 그러는 하야토도 미스틸테인 저거너트 X1OA 같은 거 만들었잖아! X1OA는 대체 어디서 나온 거야?!"

"윽?! 그, 그건 그거야, 그거, 그거! 그냥 서로 잊을까?"

"하야토가 먼저 꺼내놓고서―!"

"하핫, 아하하하하하핫!"

"…………아핫!"

그리고 어느샌가 폐공장을 지나칠 무렵에는, 함께 웃고 있었다. 옛날과 똑같이.

그 뒤로도 시답잖은 이야기를 나누며 자전거를 몰았다.

풍경에서 점점 민가가 줄어들었다.

이윽고 마을 밖의, 산길 입구 근처에 있는 불당이 보였다.

무척 옛날부터 있는, 여섯 지장보살을 지붕으로 덮어놓았을 뿐인 작은 사당이다.

츠키노세를 둘러싼 산기슭 뒤로는 울창한 나무들이 펼쳐져 있었다.

하야토는 그곳에서 일단 자전거를 세우더니 내리고, 하루키도 그를 뒤따랐다.

하야토가 눈을 가늘게 뜨고 어딘가 그립다는 음색으로 툭 하니 중얼거렸다.

"그러고 보니, 도망친 겐 할아버지네 양을 쫓아서 여기까지 온 적이 있었던가. 산 쪽으로 도망치지 않아서 다행이었어."

"불당에 있는 여섯 지장보살은 마을의 경계에서 그 마을을 지켜본다고 그러잖아. 그러니까 양도 여기까지만 왔던 걸지도."

"그럴지도. 아니, 잘 아는구나, 역시 우등생이네. 그러고 보니 그때 겐 할아버지를 부르러 간 히메코가 도중에 길을 잃었던가."

"그래그래, 울고 있는 걸 겐 할아버지가 발견해서, 그대로 경트럭으로 같이 왔어."

"그 후에는, 집에 돌아가서도 『양, 미아, 으아―앙』하고 울음을 그치질 않았으니까, 동생을 울리지 말라고 혼이 났어."

"아핫, 떠오르네."

눈을 감으니 그 안에 비치는 것은 어머니 마유미한테 혼이 나서 눈물을 글썽이는 **하야토**와, 그 옆에서 울음을 그치지 않는 **히메코**. 틀림없이 어느 가정에서든 자주 볼 수 있을 법한 광경.

상상한 것만으로도 흐뭇해서 입가에 미소가 그려졌다.

하지만 반대로, 그 무렵의 자신은 어땠던가?

『또 이렇게 더러워져서 돌아왔어?! 세탁도 힘들다는 걸 모르는 거냐!』

질책과 함께 날아드는 조부모의 주먹.

뜨거워진 뺨에, 어두운 복도.

무기질적으로 내려다보는 네 눈동자.

변변한 기억은 남아 있지 않았다.

몇 번이나 밤에 낮의 잔재를 찾아서 집을 뛰쳐나와, 신사에 있는 **비밀기지**로 향했던가.

무심코 주먹을 움켜쥐며 푹 숙인 얼굴의 미간에 주름을 새겼다.

그리고 눈을 뜨자, 자신을 들여다보는 하야토와 시선이 마주쳤다.

"나 있잖아, 하루키가 없어진 뒤로 자전거를 타게 되었고, 몸도 커져서 체력도 붙었고, 길도 잘 알게 되었어. 어디로든 갈 수 있게 되었어. ……하지만, 그것뿐이야. 혼자서는 아무것도 하지 않았고, 할 수 없었어."

"어, 아…… 응?"

"생각해보면 말이지, 이 불당도 아까 폐공장도 산속도 그랬고…… 저쪽 도시에서도 그랬어. 노래방, 영화관, 수영장에 알바. 어딘가 처음인 장소를 가거나 새로운 걸 할 때는, 언제나 하루키와 함께였어."

"하야, 토……?"

하야토는 조금 자조의 기색을 실어서 중얼거리고 미간을 찌푸리는가 싶더니 머리를 벅벅 긁적였다. 그리고 시선을,

마을을 가로지르는 눈앞의 산으로 향했다.

그의 표정은 하루키에게는 보이지 않았다. 그를 따라 시선을 산으로 옮겼다.

커다란 산이었다. 도시에서 본 어느 산보다도 높아서, 바깥세상과 츠키노세를 가로막고 있었다.

"나 있지, 분명 혼자서는 아무것도 못 하는 보잘것없는 녀석이야. 그래도…… 아니, 그러니까 말이야, 지금부터 이 산 너머로 가보자. 어때? **파트너!**"

"……………뭐?"

갑작스러운 말에, 하루키는 눈을 끔벅거렸다.

갑작스럽고 또한 지리멸렬한 제안이었다.

이쪽을 돌아보는 하야토는 천진난만해서 어릴 적과 마찬가지로 짓궂은 미소를 짓고 있었다.

정말로 영문을 알 수가 없었다.

하지만 **파트너**라고 부르며 손을 내밀자 망설임도 없이 반사적으로 붙잡고 말았다. 거절할 수 있을 리가 없다.

그리고 무엇보다, 두근두근 심장이 뛰는 자신을 가장 이해할 수 없다.

"좋—아, 가자고—!"

"어, 자, 잠깐만—!"

팔이 붙잡히고, 또다시 자전거 바퀴는 돌았다.

츠키노세를 둘러싼 산, 그것들을 넘어가는 비탈길 중 하나.

굽이진 그 오르막길에서 하야토는 이를 악물며 페달을 밟고 있었다.

"우오오오오오오오오오오!"

"괜찮아?! 나, 내릴까?!"

"아니, 괜찮아! 그보다도 여기서 하루키를 내리면 어쩐지 지는 것 같아!"

"아핫, 어쩐지 이해가 돼서 아무 말도 못 하겠어!"

자전거 뒷바퀴 받침대 위에 서서, 하야토의 어깨에 손을 얹은 하루키가 웃었다.

처음 가는 길이었다.

뭐 하는 길인지는 알 수 없지만 변변한 포장도 정비도 되지 않았고, 이따금 농구공 크기의 낙석이 앞길을 막아서기도 했다.

그런 험난한 길을, 무엇이 우스운지 하루키와 하야토는 웃으며 자전거를 타고서 나아갔다.

시야 아래에는 어디까지나 펼쳐진 계곡과 강, 그리고 나무들.

모르는 풍경에 가슴이 뛰었다. 자연스럽게 웃음이 샘솟았다.

그야말로 이것은 모험이었다.

동쪽 하늘은 아직 화창하게 푸르고, 중천에 떠오르기 시작한 햇빛이 나무들 사이를 누비며 쏟아졌다. 이따금 남서쪽에서 불어드는 바람도 순풍이었다.

"우와?!"

"꺄악?!"

그때 산에서 불쑥 사슴이 뛰어나왔다.

하야토는 황급히 급브레이크를 걸고, 하루키도 뒤로 뛰듯이 내렸다.

사슴도 놀라서 그 자리에 굳고 서로 마주 봤지만 그것도 한순간.

사슴은 이쪽을 흘끗 보더니 그대로 계곡 쪽의 수풀 안으로 뛰어들었다. 어딘가 멍하니 있던 하야토가 툭하니 중얼거렸다.

"……설마 사슴한테 위협 운전을 당할 줄이야."

"풋! 무슨 소리야, 하야토."

"츠키노세이기에 가능한 일이겠네, 하핫."

"응응, 시골이니까, 아핫!"

하루키는 하야토와 얼굴을 마주 보고 함께 웃었다.

분명 도시로 돌아갔을 때 좋은 선물 이야기가 될 것이다.

그리고 둘은 한바탕 웃은 뒤, 자전거를 다시 세우고 또 달리려고 했다.

하지만 오르막길에서 둘이 타고 출발하는 것은 무척 어려웠다.

악전고투와 시행착오를 반복한 뒤, 하루키가 뒤에서 짐칸을 밀고서 가속한 다음에 뛰어오른다는 곡예 같은 방법으로 자전거는 또다시 달렸다.

"재주도 좋네, 그보다도 완전 원숭이 아냐?"

"웃, 누가 원숭이에 고릴라에 덜렁이라고?!"

"그런 말까지 안 했어!"

"아니, 했어. 마음속으로 했다고!"

"뭔 소리야! 읽을 수 있다면, 지금 내가 생각하는 거 읽어봐!"

"『바이크였다면 오르막길도 편했을 텐데…… 역시 얼른 원동기 면허를 따서 뭐라도 사자, 싼 거 중고로!』 아냐?!"

"……거의 맞네. 잘도 아는구나."

"후히히, 나도 지금 같은 생각을 하고 있으니까."

"그러냐! 뭐, 바이크가 있다면 자전거보다도 간단히 더 먼 곳으로 갈 수 있겠지."

"……설마 저쪽이랑 이쪽을 오갈 수 있을 정도로?"

"그건…… 글쎄."

하야토는 즉답할 수가 없었다.

신칸센이랑 버스를 갈아타고 약 반나절. 차라면 거의 만 하루. 바이크로도 못 가지는 않을 테지만, 어딘가에서 1박을 해야만 할 것이다. 이동만으로 작은 여행이나 마찬가지다.

그만큼 도시와 시골은 떨어져 있다.

그만큼 **하루키**와 **하야토**는 동떨어져 있었다.

그리고 그만큼, 며칠도 안 되는 사이에 사키와의 거리가 생기고 만다.

하루키는 조금 전 사키의 신악무를, 그때의 표정을 떠올렸다.

대체 얼마만큼의 마음을 담아서 춤추고 있었을까?

옛날에 도시로 막 이사했을 무렵을 떠올렸다.

제대로 돌아오지도 않는 어머니.

홀로 지내는 어두운 집.

수많은 사람들 속에 있으면서도 고독을 느끼는 초등학교.

있을 곳이 없었다.

하야토와 만나고 싶었다.

몸을 태울 정도의 마음과 함께 무릎을 끌어안고, 그것들을 얼버무리듯이 공부, 게임, 취미에 몰두했던 어딘가 일그러진 우스꽝스러운 나날.

하지만, 그렇지만.

갈망, 고독, 초조, 그리고 절망── 그 모두를 품고서도, 사키는 그 신악무를 추고 있다.

……순수한 마음을 담아서.

대체 얼마나 하야토를 생각하고 있는 것일까?

그것을 생각하자 가슴이 삐걱거렸다. 남의 일 같지가 않았다.

눈앞에는 필사적으로 페달을 밟는 하야토.

어깨에 얹은 손바닥 너머로, 근육의 약동이 전해졌다.

커다란 등이었다.

생각해보면 어릴 적의 기억을 뒤졌을 때, 이 등을 자주 보았다.

무심코 어깨에 얹은 손에 꽈악, 놓지 않겠노라 힘을 실었다. 생각이 흘러나왔다.

"……츠키노세는 있지, 역시 멀구나."

"그러네, 멀어."

"개학해버리면, 사키랑 편하게 만날 수는 없게 돼."

"다음은 겨울이 되겠네."

"4개월은 길구나……."

그러면서 하루키는 하늘을 올려다봤다. 남서쪽에서 다가오는 엷은 구름이 하늘의 절반 정도를 차지하고 있었다. 그것들로부터 도망치듯이 동쪽으로 향했다.

대화는 없이, 좌르륵 바퀴가 도는 소리만이 울렸다.

문득 하야토가 툭하니 말을 흘렸다.

"하루키는 무라오랑, 그게, 무척 친해졌네."

"……어?"

"뭐, 우리 집이 아니라 신사에 묵을 정도고, 그것 말고도 뭔가 이것저것 하는 모양이고……."

"하야토……?"

어딘가 토라진 목소리였다.

"뭐라고 할까 그, 미나모도 그렇지만 친구가 늘어나는 건 나쁜 일이 아니니까!"

"우왁?!"

그리고 하야토는 갑자기 일어서서, 한층 더 강한 기세로 페달을 밟았다. 어쩐지 귀가 붉었다.

어리둥절해서 그 모습을 보고 있는 사이, 하루키도 점점 이해와 함께 가슴에 무언가가 치밀어올랐다. 입가에 미소를 머금었다.

"아하, 아하하하핫! 뭐야? 혹시 하야토, 질투하는 거야? 그런 거야?"

"뭐?! 아, 아니야, 그건 아닌데 뭐라고 할까······."

"음─, 설마『여자들끼리 모여서, 뭔가 혼자 따돌림당하는 것 같아서 석연치 않다』, 그런 걸까?"

"······마음을 읽지 말라고─!"

"후홋, 아핫! 하야토한테도 귀여운 구석이 있구나─."

"아, 진짜, 시끄러워!"

하루키가 웃자 하야토는 울컥해서 자전거 속도를 올렸다.

덜컹덜컹, 자전거 위에서 두 사람의 어깨가 흔들렸다.

어느샌가 미소가 돌아왔다.

가속한 자전거가 산 정상에 다다르고, 고개를 지났다.

"이, 이건······."

"······굉장해."

그리고 눈앞으로 날아든 광경에, 무심코 숨을 삼켰다.

눈앞에 펼쳐진 것은 어디까지고 이어진 수면.

아마도 츠키노세 마을이라면 통째로 폭 들어갈 정도의 너무나도 거대한 호수였다. 햇빛을 받은 수면이 반짝반짝 보석처럼 빛나고 있었다.

설마 산속에서 이런 것을 볼 줄이야, 상상도 하지 못했다.

누가 먼저라고 할 것도 없이 자전거에서 내려, 그저 말도 잃고서 빠져들고 말았다.

경악, 흥분, 감격, 다양한 감정이 가슴속에서 소용돌이치며 뒤섞였다.

우연히 감추어져 있던 보물을 발견한다면 이런 감정일 것이다.

"하야토, 봐, 저기!"

"저 건물은…… 아, 그렇구나. 여기는 댐이네. 그러고 보니 초등학교 때 배운 것 같아."

"댐 호수인가…… 그건 그렇고 크네."

"그러네……."

"이거 있지, 바다까지 흘러가는 거지?"

"그럴, 거 같은데…… 이런 산속이니까, 뭔가 전혀 상상이 안 가."

"게다가, 하류에 사는 수백만 사람들의 생활용수를 지탱하고 있는 거겠지?"

"……잘 모르겠어."

"……나도 그래."

어떻게든 머리에 든 것을 모아서 눈앞의 광경을 자신 안으로 받아들이려고 해도, 아무래도 잘 되지가 않았다.

전날 갔던 수영장도 확실히 컸지만 그것과는 비교가 안 되는 수량이었다. 너무 압권이어서 이것이 사람의 손으로 만들어졌다는 게 도무지 믿기지 않았다.

압도당하면서도 시선을 댐 호수에 못 박은 채 말없이 그저 서 있었다.

아침 햇살이 그들을 비추고, 쏴아 부는 바람이 수면에 파문을 퍼뜨렸다.

눈앞의 이것과 비교하면, 사람은 이 어찌나 작은 존재일까?

발밑이 불안해지는 감정에 사로잡혔다.

문득 시선을 돌리자 하야토의 뒷모습이 시야에 들어왔다.

조금 전까지―― 아니, 생각해보면 어릴 적부터 계속 보았던, 뒷모습.

오른손이 빨려들듯이, 그 셔츠의 등을 붙잡았다.

"――해."

그리고 하루키는 스스로도 생각도 하지 않은 말을 흘렸다.

믿을 수 없다는 듯 눈을 끔벅거렸다.

하야토가 의아하다는 표정으로 고개를 돌려 얼굴을 들여다봤다.

"하루키?"

"어? 아, 아니, 나 있지, 등! 옛날부터 하야토한테 억지로 끌려다녀서, 그러니까 그 등이랑 같이, 지금처럼 많은 걸 봤구나 싶어서."

"내가 그렇게나 휘둘렀던가?"

"그래. 그러니까, 하야토의 그런 등이 좋구나 해서……."

"……! 그, 그래."

"후훗."

하루키의 말에 얼굴을 물들인 하야토는 벅벅 머리를 긁적이고, 그리고 "아—"라든지 "으—"라든지 신음을 흘리며 시선을 앞으로 되돌렸다.

하루키는 가슴에 손을 대고 그 옆에 나란히 섰다.

"이 풍경 말이지, 굉장하네. 틀림없이 앞으로도 계속 잊을 수 없는 추억이 되겠구나."

하야토가 손을 내리고 한숨을 한 번 쉰 뒤, 눈매를 가늘게 뜨며 말했다.

"응, 그러네. 나도 그렇게 생각해."

"있잖아, 이 풍경은 분명 하루키가 없었다면 보러 올 일이 없었을 거야. 하루키가 탐험 파트너니까 발견할 수 있었어."

"하야토……?"

그리고 하야토는 웃었다.

천진난만한, 어릴 적과 같은 얼굴로.

과거와 같이 하루키를 **파트너**라 부르고, 데리고 다녔을 때와 같은 표정으로.

아아, 이것은 분명, 그녀에게만 보여주는 것이리라.

그러니까 하루키도 그에 이끌려, 니히히 어릴 적과 같이 짓궂은 웃음을 흘렸다.

가슴이 두근거렸다.

그러자 하야토는 조금 부끄러운 듯이, 어금니에 무언가 낀 것처럼 말을 이었다.

"어—, 으음 뭐라고 할까, 나는 그런 식으로 웃는 하루키를 더, 나도 그, 좋아한다, ……고 할까……."

"엣?! 어…… 아……"

기습처럼 들은 말에 그만 머릿속이 새하얘지고 말았다. 하지만 그 말이 가슴에 천천히 스며들자, 금세 머리 꼭대기에서 김이 뿜어 나올 것처럼 피가 오르는 것을 자각했다.

그것은 하야토도 마찬가지인지 서로 삶은 문어처럼 된 얼굴을 숙였다. 말없이 겸연쩍은 분위기가 흘렀다.

가슴이 술렁거렸다. 하지만 결코 나쁜 기분은 아니었다.

그 후 하야토가 검지로 뺨을 긁적이고, 지극히 자연스러운 흐름으로 지금까지처럼 하루키의 머리를 쓰다듬으려 손을 뻗었지만── 그것을 살며시 붙잡아서 막았다.

"……하루키?"

"그건, 안 돼."

"안 된다니……."

거절당할 거라 생각하지 못한 듯 하야토는 곤혹스러운 표정을 지었다.

그리고 하루키는 미간을 찡그리고, 무어라 형용할 수 없는 목소리로 그 이유를 중얼거렸다.

"지금 히메랑 똑같이 취급하면, 나, **여자애**가 되어버리니까."

스스로도 잘 모르겠다는 느낌의 말이었다.

하지만 말로 풀어낼 수 있는 이유는 그것밖에 없었다.

하야토는 눈을 끔벅거린 뒤, 시선을 피하고는 "미안해"라고 중얼거렸다.

하루키는 "딱히 하야토는 잘못한 거 없지만……" 하고 답한 뒤, 함께 수면을 바라봤다.

댐 호수에는 거꾸로 된 산과 하늘이 비치고, 아침 햇살을 받아서 반짝반짝 빛을 발했다.

후우, 크게 한숨을 한 번.

하야토의 옷소매를 꽉 붙잡은 하루키가 어찌어찌 자신의 바람을 흘렸다.

"있잖아, 하야토. 같이 갔으면 하는 곳이 있거든."

동쪽 하늘에 있는 태양이 엷은 구름으로 점점 가려졌다.

불어드는 바람도 점점 강해지고 있었다.

앞으로 몇 시간만 있으면 폭풍우가 들이닥칠 것이다.

"요즘은 시골의 빈집이 문제라고 자주 들었지."

"여긴……."

"그래, 우리 할아버지네 집, 이었던 곳."

하야토와 함께 찾아온 곳은, 하루키가 일찍이 살았던 조부모의 집이었다.

츠키노세에서도 한층 더 크고, 낡았다. 일부 창문이 깨져 있어서 틈새로 바람 소리가 울렸다.

폐허라고 해도 될 정도로 상한 데다 정원도 잡초가 제멋대로 자란 상태.

183

지금도 이따금 바람을 맞아서 덜컹덜컹 몸을 흔들며 신음하고, 태풍의 직격을 당한다면 어떻게 될지 불안을 부추기고만 있었다.

"……."

"……."

하루키는 셔츠 옷자락을 꽉 붙잡았다.

이 집에 좋은 추억 따위는 없다. 그럼에도 기억 속과 달리 무척 몰락한 모습을 봤더니, 제대로 처리할 수 없는 감정이 가슴에서 올라왔다.

어째서 이곳으로 오자고 생각했는지 스스로도 잘 알 수가 없었다.

분명한 것은 혼자라면 결코 이곳으로 오려고 하지는 않았을 거라는 사실.

무어라 형용할 수 없는 표정으로 후우, 한숨을 내쉬었다.

그러자 옆에서 덜커덩 소리가 들렸다.

시선을 향했더니 하야토가 자전거 스탠드를 세우고서, 그리고 어딘가 먼 산 쪽을 보고 있었다. 일찍이 『바위와 기둥의 전장』이라 부르며 놀았던, 니카이도 가문이 주도하에 개발되려다가 좌초된 장소.

하야토는 지독히 진지한 목소리로 중얼거렸다.

"나, 그 무렵의 하루키에 대해서 알고 싶어."

"하야, 토……."

가슴이 뛰어 숨을 삼켰다.

여전히 꽉 붙잡고 있는 셔츠 옷자락을 아래로 끌어당겼다.

애당초 하루키 본인조차 이제껏 생각하기를 피해왔던 시절이니까.

가슴속에 얽힌 것을 의식해서, 말을 조금씩 짜냈다.

"아마 들어봐야 재미있지도 않은 이야기일 거야."

"그래도, 하루키에 대한 이야기잖아. 나도, **정말 특별**해지고 싶어."

"……?!"

한순간 머릿속이 새하얘졌다. 어깨가 움찔 튀었다.

그것은 예전에 하루키가 하야토에게 한 말.

돌아보니 하야토는 어디까지나 올곧은 눈빛을 던지고 있었다. 시선이 뒤얽혔다.

그것은 이제까지 불확실하던 부분으로, 일선을 넘어서 내딛겠다는 선언이었다.

"……하하, 그 표현은 비겁하단 말이지."

"제대로 알아두고 싶거든."

"……."

"……."

언젠가 앞으로 나아가기 위해서 마주해야만 한다고, 머리로는 이해하고 있었다. 하지만…….

하아, 체념한 듯 커다란 한숨을 한 번.

"이쪽으로 와."

하루키는 부지 안으로 걸음을 옮겼다.

뒤에서는 하야토가 잠자코 따라왔다. 안채 입구를 지나서 인접한 창고 앞까지. 안채보다도 오래된 창고였다.

옆에 있는 나무조차 무척 오래되고 커서 연배가 느껴졌다. 창고의 흙벽은 진즉에 칠이 벗겨진 데다 곳곳에 뼈대인 대나무마저 드러나 있었다.

2층 부분에 있는 작은 창문은 격자도 유리도 부서져서 이미 사라졌고, 비바람에 훤히 드러난 상태.

크고 중후한 구조인 만큼 여기저기 낡은 모습은 어딘가 애처로웠다.

"으음~, 괜찮으려나? ……영차!"

"어?! 아니, 야, 하루키!"

하루키는 자신의 몸과 창고 옆의 나무를 둘러보며 확인하는가 싶더니, 놀라서 제지하는 하야토의 목소리를 등으로 받으며 스륵스륵 익숙한 동작으로 나무를 올랐다.

거침없는 동작으로 옆에 있는 망가진 창문에 손을 대고, 잠시 잡을 곳을 찾아 움직임이 멈췄지만 스르륵 안으로 미끄러져 들어갔다. 순식간에 벌어진 일이었다.

하야토가 어안이 벙벙해서 그 자리에 멈춰 섰다. 잠시 후 창고 안에서 『우와─악?!』하는 하루키의 목소리와 함께 우당탕탕, 성대하게 무언가를 쓰러뜨리는 소리가 들렸다.

잠시 틈을 두고, 끼기긱 창고의 한쪽 문이 열렸다.

거미줄을 뒤집어쓰고 먼지로 화장한 하루키가 멋쩍은 표정을 내비쳤다.

"어어, 문, 안 잠겨 있었어요⋯⋯."

"⋯⋯풉! 아하하하핫!"

"잠깐, 웃지 말라고―!"

하루키는 토라진 듯 입술을 삐죽이며 고개를 홱 돌렸다.

"미안, 미안" 하는 달램이 돌아와 한숨을 쉬었다. 창고 문을 열어젖히고 하루키는 하야토를 불러들였다.

"어서 와, 옛날의 내 방으로."

"방이라니⋯⋯."

"여기, 별로 안 변했네."

"⋯⋯⋯⋯으."

하야토는 시야에 날아든 광경에, 무심코 얼굴을 찡그렸다.

코에 닿는 축축한 곰팡내는 창문이 부서졌기 때문일까.

내부는 어스름하고, 비쳐드는 빛 안에서 먼지가 춤추는 것은 일단 넘어가자.

당장에라도 무너질 것 같은 기둥에, 밖과 마찬가지로 골조가 훤히 드러난 흙벽.

여기저기 놓인 한눈에도 부서진 것을 알 수 있는 옷장과 책상 등의 가구.

깨진 식기에 연배가 느껴지는, 교과서 자료에서 볼 법한 목제 농기구.

명백하게 **필요 없는 것**이 채워져 있음을 이야기하는 창고였다.

위를 올려다보면 다락방 같은 2층 부분이 있고, 곳곳에서

빛이 비쳐들었다. 비가 내리면 어떻게 될지 쉽게 상상할 수 있었다.

도저히 사람이 살 법한 장소로 여겨지지는 않았다.

그것이 어린아이라면 더더욱.

아연실색한 하야토를 굳이 무시한 하루키는, 가면 같은 얼굴로 쓴웃음을 흘리고 어느 한 모퉁이로 시선을 재촉했다.

"저기가 내 침대야. 뭐, 그냥 잠자리나 둥지라고 하는 편이 나을지도 모르겠지만."

"⋯⋯."

그곳에 있던 것은, 몇 개 포개진 낡은 다다미.

표면은 너덜너덜하게 거스러미가 일었고, 곳곳에 볕에 탄 흔적과 얼룩이 있었다.

근처에 널부러진 것은 이불 대신에 사용했는지 오래되어 찢어진 수건 같은 것들.

그 밖에도 주변과 비교하면 비교적 멀쩡한 가재도구와 경계가 되는 칸막이가 있어서, 그곳을 방이라는 모양새로 만들어내고 있었다.

"일단 여기, 안채하고도 이어져 있는데 말이지."

"⋯⋯그치만, 저건?"

"⋯⋯⋯⋯응."

"⋯⋯."

하야토는 떨떠름한 표정으로 말을 삼켰다. 손은 어렴풋이 피가 날 정도로 힘껏 움켜쥐고 있었다. 어금니를 악무느라 표정이 일그러졌다.

확실히 하루키의 말대로, 안채로 통하는 문이 보였다.

하지만 그곳에는 도저히 어린아이는 옮길 수 없을 크기의 장롱이 대부분을 가리고 있었다.

틈새를 보기에, 어린아이라면 모를까 어른이 통과하기는 어려울 것이다.

그것은 하루키와 조부모와의 관계를 여실히 드러내고 있었다.

하지만 하루키는 짐짓 아무것도 아니라는 듯 말을 꺼냈다.

"나 있지, 할아버지랑 할머니 앞에서는 항상 생글생글 웃었어."

"……허?"

"이러니저러니 해도 먹고 자고, 씻고 입는 건 곤란하지 않았으니까. 뭐, 과자랑 빵만 평생 어치를 먹은 것 같기도 하지만."

하루키는 말을 잠시 끊고, 쓰러져 있던 원통 모양 플라스틱 쓰레기통을 주워서는 뒤집었다. 안에서 너저분한 비닐봉투 몇 개가 굴러떨어졌다.

그리고 자조하듯 말을 이었다.

"웃고만 있어서 기분 나쁘다는 말도 들었지. 뭐, 지금 생각해보면 정말로 그랬으니까."

"그렇지는……."

하야토가 무언가 말하려고 했지만, 그것을 가로막듯이 하루키가 곤란하다는 미소를 지었다.

"어떤 때라도 웃고만 있으면, 무언가 당할 일은 없어. 그래서 나는 도시로 이사한 뒤에도 무척 생글생글 웃으려고 했어. 어머니 앞에서, 학교 사람들 앞에서, 물론 이웃한테도."

"하루키, 그건……."

"응, 그래. **모두가 호감을 가질 착한 아이**로 있기 위해서야. 그런 연기만 하다가, 나는 이렇게 **니카이도 하루키**가 되었어."

그러면서 하루키는, 이것으로 이야기는 끝이라는 듯 어색하게 웃었다.

자신의 마음을 억누르고, 괴로운 일을 흘려보내기 위해 가면을 만든다—— 지금의 하루키를 형성한 뿌리. 그것은 어린 **하루키**가 다다른 처세술.

하루키의 이야기를 모두 들은 하야토는, 무서운 얼굴로 가슴에 손을 대고서 쥐어뜯었다.

그리고는 후우우, 끓어오르는 것을 가라앉히듯이 가늘게 떨며 크게 숨을 내쉬었다.

"하야토……?"

"아무것도 아니야……."

"아무것도 아니라니……."

"…………."

"……그렇구나."

하루키는 조금 당황한 기색으로 하야토의 얼굴을 들여다

보고, 더는 아무 말도 하지 못했다.

그 얼굴이 모든 것을 이야기하고 있기에 말은 필요 없었다.

어중간하게 무언가를 빚어내지 않는 것이 좋았다.

그저 있는 그대로 하루키의 과거를 받아들여 준다.

그것이 무엇보다도, 기뻤다.

하야토는 무언가 자신의 마음을 전하고자 머리를 긁적이고, 천천히 말을 꺼냈다.

"……그게, 잘은 모르겠지만, 음, 하루키는 조금 제멋대로 굴어도 괜찮을지도."

"제멋대로……?"

그 말을 듣고 눈을 끔벅거렸다.

우연히도, 전날 사키에게 건넨 것과 같은 말.

하지만 무언가 딱 와닿지가 않았다.

고개를 갸웃거리는 사이 하야토는 한층 더 복잡한 표정을 만들고 신음했다.

"다시 생각해보면 학교에서 피난할 장소라든지 점심시간이라든지, 방과 후에 같이 게임을 한다든지, 하루키는 늘 그런 자잘한 것들뿐이라고 할까…… 음, 그러니까! 뭐라고 할까! 좀 투정도 부려, 아니지, 내가 휘둘리는 미래가 너무 명확한데. 못 들은 걸로 해줘!"

"잠깐만, 무슨 소리야?!"

"하핫, 그런 소리야!"

"정말~!"

평소의 분위기가 흘러 서로의 표정도 부드러워졌다.

그리고, 마음도 조금 풀어지고 있었다.

그래서 하루키는 문득 마음속에 품고 있던 것을 내뱉었다.

"있잖아, 하야토. 하나만 물어봐도 될까?"

"벌써 제멋대로 굴어보려고?"

"제멋대로…… 응, 글쎄, 모르겠어. 사실은 최근에, 가끔 생각하던 게 있거든."

"생각하던 거?"

그때 하루키는 잠시 말을 끊었다.

등줄기를 펴고, 가슴에 손을 대고서 하야토와 마주했다.

"지금의 나는, **진짜 나**일까?"

"……응?"

점점 커지는 눈동자가 자신 쪽을 향해, 하루키는 미간에 주름이 생기는 것을 자각했다.

대답하기 힘든 질문일 것이다. 애당초 하루키 안에서조차, 명확한 해답이 존재하지 않으니까.

하지만 계속 생각하던 일이기도 했다.

하야토 앞에서의 자신도, 어쩌면——.

바보 같은 이야기였다. 하지만, 생각하기 시작하면 멈출 수 없을 때가 있다.

사키를 강하게 의식하면, 특히.

"……."

"……."

그런 하루키의 속마음이 하야토에게 전해졌는지, 이번에는 무어라 형용할 수 없는 분위기가 흘렀다.

하야토는 복잡한 표정을 지었다가, 곤란한 표정을 지었다가, 떨떠름한 표정을 지었다가, 그야말로 얼굴 개그를 했다.

정말 얼굴에 훤히 드러나는 타입이라니까. 하루키는 그런 생각을 하며 쿡쿡 웃음을 흘렸다.

생각해보면 조금 짓궂은 질문이었을지도 모른다.

머리를 내저어 의식을 전환하고, 입을 열려다—— 무언가가 들렸다.

"하루——."

"쉿! ……무슨 소리, 안 들려?"

"……바깥쪽 바람 소리 같은 거 말고?"

"응…… 2층?"

작고 가냘픈, 하지만 묘하게 마음에 걸리는 소리였다.

그리고 가슴속의 무른 부분을 몹시 간질였다.

솔직히 조금 불쾌하게도 느꼈지만, 어째선지 무시할 수도 없을 것 같았다.

그런 심리에 밀려서 소리의 출처를 찾아 2층 부분으로 올라갔다.

극한까지 시선을 집중하고, 귀를 기울였다.

"————!"

"들렸어!"

"나도 들었어, 저기야!"

"……어?"

하루키가 침입했을 때에 쓰러뜨리고, 무너져서 겹겹이 포개어진 도구 틈새.

어둠에 익숙해진 눈이 **그것**을 포착했다.

"새끼고양이……?"

"…………미이."

검정색, 갈색, 하얀색의 세 가지 색깔이 뒤섞인 털가죽. 손바닥에 올려놓을 수 있을 정도의, 정말로 작은 새끼고양이. 하루키가 들어온 창문으로 어미고양이가 들어와서 낳은 것일까?

하지만 어미고양이의 모습은 어디에도 보이지 않았다.

버려졌는지, 아니면 먹이를 구하러 갔다가 불행한 일이 있었는지도 알 수가 없다.

그저 분명한 것은, 축 늘어진 상태로 누워서는 미약한 힘을 짜내어 "미이, 미이" 하고 매달리듯이, 열심히 울음소리를 짜내고 있다는 것.

"…………아."

하루키가 쭈뼛쭈뼛 안아 올린 새끼고양이는 놀랄 정도로 차가웠다.

아직 체온을 조절하지 못하는 것일까? 손바닥에서 서서히 열기가, 생명이 꺼져가려는 것을 알 수 있었다. 깨닫고 만다. 그 탓에 고양이는 필사적으로 하루키에게 매달리려고 애써 발톱을 세우고, 꺼질 듯한 울음소리로 호소했다.

"어, 어어, 어, 어쩌지, 하야토, 이 아이, 살고 싶다고, 알 아차려 달라고 우는데. 너무 작은 데다 차가워! 저기…… 저기!"

"하루키, 진정해."

"어쩌지…… 모르겠어, 이 아이, 아무것도 못 하는데, 하지만 나는, 아무것도, 어떡하지…… 어떡하지!"

새끼고양이와 자신을 겹쳐보고 만 하루키는 완전히 혼란에 빠져버렸다. 사고가 빙글빙글 돌고 넘쳐나는 감정을 미처 못 따라가서, 그 사실에 울음을 터뜨리고 말았다.

손바닥에 있는 목숨을 어떻게든 해야만 한다는 사명감 같은 것이 헛도느라 하야토가 어깨를 흔들어도 이해하지 못했다.

머릿속은 수많은 생각과 감정이 뒤죽박죽, 눈앞이 점점 캄캄해졌다.

"이 바보가!"

"윽?!"

하지만 그때, 머리에 딱 큰 충격을 받고 정신을 차렸다.

"아야ー, 왜 이렇게 돌머리야?"

"어, 어라, 하야토……?"

"어, 어라, 하야토, 가 아니야! 됐으니까 우선은 심호흡해, 자, 들이마시고, 내쉬고, 빨리!"

"으, 응…… 스읍, 하아…… 스읍ー, 하아ー."

시키는 대로 호흡을 가다듬는 사이 시야도 맑아졌다. 찌

195

릿찌릿한 이마가 머리를 식혀주었다.

눈앞에는 하루키의 **뺨**을 양손으로 붙잡고, 눈가에 눈물을 글썽거리는 하야토.

아무래도 꿀밤을 먹었나 보다. 정말로 **하야토**다웠다.

이의를 허락하지 않는 진지한 눈빛은 어째선지 그녀를 안심하게 만들어버렸다.

"도와주자."

"……응!"

그리고 대담한 미소를 짓는 **하야토**에게 이끌려서, 하루키도 힘주어 고개를 끄덕였다.

근거는 전혀 없다.

하지만 신기하게도, 새끼고양이는 이미 구한 것이라 생각해 버렸다.

휘잉, 강한 바람이 집을 때렸다.

하늘은 잔뜩 흐려서 태양을 가리고 있었다.

"하루키 씨, 어디로 갔을까……."

사키는 모습을 비추지 않는 하루키를 찾아서, 두리번두리번 신사 주위를 어슬렁대고 있었다.

그러나 직전으로 다가온 축제 준비나 태풍 대책을 하는 친척, 혹은 지역 사람들의 모습이 있을 뿐.

일단 그들에게 물어보기도 했지만 모른다고 했다.

신악무를 담당하는 사키에게 주어지는 일은 딱히 없었다.

어딘가 바쁜 분위기 가운데, 무료하게 어슬렁거리고 있었더니 갑자기 스마트폰이 울렸다. 화면에는 사모하는 사람의 이름. 두근대며 황급히 터치했다.

『무라오, 조그만 고양이가 약해져서 울고 있어서 지금 당장 어쩌지 도와줄래.』

"오, 오빠?!"

『지금 창고가 앞이고 니카이도 집에서 바람이 강해서 자전거로 새끼고양이가 하루키를 안아서.』

"저기, 좀 진정하실래요?! 으음, 지금 어디신가요, 그리고——."

담담하게 이야기하는 목소리는 냉정했지만, 내용은 지리멸렬했다.

사키는 곤혹스러워하면서도 정중하게 상황을 물었다.

아무래도 약해진 새끼고양이를 보호하고 있었나 보다.

어떻게든 이야기를 들은 사키는 일단 하야토와 하루키, 두 사람과 합류하기로 했다. 표정이 어두운 신타도 종종걸음으로 따라오고 있었다.

합류 장소는 마을 중앙에 있는 우체통. 츠키노세에서 가장 눈에 띄는 곳.

"오빠! 하루키 씨!"

"무라오!" "사키!"

"그 아이네요……!"

하루키가 가슴에 품은 새끼고양이를 본 순간, 사키의 등줄기가 오싹 떨렸다.

축 늘어져서 움직이지도 않고, 생명력이라곤 찾아볼 수 없는 털 뭉치.

호흡은 언제 끊어질지 모를 만큼 미약했다. 죽음의 그림자가 바로 앞까지 다가온 것이다.

틀림없이 머지않아 이 자그마한 생명은, 어딘가 손이 닿지 않는 곳으로 사라져버리겠지.

문득 2개월 전 어느 날 갑자기 찾아온 이별, 그때의 감정이 되살아나서 허둥대고—— 사키의 무녀 옷자락을 누군가 잡아당겼다.

"누나."

당장에라도 울 것 같은 얼굴의 신타. 눈동자가 불안하게 흔들리고 있었다.

——구해야지.

하야토나 하루키와도 눈이 마주치고, 함께 고개를 끄덕였다. 마음이 같다는 게 전해졌다.

하지만 묘안이 떠오르는 건 아니었다.

그들은 아직 열네다섯 살. 신타에 이르러서는 일곱 살인 것이다.

초조함이 섞인 침묵만이 흘렀다. 지금 시간은 명확한 적인데도.

"이봐—, 하야 꼬마! 그리고 하루 꼬마랑 사키 꼬마에, 신 꼬마……?"

"어머어머, 다들 이런 곳에서 뭐 하고 있니? 곧 태풍이 온다고?"

""""?!""""

그리고 그때, 경트럭을 탄 켄파치 씨가 나타났다. 조수석에는 아내의 모습.

"응? 키리시마네 꼬마들, 뭐 하는 거냐?"

"음메~."

"오, 사키, 신사 쪽은 괜찮으냐? 신타 군은 올해 주역이 잖아?"

"태풍 날까지 장난이냐…… 아니 잠깐만, 그 아이는 뭐냐?"

"괜찮아?! 완전히 축 늘어졌는데?"

"잠깐잠깐, 무슨 일이냐?"

심지어 양과 함께 겐 할아버지랑, 근처 밭에 있던 아는 사이인 마을 사람들이 무슨 일이냐며 차례차례 모여들었다. 눈에 띄는 장소에서 복잡한 표정을 짓고 있던 그들이 신경 쓰였나 보다.

그리고 화제는 금세 하루키가 안은 새끼고양이로.

자리가 별안간 소란스러워졌다.

"…………미이."

그때, 사키는 가냘픈 새끼고양이의 울음소리를 포착했다.

남은 생명을 애써 불태워서 던진, 살려달라는 목소리를.

항상 보고만 있고 아무 말도 못 하는 사키와 달리 필사적으로 전하고 있었다.

눈을 크게 부릅떴다.

"저, 저기!"

자신도 모르게 큰소리를 내고 있었다.

소란이 그치고 주위의 시선이 모였다.

감정이 앞질러서 무심코 소리를 냈을 뿐이었다. 무슨 말을 하면 좋을지 알 수 없었다.

하지만 사키는 주위를 힘차게 마주 보고, 그리고 필사적으로 말을 이어나갔다.

"겐 씨, 전날 출산 당시에 신세를 진 수의사 분한테 연락할 수 있을까요?!"

"어, 어어. 거긴 거의 가축만 상대하는데…… 아니, 그런 소리를 할 때가 아니로군. 좋아, 차를 내주마! 하루키, 그 꼬맹이랑 같이 따라와라!"

"으, 응!"

"음메~!"

"나, 나도 갈래!"

"신타 군도?! 뭐, 알겠다. 와라!"

"켄파치 씨, 애 먹이랑 필요한 것 좀 사러 갈 테니까 데려다주세요! 지금부터 조사할 테니까요!"

"사키?!"

"자, 당신, 사키 데리고 이대로 다녀…… 아니 사키, 돈은 어쩌려고?"

"됐어, 나도 있다! 내 지갑 통째로 가져가라!"

"괜찮으신가요?!"

"앗핫핫, 괜찮아, 그 정도는! 그보다도 겐 씨랑 켄파치 씨네 밭은…….”

"그럼, 그쪽은 내가 돌게. 원래부터 그럴 생각으로 집을 나왔으니까!"

"그럼 맡기마, 키리시마네 꼬마!"

사키의 말을 계기로 큰 움직임이 생겨나고, 점점 이야기가 정리되었다. 순식간이었다. 그리고 축제 같았다. 그 중심에 있는 것은 사키.

그리고 이 땅에 대를 이어온 신사의 무녀는, 모두의 의견과 생각을 정리하여 말을 자아냈다.

"이 애를 구하죠!"

"그래!" "알았다!" "맡겨둬라!" "나이 먹고 너무 힘쓰지 말라고!" "요통이 재발하면 어쩌려고!" "뭐라고!" "앗핫핫!"

그리고 저마다의 말과는 달리, 모두의 마음이 겹쳤다.

쏴아아 커다란 소리를 내며 폭풍우가 지면을 때렸다.

츠키노세의 산은 그야말로 미친 듯이 태풍을 노래하고 춤쳤다.

하늘은 검고 두꺼운 구름으로 뒤덮여서, 아직 해질녘도 안 된 시간인데도 세계에 어두운 그림자를 떨어뜨렸다.

그런 가운데, 하야토는 온몸이 흠뻑 젖으며 자전거를 몰고 있었다.

"아 진짜!"

밭 쪽은 어떻게든 일단락 지었다.

하지만 비를 맞고, 점심 식사도 못 해서 몸은 녹초였다. 페달도 이상하게 무거웠다.

그럼에도 불안만이 몸을 움직이고 있는 상황.

새끼고양이는 어떻게 되었을까?

그 후로 연락은 아직 받지 못했다.

"다녀왔어―!"

귀가하자마자, 복도에 물웅덩이를 만들며 세면대로 향했다.

북북 몸을 닦고 얼른 옷을 갈아입고서 목욕물을 데우고서야 간신히 좀 살 것 같았다.

그리고 그때 스마트폰이 울렸다.

『오빠, 그 아이는 무사해요!』

"무라오! 그렇구나, 잘됐네!"

『어수선하기는 하지만, 다른 사람들한테도 연락을 돌릴게요!』

"그래, 다음에 자세한 이야길 들려줘."

『예!』

전화가 끊어지자마자 휴우, 안도의 한숨이 새어 나왔다.

마음이 놓인 자리에 묵직하게 피로가 드리웠다.

몸이 부르르 떨리고, 머리도 무거웠다. 미간을 찡그리고 고개를 내저어, 그것들을 쫓아내려고 했다.

"오빠, 이제 왔어―?"

거실에서 하야토의 귀가를 깨달은 히메코의 목소리가 들렸다.

아무것도 아닌 것 같은 말 속에는 아주 조금 불안의 기색이 배어 있었다.

히메코는 저렇게 보여도 의외로 외로움을 잘 탄다.

예전에 어머니 일도 있어서, 이런 비 오는 날에는 특히.

그래서 하야토는 애써 밝은 목소리를 냈다.

"응, 밭에 태풍 대책을 하느라 수고가 들어서. 그거 말고 도…… 어라……?"

하지만 쉰 목소리가 나올 뿐이었다.

그리고 세계가 휙 기울었다.

몸은 납덩이처럼 무겁고, 오싹오싹 한기를 느꼈다.

무언가 말을 해야 하는데―― 하지만 그러지는 못하고, 풀썩 소리를 내며 의식을 놓았다.

203

"――예, 겐 할아버지도 감사했어요. ……후우, 이걸로 다 했나?"

사키는 복도에 놓인 전화기로 조금 전에 새끼고양이와 관련되었던 사람들에게 감사 전화를 마친 참이었다.

복도는 어둡고 태풍이 지붕을 때리는 소리가 들렸다.

사키는 후우, 한숨을 내쉬며 자기 방으로 돌아갔다.

방 한구석에서는 새끼고양이가 골판지 상자 안에서 모포를 감고, 쌔액쌔액 규칙적인 숨소리를 내고 있었다. 보는 이들 모두의 표정을 흐뭇하게 만드는 무척 평온하고 귀여운 모습이었다.

"…………."

하루키는 아직도 굳은 표정으로 새끼고양이를 바라보고 있었다.

덜커덩 장지문을 열고 사키가 얼굴을 내비쳤다.

사키는 잠든 새끼고양이의 얼굴을 보고는 표정이 헤실 풀어지고, 하루키 옆에 앉아서 말을 건넸다.

"잘 자고 있네요. 으음, 저혈당이랑 탈수 증상, 이었나요?"

"응, 계속 먹지도 마시지도 않았나 봐. 따뜻하게 해주고 고양이 우유를 주면 괜찮대. 생각했던 것보다 튼튼하고 강한 아이라나."

"그런가. 다행이네요, 냥이…… 후훗."

사키는 잠든 새끼고양이의 귀를 검지로 조심스럽게 건드렸다.

새끼고양이가 간지러운지 귀를 꿈틀 움직이고, 사키는 "와아!"라며 눈을 빛냈다.

작은 생명.

사키는 눈꼬리를 늘어뜨리고, 진심으로 구하길 잘했다며 안도했다.

많은 사람에게 의지해서 허둥지둥 대소동이었다. 하지만 감사 전화를 건 사람들은 모두, 입을 모아 다행이라고 말해 주었다. 눈앞의 새끼고양이를 보고는 정말로 그렇다고 생각했다.

"사키, 미안해······."

"후에?"

눈을 가늘게 뜨고 있던 사키에게 갑자기 하루키가 사과했다.

무슨 일이냐며 고개를 돌리자 하루키는 어두운 그림자를 드리우며 새끼고양이를 바라보고 있었다.

사키의 시선을 알아차린 하루키가 억지 미소를 지으며 힘없이 중얼거렸다.

"제멋대로 많은 사람들을 끌어들인 건 나인데, 정작 나 자신은 아무것도 못 하고 허둥댔을 뿐이라서. 모두에게 그저 받기만 했다고 할까······ 폐를 끼쳤어."

하루키는 깊이 머리를 숙였다.

작게 움츠린 어깨가 가늘게 떨리고 있었다.

마치 혼날 것을 두려워하는 어린아이다. 갑자기, 달빛을 받은 해바라기에 둘러싸인 채 무릎을 끌어안은 어린 **하루키**가 보였다.

바라지만 손이 닿지 않는, 하지만 미처 포기하지 못하는 모습이 겹쳐진 것이다.

그래서 사키는 반사적으로 하루키를 꽈악, 머리부터 끌어안았다.

"전혀 폐 같은 거 아니에요."

"사, 사키?!"

"돕고 싶으니까 도운 거예요. 저도 히메도, 오빠도, 신타도, 겐 할아버지도, 켄파치 씨도, 수의사 선생님도. 틀림없이 양들도요…… 하루키 씨는 계기예요."

"그런, 걸까……?"

"누구 하나 싫다는 표정인 사람이 있었나요? 이 애가 죽어도 된다고 생각한 사람이 있었나요? 무사하다는 걸 알았을 때, 기뻐하지 않은 사람이 있었나요?"

"아니, 다들 다행이라고 했어……."

사키는 마음을 전하겠다는 듯, 끌어안은 하루키의 머리를 다정하게 쓰다듬었다. 하루키는 한순간 어깨를 움찔 떨었지만, 마치 경계를 푼 고양이처럼 힘을 빼고 몸을 맡겼다.

이윽고 얼굴을 계속 파묻고 있는 하루키가 사키의 옷자락을 꽉 붙잡았다.

"그래도, 사실은 계속 생각하고 있어……. 우리 어머니한테 들키는 걸 생각하면 나는 못 기르고, 하야토네 집은 아파트니까 애완동물은 무리라고! 내 멋대로 구하고 싶다고 해놓고, 그저 제멋대로에, 이렇게나 무책임하다니. 나는 정말 최악이야!"

하루키는 스스로를 책망하듯 외쳤다.

그 목소리에 갈 곳을 잃은 여러 감정이 소용돌이치는 것을 알 수 있었다.

사키는 그런 하루키를 보고서 눈을 끔벅거리고── 미간을 찌푸렸다.

그리고 딱콩, 하루키에게 꿀밤을 날렸다.

"에잇!"

"웃?!"

"하루키 씨는 바보예요."

"사, 키……?"

이번에는 고개를 든 하루키가, 조금 화난 듯한 사키를 보고서 눈을 끔벅거릴 차례였다.

사키는 하루키의 양손을 꼭 감싸듯이 붙잡고, 미간을 추켜세운 모습으로 타이르듯 말을 이었다.

"무슨 일이든 스스로 하겠다며 끌어안으려 하지 말아요. 이 아이의 주인은, 제가 제대로 찾을게요. 아니면 **저희**가 그렇게 의지가 안 되나요?"

"저, 절대 아니야! 하지만, 의지……."

"겐 할아버지는『우리는 이미 양이 잔뜩 있으니까, 새삼스럽게 고양이가 좀 늘어난다고 뭐』라고 그랬고, 켄파치 씨네 사모님도 많은 사람들에게 이야기를 해주고 있어요. 우리 아버지도 고양이 기르는 방법을 검색하고 있었어요. 이 아이는 전혀 걱정할 것 없어요."

"하, 하지만, 저기……."

"그래도 신경이 쓰인다면, 이건 '빚'이라는 걸로 해두고, 다음에 제가 곤란할 때나 제멋대로 행동할 때에 도와줘요. ……알겠죠?"

"…………아."

사키가 새끼손가락을 내밀자 하루키는 그것을 빤히 바라본 뒤, 쭈뼛쭈뼛 자기 새끼손가락을 걸었다. 싱긋 그려진 미소에 하루키도 수줍은 미소로 답했다.

이내 하루키는 하아아, 무언가 많은 생각이 잠긴 한숨을 내쉬었다.

"사키는 있지, 하야토 말대로 정말 **착한 아이**구나."

"예?"

갑자기 하루키의 입에서 그런 말이 나오니 심장이 두근거리고 말았다.

그리고 하루키는 꼭 감은 새끼손가락에 힘을 싣고 사키의 눈을 똑바로 바라봤다.

"그러니까 말이야, 나는 사키를 좋아해."

"예?! 어, 어 그게, 저도 하루키 씨를, 좋아, 하긴 하는데, 요……?"

"이렇게나 예쁘고 귀엽고 다정하고 착하다니…… 내가 만

약 남자였다면, 사키를 좋아하게 되었을 거야."

"저, 저기…… 아으으……."

불순물 없는 하루키의 투명한 말이, 사키의 가슴으로 쿵 떨어졌다.

하루키 같은 미소녀가 칭찬의 말을 퍼부으니 가슴이 두근 두근 술렁이며 도무지 가라앉지를 않았다.

사키가 얼굴을 붉히며 고개를 숙이고 머리에서 수증기를 뿜어내는 사이, 하루키는 후훗 웃음을 흘리고는 무언가 떠오른 표정을 지었다.

"하야토도 그러려나?"

"예?"

"살짝 변신해볼게."

"하루키, 씨……?"

하루키가 그렇게 말하자마자, 갑자기 그 분위기가 일변 했다.

피부로 느껴질 만큼, 확실하게.

"『──무라오.』"

"?!"

사키는 크게 눈을 떴다.

눈에 비치는 것은 윤기 나는 긴 머리카락, 선이 가는 몸에 매끄러운 하얀 피부. 그리고 또렷한 이목구비의, 청순가련 한 미소녀.

의연하게 울리는 방울같이 귀여운 목소리도 그대로다. 그럴 텐데.

　그런데도 ──로 보였다. 보이고 말았다.

　하루키는 다정하게 훗 미소 짓고, 새끼손가락을 걸지 않은 손으로 살며시 혼란에 빠진 사키의 뺨을 쓰다듬었다. 오싹, 등줄기가 떨렸다.

　긴장 때문에 몸이 굳어지고 어깨가 움찔 떨려도, 하루키는 그런 사키를 사랑스러운 눈빛으로 바라볼 뿐. 곧이어 나머지 손가락도 요염하게 휘감겼다.

　"『무라오는 예쁘구나.』"

　"어, 아…….."

　순식간에 머리가 끓어올랐다. 의식도 사고도 날아가고, 그 틈을 노린 것처럼 하루키가 얼굴을 가져다 대자 반사적으로 도망치려고 몸을 젖히다가 뒤로 손을 짚고 말았다.

　그런 사키를 보고 하루키는 요염하게 쿡쿡 웃었다.

　"『귀엽네.』"

　"하──."

　──루키, 라고 말을 잇고 싶은데도, 도저히 그 이름이 나오지 않았다.

　겹쳐 보이는 것은 ──의 모습.

　가슴이 아플 정도로 술렁거렸다.

　의식이 몽롱해졌다.

　조금 전과 같은 말인데도 도저히 같은 의미로 받아들여지지 않았다.

"『무라오, 좀 전에도 말했지만, 좋아해.』"

"아……!"

하루키는 어깨를 쓰다듬은 뒤, 유카타 옷깃으로 손을 넣어 쇄골을 더듬었다.

그러자 사키의 입에서 스스로도 믿을 수 없을 만큼 달콤한 목소리가 튀어나왔다.

크고 동그랗게 부릅뜬 눈에는, 핑크색 혀로 입술을 날름 핥는 하루키의 모습.

그 얼굴은 어딘가 음란하게 덧칠되어 색기를 머금은 육식짐승 같았다.

그렇게 ——가 된 하루키가 얼굴을 가져다 대고 귓가에 숨결을 불자, 어렴풋이 남았던 이성이나 의문도 날아가 그대로 바닥에 쓰러지고 말았다.

"정말로, 귀여워."

"……웃."

아주 조금 바뀐 음색에 숨을 삼켰다.

하루키가 위에 올라타자 계속 손가락을 휘감은 채로 바닥에 못 박혔다.

시선이 뒤얽힌 것도 한순간, 사키는 수치심 탓에 눈을 피하고 말았다.

몸이 무척 뜨거웠다.

헐떡이듯 숨을 내쉬었다.

분명 지금, 무척 칠칠치 못한 표정을 짓고 있겠지.

묘하게 달아오른 귀에는 꿀꺽, 맛있는 것을 앞에 두고 침을 삼키는 소리가 들렸다.

그리고 하루키가 턱에 손가락을 대자, 지극히 자연스럽게 눈을 감고, 입술을 내밀고——.

『～～～～♪』

""웃?!""

갑자기 사키의 스마트폰이 울렸다.

제정신을 차린 두 사람은 황급히 튕기듯 거리를 벌렸다.

"저, 저저저저전화 왔네, 사키."

"어, 아, 예, 그러네요!"

한순간에 거북해진 분위기를 얼버무리듯이, 서로 굳이 큰 목소리를 냈다.

완전히 하루키가 만들어낸 분위기에 삼켜져 버렸다.

두근두근 빠르게 뛰는 가슴을 누르며 스마트폰 화면을 확인하자 히메코의 전화였다.

"여보세요, 히메?"

『——와줘, 도와줘, 어쩌지 사키, 오빠가 쓰러졌어! 눈이! 으, 으으으아.』

"히, 히메?!"

몹시 절박한 목소리였다. 히메코의 오열 같은 것도 들렸다.

조금 전까지의 열기는 어디로 갔는지, 사키의 사고는 어디까지나 냉정해졌다.

하야토에게 무슨 일이 있었던 것일까?

갑자기 어른거리는 과거의 광경. 스마트폰을 붙잡은 손에 힘이 실렸다.

심호흡을 한 번. 우선은 진정하고 상황을 파악해야 한다.

"히메, 있잖아——."

가능한 한 냉정하려 애쓰며 물어봤지만, 갑자기 스마트폰을 든 손을 하루키가 덥석 붙잡았다.

"히메 지금 어디야?! 집에 있어?!"

『어…… 아, 하루…… 응. 집이야.』

"알았어, 지금부터 갈 테니까 기다려!"

『하루?!』 "하, 하루키 씨?!"

하루키는 히메코에게 그것만 확인하는 둥 마는 둥, 방을 뛰쳐나갔다.

재빠른 그 결단에 잠시 굳어 있던 사키도 서둘러 뒤를 쫓았다.

바깥은 이미 요란스럽게, 폭풍이 빗방울을 싣고서 휘몰아치고 있었다.

태풍이 현관을 열자마자 사키의 발밑을 적셨다.

하지만 그런 가운데, 하루키는 주저도 없이 달려나갔다.

순식간에 그 뒷모습이 시야에서 사라졌다.

우두커니 서서 허둥대고 있을 뿐인 사키와는 달랐다.

자신도 쫓아가야 하는데—— 그런 대항 의식에서 오는 초조함에 시달리는 사이, 갑자기 여전히 움켜쥐고 있던 스마트폰에서 들린 목소리에 정신을 차렸다.

『사키…….』

"읏!"

후우~ 크게 숨을 내쉬고, 많은 것들을 내뱉고, 마음을 다 잡았다.

뇌리에 스친 것은 처음으로 히메코에게 말을 걸었을 때, 말과 표정을 잃고 있던 **히메코**의 얼굴.

사키 본인에게도 자신이 굼뜨다는 자각은 있었다.

설령 이대로 하루키를 쫓아가더라도 아무것도 못 할 것이다. 거치적거릴 뿐이다. 꽈악, 스마트폰을 다시 쥐었다.

"히메, 좀 가르쳐줄래? 우선, 오빠가 어떻게 된 거야?"

『쓰, 쓰러져서, 말을 걸어도 깨지도 않고…….』

"그래…… 어디서 쓰러졌어?"

『보, 복도에 엎어졌어…….』

"언제 발견했어?"

『조금 전에, 빗속에서 돌아와서, 세면대로 가서, 말을 걸었는데, 잠시 있다가 풀썩 소리가 들려서, 그래서.』

"……호흡은?"

『…………거칠어서 힘겨워 보여.』

"열은?"

『엄청 뜨거워.』

"그래, 알았어…… 조금만 기다려, 히메. 어떻게든 할 테니까."

『으, 응.』

아까 새끼고양이 소동을 다시 떠올렸다.

틀림없이 조금 전까지 밭에서 태풍 대책을 하고 있었겠지.

그리고 너무 애를 쓰다가, 열이 났다.

아, 정말로 **오빠**답다.

전화를 끊은 스마트폰으로, 필요하다고 여겨지는 것들을 검색했다.

"해열제는 집에 상비하고 있어…… 냉각 시트에 스포츠 음료, 젤리도 냉장고에 있을 텐데…… 엄마~!"

누구보다도 빨리 달려가지는 못한다.

자신이 무력하다는 사실도 안다. 하지만 아무것도 할 수 없다는 뜻은 아니다.

그래, 힘이 부족하다면 누군가에게 빌리면 된다.

이제까지처럼 보고 있기만 해서는 안 되는 것이다.

사키는 필사적으로, 자기 나름대로 할 수 있는 일을 생각했다.

하야토의 의식은 혼탁했다.

의식을 놓기 직전 시야에 날아든 것은 창백해진 동생의 얼굴.

그것이 갑자기, 옛날의 울보 **히메코**가 말을 잃었을 때의 모습을 떠올리게 만들었다.

마음속 깊이 닫아두었던, 잊으려 했지만 잊을 수 없던 그

일을.

하루키의 과거를 들은 다음, 새끼고양이 일까지 겹쳤기 때문일까.

5년 전, 어머니가 처음 쓰러진 날.

그날도 태풍은 아니지만 오늘처럼 큰 비가 내렸다.

도서실에서 비가 그치기를 바라며 시간을 보내다 돌아온 것을 기억한다.

귀가한 하야토가 본 것은 바닥에 쓰러져서 움직이지 않는 어머니와, 그것을 눈앞에 두고서 우두커니 서 있는 히메코.

자세한 일은 이제 기억나지 않는다.

황급히 아버지에게 전화를 하고, 조금 전 새끼고양이 소동 때와 마찬가지로 츠키노세 전체가 소란스러워진 것은 기억에 강하게 남아 있다.

다행히 긴급 수술이 성공하여 마을 모두가 안도했던 것도. 물론 하야토도 만세를 부르며 기뻐했다.

하지만 히메코만이 기뻐하지 않았다.

그러기는커녕 안색 하나 변하지 않고, 모든 감정이 얼굴에서 빠져나가서는 아무런 말도 하지 않았다. 아니다, 하지 못했다.

히메코는 어머니가 쓰러진 충격에서 자신의 마음을 지키기 위해, 껍데기에 갇혀서 말을 잃었다.

옆에서 보면 그저 낙담한 것으로만 보였으리라.

그러나 가까이 있던 하야토만이 히메코의 이상을 깨달

았다.

물론 어떻게든 해주려고 이것저것 어린아이 나름대로 시도해봤다.

기뻐할 것이라 생각해서 집 안에 골판지 상자로 3층짜리 비밀기지를 만들거나, 손님방 바닥 전체에 이불을 깔고서 같이 자거나, 햄버그에 잔뜩 욕심을 부려 많은 재료를 채워서 만들거나.

하지만 무엇 하나 반응하지 않았다.

그래도 하야토는 끈기 있게 히메코에게 간섭했다.

동생이니까.

하루키가 사라진 뒤 유일하다고 할 수 있는 친한 또래이기도 했으니까.

그날.

여름의 끝.

언제까지나 천진난만하게 즐거운 나날이 계속되리라 믿고 있었을 때.

자신의 힘으로는 도저히 안 되는 일이 있다는 것을 이해하고 말았으니까.

그리고 이제까지 당연하다는 듯 존재했던 일상이, 어느 날 갑자기 아무런 전조도 없이 무너진다는 것을 알고 말았으니까.

그러니까 필사적으로 손을 뻗었다.

히메코가 히메코이도록.

하지만 하야토를 비웃듯이 손을 뻗어도 뻗어도, 희망은 손가락 사이로 흘러나가 버렸다.

히메코는 전혀 변하지 않았다.

하야토는 무력했다.

눈앞이 점점 캄캄해졌다.

세계에서 색깔이 빠져나갔다.

그래서 무언가에 매달릴 수밖에 없을 만큼, 마음이 마모되고 있었다.

어느 날 방과 후의 일이었다.

늦가을의 찬 바람이 불기 시작했을 무렵일 것이다.

산은 나뭇잎의 색깔을 화사하게 바꾼 뒤 땅에 떨어뜨리고 있었다.

마음 그대로 슬렁슬렁 다리를 움직여 다다른 곳은 츠키노세 산 중턱에 있는 신사.

하루키가 사라진 뒤로 의도적으로 피하던 장소.

하지만 한편으로는 반짝반짝 빛나는 기억이 강한 곳.

어린 마음에도 신에게 부탁할 수밖에 없다—— 어렴풋이 그런 생각을 했다.

여름 축제 이후로 오랜만에 발길을 들인 신사는 어딘가 그립고, 구슬펐다. 그것은 하야토가 모르는 광경이고, 그래서 발길을 들이는 것에 주저하고 말았다.

애당초 아무런 정처도 없이 찾아온 것이다.

하지만 대나무 빗자루와 함께 경내에서 반짝반짝 빙글빙글 춤추는 여자아이를—— **사키**를 보자, 무심코 숨을 삼키며 그 자리에 못 박혔다.

『——웃.』

춤의 의미는 모른다.

다만 필사적으로 무언가는 바라며 손을 뻗으려 하는 것은 알 수 있었다.

——애절하게, 몇 번이고, 몇 번이고.

필사적인 그 모습은 하야토의 가슴을 찔렀다.

갑자기 눈앞으로 빛줄기가 비쳐들고, 정신이 들자 뛰쳐나가고 말았다.

『히메코를, 내 동생을, 웃게 해줘!』

『후에?!』

갑자기 나타난 하야토에게 손을 붙들려서 그런 소리를 들으면, 사키가 아니더라도 뒷걸음질 치고 말 것이다.

감정에 내맡긴 행동.

하지만 그때의 하야토로서는 사키에게 매달릴 수밖에 없었다.

『부탁해, 히메코를 도와줘! 그 녀석은 울보라서 어떻게든 해주고 싶은데, 아무것도 할 수 없어서——.』

대체 무슨 말을 했던가. 이제 기억은 애매하다.

다만 동생을, 히메코를 어떻게든 해달라고 애원한 것은 기억한다. 그리고, 놀라고 당황한 사키의 얼굴도.

아, 어쨌든 빨리 일어나야 한다.

그 무렵보다도 훨씬 커졌지만, 히메코는 여전히 겁쟁이고 외로움을 잘 탄다.

지금쯤 틀림없이, 제대로 울상이 되어 있을 것이다.

어쩌면 옛날처럼──.

그 얼굴을 다시 보는 것은, 생각만 해도 가슴이 죄어드는 일이었다.

──하루키가 사라졌을 때를 떠올리고.

억지로라도 의식을 깨웠다.

"히메, 코…… 우는 거 아냐……?"

"괜찮아요."

"…………어?"

의식이 깨어난 순간 시야에 날아든 것은, 기억은 있지만 친숙하지 않은 손님방 천장. 그리고 어찌 된 영문인지 간소한 유카타 모습의 사키.

상황을 영 알 수가 없었다.

필사적으로 머리를 돌려봐도 제대로 돌아가지를 않았다.

몸을 일으키려고 해도 이상하게 무겁고, "윽" 하고 신음 소리를 흘리자 사키가 곤란하다는 표정을 지으며 양손으로 말렸다.

"그대로 주무세요. 열이 꽤 높았으니까."

"저기, 무라오……?"

"예, 무라오 사키예요."

"어째서…… 아니, 히메코는?"

"후훗, 히메코가 먼저군요. 걱정할 것 없어요, 지금 하루키 씨와 같이 목욕 중이에요."

"하루키랑 목욕……?"

하야토는 미간에 무심코 주름을 지었다.

히메코와 하루키가 같이 목욕── 그 광경이 어째선지 상상할 수 있을 것 같으면서도 떠오르지 않았다. 머리가 무거워서 더더욱. 이번에는 조금 전과 다른 의미로 으─음 신음을 흘렸다.

그러자 사키가 쿡쿡 웃음을 흘렸다.

"하루키 씨, 오빠가 쓰러졌다는 걸 듣고 그대로 우산도 안 쓰고 뛰어나갔어요."

"……바보가."

"차로 따라갔을 때에는 이미 흠뻑 젖어서…… 일단 차 안에서 닦았지만, 그래도 하루키 씨의 모습은 본 히메가 깜짝 놀라서 욕실로 연행했어요."

"정말이지…… 그래도 하루키답네. ……그래, 그럼 히메코는 괜찮나…….""

"조금 화가 났지만요."

하야토는 안도의 한숨을 내쉬었다.

그제야 간신히 지금 자신이 처한 상황이 신경 쓰였다.

밭의 태풍 대책 이후로 물에 빠진 생쥐 꼴이 되어 돌아와서, 세면대에서 옷을 갈아입은 것까지는 기억한다. 아무래도 그때 기운이 빠져서 쓰러지고, 히메코가 도움을 부르고, 손님방까지 옮겨졌을 것이다. 다른 사람들이 옮겼다고 상상하니 조금 부끄러웠다.

옷이나 머리카락을 적신 것이 비인지, 땀인지는 알 수 없었다.

몸은 나른하고 머리가 뜨겁고 흐리멍덩한 게 전형적인 감기 초기 증상이다.

잘 생각해보면 도시에서도 새로운 생활과 하루하루의 가사에 쫓기고, 츠키노세로 돌아와서는 그야말로 신나게 돌아다녔다. 거기에 새끼고양이 소동부터 태풍 대책까지, 오랜만의 육체노동이었지. 하야토가 아니더라도 과로로 쓰러지더라도 이상하지 않을 것이다.

자기 관리를 실패했다는 한심함에 하아아, 조금 전과는 다른 의미의 한숨이 나왔다.

"저기, 괜찮아요? 일단 해열제가 있는데…… 아, 우선 뭔가 끼니를…… 젤리 음료라도, 드시겠어요?"

"어, 고, 고마워."

"이마에 있는 냉각 시트도 교환할까요?"

"이런 건 언제 했대…… 아, 직접 할게."

"그냥 맡기세요."

"아, 예."

사키는 싱긋 미소 짓고 바지런히 간호했다.

몸을 일으키는 것도 도와주고, 젤리 음료나 약, 물을 건네주고, 누웠더니 어깨까지 이불을 덮어주며 냉각 시트를 교환해줬다.

동생 친구가 그런 일을 해주는 것은 묘하게 부끄러웠지만, 이의를 허락하지 않는 말투로 "감기 환자분은 얌전히 간병을 받도록 해요"라고 딱 잘라서 말하니 더 이상 아무런 말도 할 수가 없었다.

무어라 형용할 수 없는 분위기가 흘렀다.

오빠와, 동생의 친구.

그 거리는 가까운 듯 멀다.

이런 상황은 츠키노세에 있었을 무렵에는 생각한 적도 없었다.

하지만 신기하게도 지금 여기에 불편함은 없었다.

그러기는커녕, 어찌 된 영문인지 이상하게도 친숙함과도 닮은 것을 느끼고 있었다.

옛날에 비슷한 일이 있었던 것일까?

필사적으로 기억을 뒤져도, 역시나 열 탓에 머리에 안개가 낀 것 같아서 제대로 떠올릴 수가 없었다. 하야토의 미간에 주름이 새겨졌다.

그때 목욕탕 쪽에서 첨벙첨벙 물소리와 함께 "미얏?!" 하는 하루키의 울음소리가 들렸다.

무엇을 하고 있는지는 모르겠지만 히메코가 무척 신이 난 모양이라, 사키와 눈이 마주치니 쓴웃음이 새어 나왔다.

"뭐, 히메코가 별일 없다면 됐어."

무뚝뚝하게 그리 말했더니, 사키는 눈으로 호를 그리며 쿡쿡 웃었다.

"전부터 생각했는데, 히메를 조금 과보호하는 구석이 있네요."

"뭐? 그런가? 뭐, 동생이니까. 히메코가 덤벙거려서 수고가 들 뿐이고."

예전에 하루키에게도 들었던 같은 평가에 가슴이 두근거렸다.

하야토는 그런 걸 의식한 적도 없었다.

하지만 사키는 더더욱 눈매를 가늘게 뜨며 부드러운 입가에서 말을 흘렸다.

"그러니까 히메가 오빠를 따르는 거겠죠."

"……따르는 건가, 저게?"

"후훗, 히메가 좀 부러워요. 저도 오빠 같은 오빠가 있었으면 했는데."

"어?! 으음……."

"어, 아…………."

갑작스러운 사키의 말에, 서로 얼굴을 붉히며 고개를 피하고 말았다.

머리가 더욱 뜨거워졌지만 나쁜 기분은 아니었다. 가슴이 몹시 간질거렸다.

"……그런 말을 들을 만큼 히메코를 잘 지탱해준 것도 아냐. 대단한 녀석이 아니거든."

"아니에요."

"그러니까 무라오, 혹시 가능하다면 고등학교 진학할 때 이쪽으로, 도시 쪽으로 와줬으면 해."

"⋯⋯⋯⋯⋯⋯⋯예?"

사키가 눈을 동그랗게 떴다.

그것은 분명히, 열 때문에 들뜬 탓에 흘리고 만 말일 것이다.

"히메코는 있지, 알다시피 위태위태하거든. 히메코만이 아니라 하루키도⋯⋯ 하지만 나는⋯⋯ 왜지, 무라오가 있으면 안심할 수 있다고 할까, 괜찮을 것 같아."

"오, 빠⋯⋯?"

"무라오는 훨씬 더 전부터 의지가 됐고, 나는 못 하는 일을 해줬고, 그러니까⋯⋯."

그 말에는 하야토의 나약한 마음도 섞여 있었다.

갑자기 가슴이 답답해졌다.

무력하다는 것은 통감한다. 그리고 절망도.

하지만, 이것은 누군가에게 말할 법한 것이 아니다.

히메코, 그리고 하루키에게는 절대로 드러낼 수 없는 부류의 것.

그런 마음속의 무른 부분을 드러내고 말았다.

분명 열 탓도 있겠지.

하지만 상대가 사키였기에, 흘리고 만 것이었다.

"그, 래…… 옛날에도……."

조금 전의 꿈속에서, 잊고 있던 과거의 일이 떠오른 것 같았다.

하지만 뜨거운 열에 녹아내리듯 그 기억의 윤곽도 점차 흐릿해졌다.

소중했을 터인 무언가. 그것이 사라지지 않도록 필사적으로 손을 뻗었다.

흙탕물 같은 것이 발밑에 휘감겨 드는 느낌.

뇌가 열기를 띠고, 호흡이 거칠어진다.

그러자 갑자기 사키가 이마에 손을 딱 대고 쓰다듬었다.

거기에 묘한 안도감을 느껴 스르륵 몸이 가벼워졌다.

"지금은 자야죠. 안 그러면 나을 것도 안 낫는다고요?"

"어? 어, 어어……."

"뭐든 바라는 건 없나요?"

"오늘 밤은 여기서…… 묵고 갔으면 해."

"히메가 외로워할 테니까, 말이죠."

"……아냐, 아마, 나도…………."

"읏!"

열기가 몸을 맴돌았다.

하야토는 마지막까지 말을 마치기 전에 의식을 놓았다.

"──잘 자요."

마지막으로 속삭인, 사키의 목소리만을 귀에 남기고──.

　　　　　◇　◇　◇

　——잘 자요.

　사키의 그 속삭임은, 지붕을 거칠게 쏴아쏴아 때리는 빗
소리에 점차 지워졌다.

　살며시 하야토한테서 손을 떼고, 그 손을 자신의 가슴에
댔다.

　"……액…… 쌔액……."

　이윽고 하야토에게서 규칙적인 숨소리가 들렸다.

　얼굴은 여전히 열 때문에 붉지만, 표정은 어쩐지 평온했다.

　"오빠……."

　그러나 사키의 얼굴은 대조적으로 복잡했다.

　입술은 꼭 다물고, 유카타 옷깃을 움켜쥐어 주름을 만들
었다.

　"저도 고등학교, 그쪽으로 가고 싶어요……."

　파르르, 무언가를 견디듯 어깨를 떨었다.

　그것은 사키가 진심으로 바라는 것이었다.

　속삭임과 함께, 유카타를 움켜쥔 손등으로 눈물이 뚝 떨
어졌다.

　방은 지붕을 때리는 빗소리가 지배하고 있었다.

　얼마나, 하야토의 얼굴을 보고 있었을까.

　이윽고 사키는 후우, 뜨거운 숨결을 내쉬고 주위를 둘러
봤다.

그리고 쌔액쌔액 잠들어 있는 하야토, 그의 입술을 가만히 바라보고, 빨려들듯이 자신의 벚꽃색으로 물을 들인 입술을 가져다 대고──.

"──읏."

그때 문틈으로 일련의 대화를 보고 있던 하루키는, 시선을 몸과 함께 홱 돌렸다. 더는 보고 있을 수가 없었다.

어두운 복도. 태풍의 비가 집 여기저기를 때리는 가운데 살며시 벽에 등을 기댔다.

욱신욱신 가슴이 술렁거렸다.

목욕을 마치고 히메코에게 받은, 이전에 아파트에 묵었을 때에 빌렸던 하야토의 셔츠 가슴께를, 어금니를 악물며 꽉 움켜쥐어 주름을 만들었다.

사키의 마음은 알고 있었다.

츠키노세에 방치되어 버린 그 마음을.

하지만 알고 있으면서도, 실제로 그 마음의 발로를 목격했을 때의 충격을 도저히 받아들일 수가 없었다. 비슷한 상황에서 자신이 했던 행동과 비교해 버리니까 더더욱.

조금 전에 흘린 사키의 말도 귓가에서 떨어지지 않았다.

츠키노세에서는 가장 가까운 고등학교도 편도 두 시간 남짓. 거리도 있으니까 진학과 동시에 마을을 나가는 사람이 많다. 그래도 산을 내려간 곳에 있는 같은 현 내의 학교나, 고작해야 이웃 현. 주말이 되면 본가로 돌아올 수 있을 법한 곳에 다니는 것이 관례이다.

고등학생은 어린아이가 아니지만 어른이라고 단언할 수 있을 나이도 아니다.

아직 부모의 눈길이나 손길이 닿는 곳까지만. 그것이 관례다.

게다가 도시와 츠키노세는 멀다.

무척, 멀다.

그 거리는 하루키 본인이, 몸소 잘 알고 있다.

그렇기에, 가슴이 욱신거렸다.

가볍게 오갈 수 있을 법한 거리가 아니고 물가나 집세도 지방과 도시는 무척 다르다.

우리도 여름방학이 아니면 돌아올 수 없었을 거다.

대체 어느 정도의 마음을 담아서, 도시로 가고 싶다는 말을 흘린 것일까.

그것도, 하야토가 듣지 못하도록──.

입술을 깨물었다.

하루키는 숨도 발소리도 죽이고, 그 자리를 떠났다.

거실로 돌아왔더니 히메코가 드라이어로 머리카락을 말리고 있었다.

히메코는 하루키의 기척을 알아차리고 고개를 홱 돌린 채 굳은 목소리로 물었다.

"……오빠, 어땠어?"

하루키는 "음" 하고, 헛기침을 한 번.

아까까지 짓던 표정을 보여줄 수는 없다. 순간적으로 미소의 가면을 뒤집어썼다.

"푹 잠들었어. 피로에 따른 발열인 모양이니까, 푹 자고 나면 내일은 깨끗이 낫지 않을까?"

"……정말이지, 오빠도 참 자기 컨디션 관리가 엉망이라니까! 평소에는 그렇게나 귀찮게 구는 주제에!"

히메코의 분위기가 점점 부드러워졌다. 안심한 걸까. 평소의 태도로 밝게 투덜거리기 시작했다.

하루키는 아하하, 애매한 웃음을 흘리고는 아직 젖어 있는 자신의 머리카락을 한 줄기 붙잡았다.

"저기, 히메. 나도 드라이어 좀 써도 될까?"

"응, 괜찮아. 지금 끝났으니까 차라리 내가 말려줄게."

"어? 어, 응……."

히메코는 말하기가 무섭게 일어나서, 하루키의 뒤로 돌아가서 어깨를 밀어 바닥의 쿠션 위에 앉혔다. 그리고 머리카락을 손으로 잡으며 위이잉, 드라이어를 콧노래와 함께 움직였다.

"머리카락 기네. 손질하는 거 힘들지 않아?"

"아하하, 츠키노세에서 도시로 간 뒤로 계속 이렇게 유지하고 있으니까, 이미 익숙해진 것 같아."

"호오…… 그건 그렇고 찰랑찰랑해. 예뻐."

"아하하, 고마워."

"긴 것도 좋네. **여자**라는 느낌이고."

"⋯⋯⋯⋯응."

히메코가 꺼낸 여자라는 말에, 하루키는 말끝을 애매하게 흐렸다.

조금 입가가 굳어졌다. 얼굴이 보이지 않는다는 사실에 안도했다.

그대로 딱히 대화도 없이, 히메코에게 머리카락을 맡겼다. 히메코의 손놀림은 쉽게 망가지는 물건을 취급하듯 섬세해서, 평소의 모습을 아는 만큼 신기하게 느껴졌다.

이윽고 드라이어 소리가 그치자 머리카락은 완전히 말랐다.

평소보다 정중했던 탓인지, 빗질이 매끄럽게 느껴졌다.

"자, 끝났어."

"고마워, 히메⋯⋯ 히메?!"

"달려와 줘서, 기뻤어⋯⋯."

그리고 히메코는 등 뒤에서 그녀를 꽉 끌어안았다.

가볍게 떨리는 몸에서 불안이 전해졌다.

조금 전까지의 모습은 허세였을지도 모른다.

히메코가 두른 손에, 살며시 자신의 손을 겹쳤다. 일찍이 츠키노세에 있던 무렵과 그리 다르지 않은, 작고 부드러운 손의 감촉이 전해졌다.

"⋯⋯**오빠**도 어디론가 가버리는 건 아닐까 해서, 조금 무서웠어."

"괜찮아, 히메. 그럴 일은 없으니까."

"응, 나도 알아, 하지만⋯⋯."

"히메는 정말로, 옛날부터 오빠만 따른다니까."

"······아니야, 보통이라고 생각해."

"아핫."

"······정말, 하루도 참!"

뾰로통한 히메코를 보고 쿡쿡 웃음을 흘리자, 항의하듯 끌어안은 팔에 꽉 힘이 실렸다.

하루키는 달래듯이 "그래그래"라며 가볍게 팔을 두 번 두 드리고, 일어서서 눈을 마주 봤다.

그리고 하야토를 흉내 내며 히메코에게 미소를 건넸다.

"『안심해, 히메코.』"

"············아."

슥슥 조금 억지스럽게 히메코의 머리카락을 헝클어뜨렸다.

──항상, 하야토가 해주는 것처럼.

히메코는 조금 기쁜 듯, "정말이지, 기껏 머리카락 정리 했는데"라며 목소리를 흘렸다.

태풍은 여전히 츠키노세에 폭풍우를 흩뿌리고 있었다.

휘감겨 드는 과거

도심부에서 전철로 약 한 시간, 교외에 있는 재개발 구역. 역을 기점으로 주변에는 평상시 생활의 물품으로 곤란하지 않을 정도의 상업 서비스 구역이 펼쳐져 있다.

거기서 조금 가면 나오는 것은 규칙적으로 구획이 정리되고 비교적 새로운 집들이 늘어선 주택가.

그 거리의 지극히 평균적인 집 거실에서 카즈키는 스마트폰을 한 손에 든 채 쿡쿡 유쾌하게 어깨를 들썩이고 있었다.

그룹 채팅방에는 카즈키, 하야토, 이오리의 아이콘이 있었다.

『열이 나서 동생 친구한테 간병을 받았어. 뭔가 껄끄러워. 답례로 뭔가 해주는 편이 좋을 것 같은데, 어떻게 하면 좋을까?』

『그거 히메코의 츠키노세 친구야?』

『오, 그렇다면 그 무녀님?』

『그런데.』

『크으, 무녀! 좋겠네, 무녀 옷이라니! 에마한테 입혀보고 싶어!』

『그러고 보니 요전에 샤인 스피리츠 시티에 갔을 때, 파티 상품 파는 곳에서 팔더라. 3000엔 정도였나? 그것 말고도

235

이것저것, 간호사라든지 차이나 드레스라든지 있던데……
뭐, 죄다 치맛자락이 짧았지만.』

『뭐?! 좋아, 다음에 또 다 같이 사러 가자고!』

『바보냐. 아, 하지만 제대로 입힌 사진을 보여준다면, 같
이 가줄 수 있는데?』

『무슨! 여자친구의 그런 모습을, 다른 남자한테 보여줄 수
있을 리가 없잖아!』

『그럼, 이사미 대신 이오리가 그걸 입고 찍어줘.』

『카즈키?!』

처음 하야토의 질문에서 점점 딴 길로 새서, 바보 같은 이
야기가 번졌다.

두서없고 흔해 빠진, 이렇다 할 것도 없는 대화였다.

하지만 카즈키는 이 대화를 진심으로 즐기고 있었다.

통학에 상당한 시간이 걸리지만, 지금 고등학교를 선택해
서 다행이라고 생각한다.

『그래서 하야토, 열은 이제 괜찮아?』

『하룻밤 푹 잤더니 이제 멀쩡해……. 근데 히메코한테서
는 오늘은 하루 종일 자라고 명령이 내려졌어. 솔직히 좀 심
심해.』

『동생 말이 지당하네.』

『그렇다면 오늘 가사나 식사는 히메가 맡는 거야?』

『……그럴 수 있을 거라고 생각해?』

"아하핫!"

카즈키는 그만 거실에서 표정도 풀며 웃음을 터뜨리고 말았다.

머릿속에서는 히메코가 가사나 간병을 하려다가 실패하고, 하루키나 친구에게 울며 매달리는 모습이 생생하게 펼쳐졌다.

스마트폰 화면에서는 계속『과연, 그래서 무녀님한테』『그런 거야』라는 대화가 펼쳐지고 있었다.

『히메코는──.』

그 모습을 물어보려고 거기까지 쓰다가 손가락이 멈췄다. 멈춰버렸다.

갑자기 뇌리에 스친 것은 평소의 천진난만한 히메코의 얼굴이 아니다. 수영장에서 내비친 어른스럽지만, 쓸쓸하게도 보이던 표정.

가슴이 욱신거리며 술렁였다.

표정이 확 일그러졌다.

손가락이 헤맸다.

무어라 쓰면 좋을지, 적절한 말을 알 수 없었다.

친구의 동생.

사이도 양호.

하지만 그것뿐이다. 그녀에 대해서 적극적으로 물어본다는 것은, 오빠의 친구라는 위치에서 적잖이 이탈하는 것은 아닐까?

하지만 어째선지 신경을 쓰게 되고 만다.

『하야토랑 니카이도 말고 또 쉬는 사람이 생겨서 요새 힘들어.』

『미안, 그쪽으로 돌아가면 가능한 한 많이 들어갈게.』

카즈키가 안달복달하는 사이, 스마트폰 안에서는 어느샌가 화제가 알바로 넘어가 버렸다.

"……카즈키?"

"어?! ……누나?"

"어쩐지 재미있는 표정이네…… 하암."

"……아하하."

그때, 갑자기 졸린 목소리가 날아들어서 정신을 차렸다.

고개를 들었더니 자다 깨서 폭발한 머리카락과 배를 벅벅 긁고 있는 누나, 모모카의 모습.

도저히 남들에게는 보여줄 수 없는 칠칠치 못한 모습이었다.

"응—…… 카즈키, 항상 마시는 거."

"예예."

카즈키가 쓴웃음을 흘리고 부엌으로 향하자, 모모카는 그대로 빈 소파에 드러누워 자리를 점령했다.

그것을 곁눈질하며 진하게 설정한 에스프레소 머신을 켰다. 여기에 조금 많은 우유를 넣은 카페라떼가, 모모카가 말하는 '항상 마시는 거'였다. 참고로 칼로리를 신경 써서 노 슈거였다.

카즈키는 추출된 흙색의 액체에 황금색 거품이 만들어지

는 것을 바라보며 흘끗 시계를 확인했다. 현재 열 시 반을 지난 시각.

"누나치고는 오늘 빨리 일어났네. 어디 놀러 가려고?"

"어―엉―, 조금―. ……그러고 보니 카즈키, 너 고백하고 차였다지?"

모모카의 말에, 우유를 넣던 카즈키의 손이 움찔 떨렸다. 미간에 주름을 지었다.

"어, 응. 뭐 그게, 이런저런 일이 있어서."

"**예전**, 같은 느낌?"

"……그런 느낌."

"…………어 그래."

그리고 모모카는 후우우우우, 명백하게 무언가 의미심장한 한숨을 크게 내쉬었다.

예전. 중학교 시절의 실패.

당연히 누나인 모모카는 그 사실을 알고 있다. 전말도.

카즈키는 껄끄러운 표정 그대로, 카페라떼를 모모카 앞 테이블에 놓았다.

"그거, 누구한테 들었어?"

"아이링. 하얏치……? 인가, 네 **친구**한테 들었대."

"아, 하야토."

"…………응. 괜찮아?"

간결한 말이지만 목소리에는 걱정하는 기색이 배어 있었다. 모모카도 그녀 나름대로 동생을 걱정하는 것이리라. 그래서 쓴웃음이 나왔다.

"응, 다들 좋은 녀석들뿐이야."

"그래."

"뭐, 이번에는 나도 조심하고 있으니까."

"……그래서, 그 친구 중의 누군가한테 진심이 됐다?"

"?!"

예상보다 날카로운 모모카의 말에 심장이 크게 뛰었다. 한순간 머릿속이 새하얘졌다.

본인은 버릇없게 소파에 엎드려서는 홀짝홀짝 카페라떼를 마시고 있었다. 동요 탓에 빙글빙글 헛도는 사고 가운데, 뺨이 굳어지는 것을 자각하며 물었다.

"어째서?"

"……어쩐지 사랑에 빠진 아가씨 같아서, 살짝 기분 나쁜 얼굴이었어."

"그게 뭐야."

"혹시 진심으로 고백한 거였어?"

"아니, 그건 아니야. 그 애는, 그런 게 아니거든."

"……흐응?"

카즈키는 하루키를 떠올리며, 그것은 아니라고 확실하게 단언했다.

모모카가 무언가 석연치 않은 기색으로 반응했다.

그때 띵동, 인터폰이 손님의 방문을 알렸다.

모모카는 "음" 하고 현관 쪽을 턱으로 가리켜 카즈키를 재촉했다.

카즈키는 머리는 덥수룩하고 캐미솔에 짧은 반바지 차림인 누나의 모습에 쓴웃음 지으며 현관으로 향했다.

덜컥, 문을 열었다.

"예, 누구—— 아."

"——아."

놀란 목소리가 겹쳤다.

놀라서 살짝 뺨이 굳어진 것도 한순간, 서로 아무 일도 없었던 것처럼 인사를 나누었다.

"야호—, 카즈키치."

아이리였다.

"……어서 와, 아이리."

"어쩐지 오랜만이네, 카즈키치네 집에서 보는 거."

"부 활동 같은 것도 있어서 말이지. 그리고 학교도 멀고."

"나랑 똑같이 근처에 다니면 됐을 텐데."

"……누나랑 약속이라도 했어? 지금 좀, 남들에게 보여줄 수가 없는 모습인데."

"꺄핫, 그건 항상 있는 일이니까. 신경 쓰지 마~."

아이리는 밝은 웃음소리를 높이고, 익숙한 모습으로 카즈키보다 먼저 집으로 스르륵 들어갔다.

카즈키는 그 뒷모습을 보고 살짝 미간을 찌푸렸다.

아이리는 뮬 샌들을 벗은 참에, 퍼뜩 생각이 났다는 듯 빙글 몸을 돌렸다. 옆으로 묶은 머리카락도 둥실 흔들렸다.

"오늘 어때? 요전에 모못치 선배랑 같이 고른 건데."

여름답게 노출 면적이 크고 화려한 무늬의 낙낙한 셔츠에 수수한 숏팬츠. 화려함 안에 조금 차분한 색상을 둔 패션이 아이리를 살짝 어른스럽게 연출했다.

"응, 잘 어울려."

"그래, 다행이네."

카즈키가 그렇게 평하자 아이리는 싱긋 미소를 짓고, 그대로 거실로 향했다.

그리고 소파에서 녹아내린 모모카를 보고는 두통을 견디듯 이마에 손을 댔다.

"모못치 선── 우와⋯⋯."

"오─, 아이링. 만나자마자 우와, 는 너무한 거 아냐?"

"아니아니아니아니, 그 머리카락은 너무하고, 쌩얼이고, 오늘 미팅인 건 알죠?! 시간이, 그보다도 옷은 정했어요?!"

"으─응?"

"으─응, 이 아니고! 고데기는 방에 있어요?! 가져올게요!"

"아이링은 성실하다니까."

"정말─!"

아이리는 우당탕 2층에 있는 모모카의 방으로 뛰어 올라갔다. 모모카는 축~ 늘어진 채로 손을 흔들고 있었다.

옆에서 보면 손이 많이 가는 선배 때문에 고생하는 후배의 구도.

하지만 친근한 사이가 엿보이는 말다툼이기도 했다.

카즈키는 오랜만에 보는 대화에 쓴웃음을 흘리고, 에스프레소 머신을 켰다.

모모카가 태평하게 카페라떼를 비우자마자 고데기와 옷을 든 아이리가 돌아왔다.

"자, 이걸로 갈아입어요!"

"오—."

"아니, 카즈키치가 있는데 이 자리에서 갈아입지 말라고요!"

"아이링은 너무 사람을 조인다니까."

"모못치, 선배가, 헐렁한 거예요!"

"그럴 리가. 남친이 있었던 적도 없는데."

"그쪽 얘기가 아니라! 아니 잠깐, 속옷! 훤히 보여요! 카즈키치—!"

그런 콩트 같은 대화를 나누며, 모모카는 친동생은 개의치도 않고 그 자리에서 옷을 갈아입었다. 당황한 아이리가 모모카의 모습이 카즈키의 시야에 들어가지 않도록 둘 사이로 끼어들었다.

카즈키는 그런 누나와 전 여친의 대화에 쓴웃음 지으며 모모카가 옷 갈아입는 것을 기다리고, 두 사람에게 마침 완성된 카페라떼를 슬며시 건넸다.

"역시 내 동생, 더 마시고 싶었어."

"아이리는 설탕을 적게 넣은 게 좋지?"

"어, 응…… 기억해줬구나, 고마워. ……정말이지, 그런 건 변함이 없네, 카즈키치는."

아이리는 컵에 입을 대고, 이전과 변함없는 맛에 살짝 표정을 풀었다.

그런 아이리의 모습을 빤히 바라보던 모모카가, 몹시 거만하게 가슴을 펴고 말했다.

"내 교육 덕분이지."

"……그 교육이라는 거 탓에, 또 여자아이를 곤란하게 만들어서 뭔가 이런저런 일이 있었던 모양이지만요—. 하얏치가 말했거든~."

"그보다도 카즈키를 찬 애가 신경 쓰여. 어떤 애야?"

"아, 그거 나도 흥미 있는데!"

"어, 어어……."

아이리와 모모카가 파고들자 허둥대는 카즈키.

그다지 적극적으로 말할 일도 아니었다.

하지만 **예전** 일도 있어서, 둘 다 전혀 관계가 없는 것도 아닌데.

미간을 찌푸리며 말을 골랐다.

"길고 검은 머리카락에, 귀엽다기보다는 예쁜 요조숙녀 느낌이야, 겉모습은."

"……겉모습은?"

"그건 가면이고 내용물은 말괄량이라고 할까 장난꾸러기라서. 모두에게 들키지 않으려고 바보 같은 짓을 해서 놀리는 보람도 있는 유쾌한 친구야."

이제까지 함께 놀았을 때를 다시 떠올리자 쿡쿡 웃음이

나왔다.

아이리는 그런 카즈키의 얼굴을, 무언가를 확인하듯 들여다봤다.

"호오, 사이가 좋구나?"

"나쁘지는 않은 정도지. 저쪽은 거북하게 여길지도 모르겠지만."

"허어? 그게 뭐야, 무슨 소린지 모르겠어. ……그래서, 왜 그 아이한테 고백했어?"

"왜기는, 그 아이한테 나 같은 게 파고들 틈이 없을 만큼 강한 마음을 품은 상대가 있었으니까. 덕분에 제대로 따귀를 맞고 말았어."

카즈키가 웃음을 흘리자, 아이리가 의아하다는 표정을 지었다.

"흐응, 그거, 효과 있었어?"

"…………이전 정도로는."

"그래."

한순간 열심히 계속 어필하는 타카쿠라 선배를 떠올리고, 대답이 늦어졌다.

아이리의 눈매가 스르륵 가늘어졌지만 이것으로 이야기는 끝이었다.

조금 거북한 분위기 속에서 아이리는 고데기를 들고 모모카 곁으로 향했다.

불편하게 느낀 카즈키는, 자기가 마시려고 탄 카페라떼를 비우고 일어섰다.

그러자 아이리가 등 너머로, 별것 아닌 듯 제안했다.

"끈질긴 상대가 있으면 말이지, 또 내가 **계약**해줄까?"

카즈키가 움찔 몸을 떨며 굳었다.

뇌리에 재생된 것은, 아픔을 견디는 것 같은 히메코의 얼굴.

그리고『좋아했던 사람이 있거든요』라는 말.

무의식중에 가슴을 손으로 눌렀다.

"그건 이제, 안 돼."

힘겨운 목소리로, 그러나 확실하게 단언했다.

이번에는 아이리의 어깨가 흠칫 떨렸다.

카즈키의 눈이 동그래졌다. 조금 힘을 너무 실었구나.

"아니 그게, 요즘 화제인 인기 모델, 사토 아이리의 남자
친구 역할은 아무리 그래도 짐이 무거워서 말이야."

"……카리스마 모델 MOMO의 동생이라면 그럴 것도 없
다고 생각하는데. 사쿠라지마 씨도, 카즈키치라면 문제없
다고 그랬으니까."

"지나친 과대평가야. 어, 그게, 사실 오늘은 지금부터 알
바거든. 미안하지만 나는 이만 실례할게."

"……아."

카즈키는 그대로 도망치듯이 집을 뛰쳐나갔다.

역으로 향하는 길, 그룹 채팅방에서 이오리에게 메시지를
보냈다.

『오늘 일손 부족하면 내가 들어갈까?』

◇ ◇ ◇

"하아아아."

카즈키가 떠난 카이도네 집 거실에서, 모모카가 과장스럽게 한숨을 흘렸다.

모모카는 곤란하다는 듯 미간을 찌푸리며 툭하니 말을 흘렸다.

"아이링은 말이지, ……바보구나."

"…………."

"솔직하지도 못하고, 서투르고."

"…………."

아이리는 모모카의 머리카락을 손에 든 채로 여전히 굳어 있었다.

얼굴은 내려갔고 어깨는 가늘게 떨렸다.

모모카는 손을 밀어내고는 천천히 고개를 돌리고, 자신의 가슴으로 아이리를 꼭 끌어안았다.

"그래도 남을 잘 돌보고, 뭐든 열심히 하고, 한결같아서…… 나는 그런 아이링, 좋아해."

"……응."

그리고 아이리는 모모카에게 응석을 부리듯이, 꽉 매달리듯이 등으로 손을 둘렀다.

올려다본 달에, **소리도**
없이 붉은 눈물을 적신다

축제의 그날이 찾아왔다.

도시나 큰 신사와 비교하면, 인구가 천 수백 명밖에 안 되는 이 지역의 축제는 작다.

하지만 1000년을 넘는 역사가 있고, 이 땅에 사는 이들에게 지루한 일상을 날려주는 화려한 날이기도 했다.

이날은 아침부터 츠키노세 전체가 어딘가 들썩들썩하고 있었다.

주변의 산들은 폭풍 전야처럼 조용해서, 근질근질 조급해지는 기분을 억누르는 것만 같았다. 주민의 마음을 대변하듯 하늘은 더없이 화창했으며 태양은 번쩍번쩍 힘차게 빛과 열기를 흩뿌렸다.

오늘은 평소보다 한층 더워질 것 같았다.

"오빠, 빨라!"

"어, 미안미안."

태양이 중천에 걸릴 무렵.

하야토와 히메코는 자전거를 타고 신사로 향하고 있었다.

들뜬 기분 때문인지 자연스럽게 페달을 밟는 힘이 강해져서 거리가 벌어진 히메코가 항의하자, 하야토는 아하하 웃으며 속도를 늦추었다.

얼굴에서 반성의 기색을 찾지 못한 히메코가 "정말이지!" 라고 어이없다며 소리 높였다.

쏴아아, 바람이 불어 푸르른 벼 이삭이나 밭의 농작물을 흔들었다.

대지에 힘껏 뿌리박은 그것들에서는, 전날 태풍의 영향은 보이지 않았다.

하늘에는 여름답게 기분 좋은 푸른색이 펼쳐져 있었다.

"축제, 기대되네."

"……응, 그러네, 오빠."

올여름의 츠키노세에는 하루키가 있다.

평소와 조금은 다른 축제를 향해, 하야토의 목소리는 들떠 있었다.

히메코는 그런 오빠의 뒷모습을 보고 살짝 눈가에 미소를 그렸다.

신사 기슭에 있는 집회소. 그곳에 딸려 있는 시골 특유의 쓸데없이 남아도는 땅의 주차장.

거기에는 오늘 축제에 찾아온 주민들의 차나 경트럭, 이륜차와 자전거가 빼곡하게 세워져 있었다. 하야토와 히메코의 자전거도 그에 따랐다.

산 쪽에서는 이미 시끌벅적 즐거운 목소리가 들렸다.

토리이를 지나서 돌계단을 올라간 곳에 있는 배전 앞의 경내 광장에는 많은 사람들이 모여 있었다. 물론 도시와 비교하면 학교의 전교 조회에도 미치지 못할 정도의 인원수. 하지만 츠키노세에서는 좀처럼 볼 수 없을 정도의 숫자였다.

같은 생각을 한 하야토와 히메코가 무어라 표현할 수 없는 쓴웃음을 흘렸다.

그때, 눈치 빠르게 이쪽을 알아차린 하루키가 손을 흔들며 다가왔다.

"야—, 하야토—, 히메—!"

잔뜩 들떠서는, 머리카락은 하나로 묶고 옷에 살짝 먼지나 얼룩을 묻히고 있었다.

당연히 하루키 본인에게 그것을 신경 쓰는 기색은 없다.

"하루키, 수고하네. 미안해, 준비에 나가질 못해서."

"아하하, 하야토는 아팠다가 막 나은 참이니까. 게다가 축제 준비도 즐거웠어."

"그런가."

하루키는 시선을 광장에 있는 축제 수레로 향했다.

연배가 느껴지는, 하지만 깔끔해서 정중하게 취급되었음을 알 수 있는 수레였다.

수레 옆에는 컬러풀하고 화려한 전통 복장을 입은 채 화장까지 한 신타의 모습.

아무래도 수레 쪽의 주역은 신타인 듯했다.

긴장한 표정의 신타를 핫피를 입은 어른들이 둘러싸며 말을 건네고 있었다.

신타의 발밑에는 하루키가 구한 새끼고양이가 시종이나

호위처럼 달라붙어서, "먀아!" 하고 울음소리를 높였다. 이쪽도 신타에게 지지 않는 인기였다.

"저 애, 완전히 건강해졌네."

"그러게. 신타도 그렇고 사키랑 신타네 아저씨도 푹 빠졌어."

"그런가."

"…………응."

하야토는 어딘가 안심한 듯 눈가에 호를 그렸지만, 하루키의 목소리는 조금 딱딱했다.

흘끗 들여다본 그녀의 옆얼굴이 굉장히 복잡해서 뭐라 말을 건넬 수는 없었다.

손을 뻗으려다가—— 댐 호수에서 들은 말을 떠올리고, 그대로 자신의 머리를 긁적인 뒤 한숨을 내쉬었다.

그리고 이번에는 어려운 표정을 하고서는 으—응, 하고 고개를 갸웃거리는 히메코의 모습이 시야에 들어왔다.

"히메코?"

"신타 군 복장 말인데, 뭔가 걸려서…… 어디선가 본 것 같은데……."

"무라오가 입었던 옷 아닐까? 뭔가 옛날에, 본 기억이 있는 것 같아."

"아, 그거다! 응, 완전히 똑같은 옷 아냐?!"

히메코는 짝, 손을 맞대고는 신타에게 달려갔다.

"신타—, 그 옷 혹시 여자용이야? 응, 좋아! 엄청 좋아, 신타! 잘 어울려, 귀여워, 사진 찍어도 될까? 찍는다? 그보다,

머리 모양 같은 것도 조금 손을 볼까?!"

"어?!"

흥분한 기색인 히메코가 스마트폰 카메라를 들이댔다.

놀라면서도 히메코가 시키는 대로 따르는 신타.

어안이 벙벙해서는 쳐다보던 친족 어른들도, 이윽고 상상력을 발휘해서는 서로 속삭거렸다.

"어라 이거, 모자에 꼬리가 달려 있네. 여자용이야."

"사키가 가져다준 거니까 맞는 줄 알았지."

"자자, 어울리니까 괜찮잖아. 이런 걸 보고 『달려 있어서 오히려 좋아』라고 하던가?"

"후훗, 말하다 보니까 여자아이로밖에 안 보이네."

"앗핫핫, 슬슬 축제도 시작이니까 이대로 있어도 괜찮지 않으냐."

"저기, 신타, 그것 말고도 귀여운 옷 입어보지 않을래?!"

"히메 누나?!"

아무래도 여아용인 듯했지만 딱히 문제는 없다는 흐름으로 흘러갔다.

그만큼 오늘 신타의 모습은 잘 어울려서 귀여웠다.

신타 주위에는 웃음이 넘치고, 발밑의 새끼고양이도 찬동하듯 "먀아" 하고 울었다.

"……뭐, 신타는 귀여운 얼굴이니까 말이지."

"자라서 『사실은 너, 남자였냐?!』 사건이 되면 어쩌지?"

"" "……." ""

어이없다는 듯 하야토가 중얼거리자 하루키가 짓궂은 표정을 지었다.

둘이서 얼굴을 마주 보기도 잠시.

"하루 누나!"

그때, 이쪽으로 도움을 청하는 신타와 눈이 마주쳤다.

하지만 하루키가 생글생글 손을 흔들어 답하자 신타는 딱 굳어버리고, 얼굴을 더욱 붉게 물들이고는 시선을 피했다.

""……풉.""

하야토와 하루키는 그런 신타의 모습에 그만 웃음을 터뜨리고 어깨를 들썩였다.

한바탕 웃은 뒤, 하루키는 갑자기 하야토의 손목을 붙잡았다.

"하야토, 배전 쪽으로 갈래? 사키가 있어."

"잠깐, 야!"

그대로 앞만 보고 걸어가서 하루키의 표정은 보이지 않았다.

하야토는 시선을 하루키의 등에서, 붙잡힌 손목으로 옮겼다.

"……하루키?"

"응?"

"아니, 아무것도 아냐."

하야토가 이름을 불렀지만 돌아보는 하루키의 얼굴은 평소 그대로.

무언가 석연치 않은 기분 그대로, 미간을 살짝 찡그리고는 뒤를 따랐다.

배전에서는 축제 개시에 맞추어 신관 의상을 입은 무라오 가문 사람들과 친족 여성진이 바쁘게 뛰어다니고 있었다.

하야토가 코를 움찔했다. 맛있는 냄새가 감돌았다.

하루키도 킁킁 코를 울리고, 그 출처로 시선을 향했다.

"우와, 저 공물은 뭐야…… 아니, 저건 쌀?! 엄청 컬러풀한데!"

"오소메고쿠*네. 매년 나와."

"호오."

아무래도 신에게 바칠 음식을 한창 나르는 중인 듯했다.

이번에는 하루키가 흥미를 드러낸 오소메고쿠 외에도 곤들매기나 은어, 멧돼지에 닭에 사슴고기, 그리고 술. 이곳 츠키노세 땅에서 얻을 수 있는 것을 바친다.

활발하게 움직이는 모습을 무료하게 바라보고 있었더니 어쩐지 기분이 들떴다.

하루키도 이곳의 모습은 예상 밖이었는지, 아하하 얼버무리는 웃음을 지었다.

하지만 도우려고 해도 방법을 모른다.

하야토는 항상 밖에서 힘쓰는 일만 했고, 하루키는 이번이 처음.

*쌀을 적색, 황색, 청색 등으로 물들여서 장식하는 공물. 나라현 등 일부 지방의 제례에서 사용한다.

"아, 하루키 씨! 오빠!"

입구 근처에서 하야토와 하루키가 어쩌면 좋을지 망설이는데, 두 사람을 알아차린 사키가 타박타박 달려왔다. 언젠가 보낸 사진과 같은, 무녀 의상에 엄숙한 금 자수가 놓인 상쾌한 느낌의 치하야*와 호화로운 천관**, 그리고 방울. 색소가 옅은 사키의 피부나 아마포색 머리카락과 어우러져서, 덧없으면서 신비한 아름다움이 엿보였다.

크게 눈을 떴다. 역시나 사진과 달리, 실물에는 생생한 박력이라는 것이 있구나.

여름마다 본 의상이지만 사키의 성장과 함께 아름다움은 해가 갈수록 더해져서, 하야토가 무어라 말도 못 하는 옆에서 대신 하루키가 흥분한 목소리를 높였다.

"와, 사키 어어어어어엄청 예뻐!"

"아, 어, 하루키 씨?!"

"사진으로 보기는 했지만 실물은 전혀 다르구나, 엄청 좋아! 그렇지, 하야토?"

"어, 어어……."

하루키는 툭, 하야토의 등을 밀었다. 사키와 정면으로 마주 봤다.

하야토의 눈으로 봐도 오늘의 사키는 한층 더 아름다웠다. 신비하고 비일상적인 의상도 어우러져서 마치 건드려서는

---

*무녀 옷 위에 입는 일종의 겉옷. 제례 같은 행사에서 주로 사용된다.
**제례에서 무녀나 신관이 머리에 쓰는 화려한 관.

안 되는 존재처럼 느끼고 말았다.

그런 사키가, 이제까지 계속 무대에 있는 것만 봤던 사키가, 바로 눈앞에 있다.

꿀꺽 목을 울렸다.

막상 사키 본인은 불안스레 흔들리는 눈빛으로 하야토를 올려다보며 물었다.

"저기…… 어, 어떤가요……?"

"어, 어어, 굉장히 잘 어울려……."

"……다행이에요!"

"읏!"

하야토의 말에 사키는 기쁜 듯 미소를 꽃피웠다.

기습적으로 그런 순수하고 가련한 미소를 마주한다면, 하야토가 아니더라도 부끄러워서 눈을 피하고 마는 것도 어쩔 수 없다.

사키는 동생의 친구다.

두 사람의 관계는 가까운 듯 멀다.

원래부터 이제까지 제대로 대화를 나눈 적도 없고, 최근에서야 하루키가 제안한 그룹 채팅방에서 대화를 나누게 된, **여자아이**. 그 사실이 그런 부끄러움에 박차를 가했다.

하야토는 검지로 긁적긁적 뺨을 긁었다.

"어— 그게, 요전에는 고마워. 간병만이 아니라 집안일도 이것저것 해주고…… 뭔가 답례를 하고 싶은데, 아무것도 떠오르질 않아서……."

"아, 아뇨, 그건 저만 한 게 아니라 하루키 씨도 있었으니까! 그, 그러니까 신경 쓰지 마세요!"

"그, 그래, 하루키도 고마—— 하루키?"

하야토가 고개만 돌려서 바라봤더니, 그곳에는 몹시 짓궂은 미소를 짓고서 히죽히죽하는 하루키의 얼굴이 있었다.

경험적으로 좋지 않은 생각을 한다는 것을 알 수 있었다.

"어라어라~? 얼굴이 빨갛다고, 하야토? 혹시 사키한테 반해버렸어?"

"뭐?! 어, 아니, 그건 그게?!"

"하긴, 사키는 이—렇게나 귀여운걸, 알겠어, 응 알겠어. 지금도 인중을 축 늘어뜨렸으니까."

"무슨?! 그럴 리가!"

하루키가 놀리면서 코끝을 쿡 찌르자 하야토는 뒷걸음질 치며 코를 문질렀다. 하루키는 아하하 소리 높여 웃었다.

그리고 이번에는 재빨리 사키 뒤로 가서는 꽈악 끌어안고 뺨을 비볐다.

사키도 갑작스러운 하루키의 포옹에 놀라서 얼굴을 새빨 갛게 물들였다.

"하, 하루키 씨?!"

"아, 사키한테서 좋은 냄새 나."

"후에?! 저기 그게."

"하야토도 맡아볼래?"

"아니, 야!"

"꺅!"

하루키가 사키의 등을 툭 밀었다. 휘청거리는 사키를 하야토가 받아냈다.

품 안으로 들어온 것은 하루키와 마찬가지로, 머리 하나는 작고 부드러운 몸. 하루키와 다르게 코를 간질이는 달콤한 향기. 그것들로 사키가 이성이라는 사실을 강렬하게 의식했다.

그것은 사키에게도 마찬가지였을까, 이성에게 익숙하지 않을 사키의 몸은 뜨거워져서, 머리에서 김이 뿜어져 나올 기세였다.

이대로 조금 전에 하루키가 그랬던 것처럼 꽉 끌어안으면 얼마나 기분이 좋을까── 얼핏 그런 생각을 하는 바람에 의식이 확 끓어오르고 말았다.

이래서는 안 된다며 이성이 경종을 울리고, 황급히 어깨를 붙들어 몸을 뗐다.

마주 보는 모양새가 되어 무어라 형용할 수 없는 분위기가 흘렀다.

시야 끝으로 흘끗, 어딘가 흐뭇하게 지켜보는 것 같은 모습의 하루키가 들어왔다. 그것이 조금 원망스러웠다.

이래저래 가슴속을 얼버무리듯 화제를 찾았다.

"으응, 그러고 보니 신타도 말인데, 의상이 잘 어울렸지. 혹시 무라오 거야?"

"아, 예, 물려줬어요! 그래 봐야 저도 사촌 언니한테 물려

받은 거지만요."

"그, 그런가. 어울리지만 여자용인 것 같으니까, 뭐라고 할까, 그게, 그렇지?"

"응응, 귀여웠어, **신타 양!**"

하루키는 갑자기 자신에게 이야기를 돌리자 조금 놀림이 섞인 목소리로 대답하고, 사키는 잠시 어리둥절하다가 조금씩 이해가 됐는지 점점 눈을 크게 떴다.

"............예?"

어딘가 얼빠진 목소리와 함께, 밖에서는 둥둥둥 큰 북을 두드리는 소리가 들렸다.

하야토와 하루키는 그런 사키를 본 뒤, 서로 얼굴을 마주 보고 웃음을 흘렸다.

평소와 다른 여름 축제가, 시작을 알렸다.

◇ ◇ ◇

긴장의 실이 팽팽하게 당겨진 엄숙한 분위기 가운데, 사키의 아버지인 궁사가 축제의 신에게 음식과 축사를 바치고 있다.

신관을 비롯하여 몇몇 사람만으로 진행되는 의식. 당연하게도 그곳에는 사키와 신타의 모습이 있었다.

하루키는 모두와 함께 떨어진 곳에서 그 모습을 지켜보는 중이었다.

"아뢰옵기도 송구한──."

축제의 의식이 진행된다.

이윽고 신타는 긴장한 표정으로, 궁사에게서 몇 가지 음식이 담긴 쟁반을 받아들었다.

이것을 츠키노세 각지에 있는 사당에 바치고 올해의 풍작을 기원한다.

원래는 가을의 수확 이후에 진행되던 축제였지만, 메이지 이후 타관살이도 많아서 오봉* 시기에 이래저래 모여서 치르게 되었다고 언뜻 들었다.

신타는 올해 여름 축제의 주역 중 하나다.

츠키노세의 축제에서는 일곱 살이 된 아이를 수레에 태우는 풍습이 있어서 그렇다고 한다.

이 나이에 마을의 일원으로 맞이하고, 그 사실을 신에게 보고하는 것을 겸한다나.

신타가 음식이 담긴 쟁반과 함께 수레에 올라탔다.

하루키는 그 모습을, 조금 두근두근하며 바라봤다.

"와, 신타 좋겠다……."

"기분은 알겠어. 나도 좀 타보고 싶으니까."

"어, 하야토는 안 탔어?"

"저건, 신사 집안이라든지 한정된 가문의──."

하야토는 가문 얘기를 꺼내자마자 실수했다며 떨떠름한 표정을 지었다.

*우리나라의 추석에 해당되는 일본의 명절. 양력 8월 15일에 지낸다.

"이런, 수레가 움직이네, 가야겠어!"

"아, 잠깐만! 하야토—!"

그리고 수레를 향해 도망치듯 떠났다. 순식간이었다.

시무룩한 표정의 하루키가 홀로 남겨졌다.

하루키가 입술을 삐죽이는 동안에도, 하야토는 스르륵 모두의 원 안으로 들어가서는 신타가 탄 수레를 짊어졌다. 아무래도 신사 뒤편에서 기슭으로 내려가는 경사로에서는 끌지 않고 짊어지는 듯했다.

그 뒤를 따르려 했으나—— 다리가 움직이지를 않았다.

조금 전에 하야토가 꺼내려던 말을 다시 떠올렸다.

"……."

전 촌장 가문, 니카이도가.

어쩌면 저기에는 **하루키**가 타야 했었을지도 모른다.

하지만 하루키는 저것을 탄 적이 없다. 애당초 축제에 참가하는 것이 처음이었다.

여자 의상을 입은 신타가 벌벌 떨면서도 눈을 반짝반짝 빛내고 있었다.

그 자리에 우두커니 선 채로, 바라보는 뒷모습만이 점차 작아졌다.

——정말로, **니카이도 하루키**가 저 자리에 들어가도 되는 것일까?

받아들여지고 있다고는 생각한다. 하지만 망설임이 이 자리에 다리를 붙잡아놓았다.

입술을 꽉 깨물고, 움켜쥔 손을 가슴에 대려다가——.

"우리도 가죠!"

"사키?!"

그 손을 등 뒤에서 다가온 사키가 붙잡았다. 어찌 된 영문인지 무녀 옷에 핫피 차림.

사키는 그 기세 그대로 하루키를 수레 쪽으로 끌고 갔다.

그렇게나 무거웠던 다리는, 너무도 간단히 땅에서 떨어지며 움직이고 있었다.

"저기 그게 어, 사키, 신사 쪽은 괜찮아?!"

"제 차례는 어차피 마지막이니까요! 아, 이거 하루키 씨 핫피에요!"

"어, 응, 고마워……?"

"저, 이제까지 안에 틀어박혀만 있었어요. 그러니까 저것도 한번 짊어져 보고 싶었거든요!"

그러면서 돌아보는 사키는, 만면에 천진난만한 미소를 띠고 있었다.

아직 머릿속은 조금 혼란스러웠다.

하지만 단 하나. 사키가 진심으로 축제를 즐기려 한다는 것은 잘 알 수 있었다.

——하루키와 함께.

가슴이 두근거렸다. 그래서 하루키도 미소로 답했다.

"……응, 나도!"

함께 손을 맞잡고, 둘은 축제의 원 안으로 달려갔다.

등 뒤에서 핫피를 입은 히메코가 "기다려, 나도—!"라고 외치며 쫓아왔다.

어쩐지 그 모습이 일찍이 등 뒤를 쫓아오던 **히메코**와 겹쳐보여서, 하루키는 사키와 얼굴을 마주 보고 아하하 웃음을 터뜨렸다.

사방을 둘러싸는 것은 산. 비칠 듯이 푸른 하늘의 캔버스에는 한여름의 태양이 번쩍번쩍 빛나고 있었다.

뭉게구름은 떠들썩한 츠키노세를 마치 흥미진진하게 들여다보듯, 손에 닿을 것만 같이 낮은 고도에서 둥실둥실 헤엄쳤다.

""""으쌰으쌰으—쌰!""""

""""영차, 밀—어라!""""

들판 가득 푸르른 논밭으로, 즐거운 장단과 함께 드륵드륵 돌아가는 수레바퀴 소리가 빨려 들어간다. 이 땅에서 수도 없이 되풀이된, 1년에 한 번인 광경이다.

하지만 올해는 평소와 아주 조금 모습이 달랐다.

선두를 맡은 것은 본래 신사에서 기다려야 하는 무녀 복장의 사키와 긴 흑발을 나부끼는 하루키. 기왕 나왔으니 주위에서 꼭 선두에 서라고 밀어붙인 모양새였다.

낡았지만 존재감 있는 화려한 축제 수레에 지지 않을 만큼 화사하고 가련한 꽃 두 송이가, 츠키노세의 산에게, 강에게, 나무들에게, 사람들에게 자신을 소개하듯 흐드러지게 피었다.

하루키와 사키는 다소 민망해하면서도 ""영차, 밀—어라!""라고 신이 난 목소리로 츠키노세를 돌고 있었다.

산기슭의 큰 나무, 다리 근처의 강가, 마을 중앙에 자리 잡은 무척 큰 바위, 그 앞에 있는 작은 사당.

다양한 곳에서 신타가 본전에서 맡은 음식을 바쳤다.

도중에 몇 번인가는 주민의 집 앞에 멈춰서 휴식했다.

미리 준비된 경단꼬치랑 차, 그리고 소량이지만 맥주도 대접받고 축제는 점점 고조되었다.

모든 사당을 들렀더니 츠키노세를 거의 빙글 한 바퀴 돈 셈이 되었다.

한 사람당 자가용 한 대가 당연한 츠키노세는 무척 넓다.

츠키노세의 신들을 향한 보고와 감사를 마치고 신사로 돌아올 무렵에는, 해는 완전히 저물고 말았다.

◇ ◇ ◇

사키는 신사 기슭에 도착하자마자 옷을 갈아입으려고 종종걸음으로 돌아갔다.

경내에는 다수의 화톳불이 타닥타닥 불씨를 터뜨리고, 해가 저물어 어두워진 주위를 다정하게 비추고 있었다.

"자, 수고했어! 우선은 차가운 거 마실까?"

"크으~, 제대로 식혀서 탄산이 터지는 게 장난 아니네!"

"나는 일단 배에 넣을 거로! 뭐든 고기를 줘, 고기를!"

"예예, 잔뜩 있으니까 재촉하지 말라고!"

신사에서는 남아 있던 여성진이 술과 안주로 맞이해주었다. 신에게 공양했던 음식을 조리한 것이다.

새끼고양이도 신타를 "먀아!" 하며 맞이했다. 신타는 텅 빈 쟁반과 함께 신관의 손에 이끌려 본전으로 향했고, 그 뒷모습을 새끼고양이가 꼬리를 바짝 세우고서 쫓아갔다.

수레를 끌고 츠키노세를 누빈 탓에 다들 잔뜩 지쳐서 주린 배를 부여잡고 있었다. 아직 축제의 자잘한 의식은 남아 있지만 그건 그거다.

남은 일은 신관들에게도 맡기고, 이쪽은 한발 먼저 맥주랑 요리에 달려들어서는 술자리가 펼쳐졌다. 순식간에 분위기가 왁자지껄 소란스러워졌다.

하야토 역시 몸 안에 남은 열기와 마주하여 마음이 계속 고양된 상태였다.

맥주 대신에 라무네 병을 두 개 들고, 그중 하나를 경내 여기저기에 설치된 걸상에 앉아서 쉬고 있는 하루키에게 건넸다.

"자, 하루키."

"고마워."

"목 엄청 쉬었네."

"……계속 고함을 질렀으니까. 그리고 그렇게까지 안 쉬었어."

"하핫."

수레 선두에 있기도 해서 남들 이상으로 긴장하고 있던 하루키는 살짝 입술을 삐죽이며 라무네 병을 받아들었다.

마침 그때 조금 떨어진 곳에서 히메코가, "나, 닭튀김!"이라 외치며 쟁반으로 돌격하는 모습이 보였다. 이내 주변의 아주머니들께 이것도 먹어보라며 이것저것 요리를 받고, "와, 와" 하고 당황하면서도 착실히 입 안을 빵빵하게 부풀렸다.

푸쉭, 하야토는 웃음을 흘리며 라무네 병 유리구슬을 밀어 넣었다.

하루키도 하야토를 따라 했지만, 푸쉬이이이익 하는 큰 소리와 함께 기세 좋게 거품을 뿜어내고 말았다. 어릴 적부터 변함없이 라무네를 따는 것이 서투른 모양이었다.

"어, 어, 어어어…… 꿀꺽, 꿀꺽……."

"여전히 그거 잘 못 따네."

"……끄윽."

아깝다며 황급히 입술을 가져다 대는 하루키.

탄산을 단숨에 마셨으니 당연히 귀여운 트림이 나와 버렸다.

날카로운 눈매로 항의하는 시선을 향하자 하야토는 잘못했다며 양손을 들었다.

그리고 하루키 옆에 앉아서 오늘의 축제를 다시금 떠올렸다.

사키와 함께 선두에 서서, 모두와 하나가 되어 수레를 끌던 두 사람의 모습.

눈앞에서 모두가 웃으며 펼치는 왁자지껄한 모습이 축제의 성공을, 하루키가 받아들여졌음을 이야기했다.

꿀꺽꿀꺽, 라무네 병을 단숨에 비웠다. 하야토가 흐뭇한 표정을 지었다.

그러자 툭하니, 마음속 깊은 곳에서 느낀 말이 새어 나왔다.

"오늘은 즐거웠지. 나, 하루키랑 같이 축제에 참가할 수 있어서 정말로 좋았어."

하야토의 말에 하루키는 눈을 끔벅거리고, 다정하게 미소 지었다. 하야토도 미소로 답했다.

"그것도 전부 사키 덕분이야."

"함께 나서서 선두를 맡은 건 정말로 깜짝 놀랐어. 갑작스러운 데다 무녀 옷에 핫피차림이었으니까."

"응…… 정말로 착한 아이야, 사키."

"나도 그렇게 생각해. 열이 났을 때도 무척 신세를 졌고."

"그때만이 아닐 거야. 아마도 훨씬 더 전부터, 사키가 사키가 되었을 때부터……."

"……하루키?"

하루키가 무슨 말을 하는지 잘 알 수가 없었다.

하야토가 고개를 갸웃거리자, 하루키는 영차 일어나더니 발밑에 있던 돌멩이를 걷어차며 물었다.

"하야토는 있지, 졸업하면 츠키노세로 돌아올 거야?"

"…………어?"

생각한 적도 없었던 이야기였다.

너무 갑작스러운 질문이어서, 솔직히 모르겠다고 대답할 수밖에 없었다.

그나마 대학에 진학할까 생각하던 참인데.

축제의 소란이 어딘가 먼 일처럼 들렸다.

미간을 찌푸리고서 복잡한 표정을 짓는 하야토를 보고, 하루키는 훗 웃으며 몸을 돌렸다.

그리고 배전 옆에 설치된 신악전으로 걸음을 옮겼다.

다섯 평 정도의 작은 크기인, 축제 마지막에 사키의 춤이 바쳐지는 장소.

하야토도 허둥지둥 라무네를 비우고 하루키를 따라갔다.

"츠키노세로 돌아와서 사키랑 이야길 하고, 같이 놀고, 문득 생각한 게 있었거든. 혹시 내가 계속 츠키노세에 있었다면 어땠을까, 하고."

"그건……."

또다시 이야기가 바뀌었다.

필사적으로 상상력을 발휘해도 도저히 과거의 **하루키**와 눈앞의 **하루키**가 겹쳐지지 않았다. 하야토에게 옛날의 하루키는 옛날의 하루키이고, 지금의 하루키는 지금의 하루키였으니까.

하루키는 어딘가 곤란하다는 미소를 짓고, 긴 머리카락을 손으로 정리했다.

"일단 머리카락은 절대 지금처럼 길게 기르진 않았을 것 같지 않아? 단발이나 울프컷, 아니면 보브헤어. 중학교에 올라가서 처음으로 치마를 입고, 그걸 보고 하야토가 안 어울린다면서 웃는 거야. 사키하고도 친구가 되어서, 번번이 『무라오를 본받아』라는 말을 듣고, 그리고 틀림없이 나는 사키를——."

"……."

그것은 어쩌면 있었을지도 모르는 광경.

모두와의 관계도, 틀림없이 지금과는 이래저래 다를 것이다.

하지만 그것은 가정의 이야기인데.

어째서 하루키가 갑자기 그런 이야기를 꺼냈는지, 더더욱 영문을 알 수가 없었다.

"……뭐, 그랬을지도."

하루키는 후우 숨을 내쉬며, 머리카락을 붙잡은 손을 놓았다. 흑발이 화톳불에 비쳐 둥실 퍼졌다.

그 순간, 하루키가 두른 분위기가 바뀌었다.

저도 모르게 눈을 부릅떴다. 그곳에 있던 것은 전학 첫날에도 본, 청순가련한 여자아이.

"나는 이미 옛날의 **하루키**가 아니고, 지금은 니카이도 하루키니까."

"아니, 야!"

하루키는 조금 쓸쓸하게 중얼거리고, 무대 앞으로 나갔다.

하야토가 붙잡으려고 손을 뻗었지만 어째선지 다리가 움직이지 않았다. 움직이지 않고 그곳에서 지켜보는 것이 옳다고 여겨버린 것이다.

신악전이 사용되는 것은 축제의 상징이다. 최후의 그때를 생각하며 모두의 의식도 그곳으로 쏠려 있었기에, 거기에 하루키가 훌쩍 나타나자 주목이 모으고 말았다.

하루키는 크게 숨을 들이마셨다.

그리고 한 손에 든 빈 라무네 병을 마이크 삼아, 세계를 변혁시키는 주문을 자아냈다.

『당신에게 첫눈에 반해서~♪』

"──아."

소란이 한순간에 적막으로 덧칠되었다.

그것은 전날 집회소에서도 부른, 한때 세상을 풍미한 드라마 주제가. 그 노래의 아카펠라.

애절한 음색과 눈빛, 닿지 않는 것을 허우적대듯 바라는 손의 움직임, 그럼에도 쫓아가는 듯한 스텝.

『──호박의 꿈~♪』

반주도 없이 그저 하루키의 몸 하나만으로 만들어내는 허구의 세계.

갑자기 다른 세계로 끌려간 주민들은, 그 마법의 사용자인 마법사에게서 눈을 떼지 못했다. 모두가 호흡조차 잊고 매료되어 있었다.

어지러이 다양한 모습을 연기하는 그 무대는, 마치 여러 얼굴을 가진 달과 같아서.

『──녹색의 편지, 마음에 삼키며…… ♪』

이윽고 노래가 끝났다.

모두가 하루키에게 삼켜져 버렸다.

여운은 아직 식을 줄 모르고, 모두가 그 자리에 우두커니 서 있었다. 하루키는 그런 주위를 향해 꾸벅 머리를 숙였다.

하지만 그것은 끝의 신호가 아니었다.

──사전 공연.

그런 말이 뇌리를 스쳤을 때.

딸랑, 방울 소리가 울렸다.

그와 함께, 배전에서 나타난 몽환적이고 신비한 소녀가, 사키가, 하루키가 만들어낸 세계를 찢어발겼다.

모두의 의식이 사키에게 향했다.

꿀꺽 목을 울렸다.

옆으로 돌아온 하루키가 툭하니 얌전한 목소리로 중얼거렸다.

"있잖아, 하야토. 사키를 있지, 확실하게 지켜봐 줘."

"그건──."

──굳이 말할 필요도 없다, 라고 하야토는 마지막까지 말을 잇지 못했다.

하루키가 똑바로 사키를 향한 채 온몸을 굳히고 있었기 때문이다.

그 얼굴은 몹시 진지해서, 하야토도 한순간의 주저 후 그에 따랐다.

이윽고 궁사가 연주하는 피리 소리와 함께 신악이 시작되었다.

밤의 장막이 드리운 밤하늘 아래. 화톳불이 주역인 사키를 비추었다.

그것은 헤이안 시대부터, 정신이 아득해지는 옛날부터 계승된 춤.

태곳적 이 땅에서 벌어진 일을 그리는 이야기.

기묘하게도 하루키가 사전 공연으로 노래한 것과 같은 종류의 이야기.

의연하게 울리는 방울 소리와 함께 사키가 춤춘다.

선명하게, 요염하게, 화사하게.

애절하게, 아련하게, 애통하게.

환희, 애도, 동경.

사키는 춤으로 다양한 정경을 표현했다.

어릴 적부터 수도 없이 보았던 것이지만, 올해의 사키는 이제까지 본 것 중에 가장 색을 띠고 태양처럼 힘차게 빛나고 있었다. 하야토도 무심코 "아아"라며 감탄을 흘렸다.

"……역시, 나랑은 다르네."

"하루키?"

"그렇잖아……."

문득 하루키가 말을 흘렸다. 그리고 흘끗 주위를 둘러봤다.

모두의 시선은 하루키 때와 똑같이 사키에게 못 박혔지

만, 이번엔 흐뭇한 표정으로 "호오" "허어" 같은 한숨이 흘러나오고 있었다. ──하야토와 마찬가지로.

그 모습을 본 하루키가 자학적으로 작게 웃었다.

"내 건 있지, 이름도 얼굴도 모르는 누군가에게 맞춰서 꾸며내기 위한 거야. 사키가 하는 건 가슴속에서 자연스럽게 생겨난, 전하고 싶은 사람을 향한 거니까."

"그──."

──그렇지 않아, 라는 말이 끝까지 나오지 않았다.

하야토는 이번에야말로 건넬 말을 잃고 말았다.

문득 뇌리를 스친 것은 재회한 이후로 곳곳에서 가면을 쓰고, 타인과는 적당한 거리를 두고, 인정받는 존재인데도 고립되어 있는 하루키의 모습.

하루키는 지금 그때의 딱딱한 미소를 짓고 있었다.

충동적으로 뻗은 손이 훌쩍 허공을 갈랐다.

어? 라며 허를 찔린 표정을 짓자, 하루키는 타이르듯 사키에게 시선을 향하고서 중얼거렸다.

"하야토."

"…………."

충고하듯 이름을 부르면서도 그녀의 눈동자는 사키만을 포착하고 있었다.

이윽고 딸랑, 방울 소리와 함께 신악이 끝났다.

그러자 동시에 커다란 박수와 함성이 터져 나왔다.

"사키, 올해도 좋았어─!"

"이걸 보지 않으면 역시 축제는 끝나질 않는다니까!"

"좋아, 다음은 우리 집에서 또 마실까?!"

축제는 끝을 고하고, 세계가 일상으로 돌아갔다.

그런 가운데 하야토는 잠시 멍하니 있었다.

무언가 톱니바퀴가 맞물리지 않는 것 같은, 아니, 뒤틀린 것 같은 감각.

가슴속에서는 빙글빙글 수많은 감정이 소용돌이쳤다.

"하야토, 사키한테 가자."

"어, 어어."

하루키는 그런 하야토를 개의치 않고 손목을 끌어당겼다.

사키는 신악전 옆에 있는 걸상에 앉아서 유부초밥을 먹고 있었다.

손을 흔들며 다가오는 하루키를 발견하고는 황급히 삼키고, 퍽퍽 가슴을 때렸다.

"수고했어, 사키. 어어어어어엄청 좋았어!"

"으음, 가, 감사합니다! 그게, 직전에 하루키 씨가 그런 걸 해줬으니까, 올해는 이상하게 더 긴장했다고 할까요!"

"아하하, 그래도 기합이 들어가서 괜찮았던 거 아냐?"

"저, 정말~!"

하루키가 가볍게 말을 건네자 사키는 어린아이처럼 입술을 삐죽이며 항의하는 시선을 보냈다. 하야토에게는 그다지 드러낸 적이 없는, 나이에 어울리는 모습이었다.

그곳에 생긴 허물없는 분위기가 츠키노세에 온 뒤로 하루키와 사키의 거리가 단숨에 줄어들었다는 것을 알렸다.

"……그러고 보니, 조금 전까지 여기에 히메코가 있지 않았던가?"

"아…… 히메는 그게, 과식한 모양이라, 어어……."

"아하하, 히메답네."

그곳으로 하야토도 스르륵 섞여들었다. 맥 빠질 정도로 부드럽게. 이렇게 사키와 대화를 나누다니, 츠키노세로 돌아오기 전에는 상상도 하지 못했다.

올해 여름은, 축제는 그들의 무언가를 극적으로 변화시키고 있었다.

"그렇지, 사키. 하루 이르지만, 기왕이니까 그거 줄까?"

"어, 아, 예."

"그러니까, 하야토는 거기서 기다려!"

"어, 야!"

하루키는 사키의 손을 붙잡고 순식간에 집 쪽으로 떠났다.

홀로 남겨진 하야토는 조금 전까지 하루키가 붙잡고 있던 손목을 바라보고는 하아, 한숨을 내쉬고 벅벅 머리를 긁적였다.

주위를 둘러봤다.

축제는 끝나고 식사도 대부분 정리되어, 많은 사람들이 집으로 돌아갔다. 타닥타닥 소리를 내는 화톳불도 기세가 시들어서 이제 한 시간 정도면 완전히 꺼질 것이다.

축제의 끝, 이었다.

그 광경을 보고 있으니 조금 서글픈 기분이 들었다.

모레에는 도시로 돌아가기도 하기에, 더더욱.

"무라오, 인가……."

가슴속은 복잡했다. 그중에서도 당황이 많은 자리를 차지하고 있었다.

이제까지 거리가 가까운 듯 멀었던 여자아이.

하야토가 표정을 잔뜩 구기고 있노라니, "야―!"라는 하루키의 목소리가 들렸다.

하루키가 고개 숙인 사키의 손을 잡아끌고 있었다.

그리고 눈앞까지 돌아와서는, 하루키는 금세 사키 뒤로 가서 등을 꾹 밀었다.

"자, 사키!"

"하, 하루키 씨."

"어어……?"

하야토의 눈앞으로 떠밀려 나온 모양새가 된 사키는 가슴에 무언가를 소중히 안고 있었다.

뺨을 붉게 물들이고, 살짝 고개를 숙이고서 속눈썹을 떨고 있었다.

다시금 사키를 봤다.

하얗게 선이 가는 아이. 신비한 분위기를 두르고, 고상하면서도 하루키에게 뒤지지 않는 미소를 가진 아이. 그런 사키가 이따금 머뭇머뭇 올려다보는 시선을 향한다면, 그 누구든 두근거리고 말 것이리라.

"사키."

"읏!"

하루키의 다정한 목소리가 사키의 등을 때렸다.

그러자 사키는 그에 떠밀리듯 한 걸음 내딛고, 입술을 꾹 다물며 눈꼬리가 처진 눈을 똑바로 들었다. 가슴이 크게 술렁거렸다.

그리고 사키는 가슴에 품고 있는 것을 기세 좋게, 반쯤 떠넘기듯 건넸다.

"하, 하루 이르지만, 생일 선물이에요!"

"…………어."

하루키의 눈에도 하야토의 동요는 여실하게 보였다.

달아오른 뺨, 헤매는 시선, 어물어물 흘리는 모음(母音).

거기에는 선물만이 아니라 올곧은 호의도 함께 실려 있다. 사키는 동성인 하루키가 보더라도 한숨이 나와 버릴 정도의 미소녀니 당황하는 것도 당연하다.

하지만 사키는 경직된 하야토를 어떻게 생각했는지, 불안스럽게 속눈썹과 목소리를 떨었다.

"저, 저기 그게, 갑자기 이런 걸 줘도, 민폐, 겠죠……."

"윽! 아, 아니, 그런 건 아니야! 누군가한테 생일 선물을 받는 건 처음이라, 어떻게 반응하면 좋을지 좀 모르겠다고 할까…… 그게, 기뻐, 요, 예……."

"다, 다행이에요!"

"으음, 이건……."

"아, 앞치마예요. 히메가 오빠가 지금 사용하는 게 너덜너덜하다고 해서."

그러면서 사키는 하야토의 눈앞에서 가슴에 품고 있던 것을 펼쳤다.

데포르메된 여우 그림이 악센트를 주는, 손수 만든 귀여운 앞치마. 인터넷을 보고 조금씩 조사하며 완성한 두꺼운 그림 장식이 고생해서 꿰매었음을 잘 말해주었다.

사키의 마음이 담긴 선물.

앞치마를 본 하야토가 "여우, 무라오답네." "직접 만들었어?"라고 말을 건넬 때마다, 사키는 표정으로 일희일비했다. 참으로 흐뭇한 광경이었다.

그래서 한순간, 잘 어울린다고 생각해버렸다.

게다가 이건 하야토가 도시로 나오지 않았다면 분명 언젠가 전개되었을 광경이다. 확신을 가지고 말할 수 있었다.

"……읏."

하루키의 가슴에 묵직하게 쓰디쓴 무언가가 스며들었다.

이 자리에 있는 것은 지독히 어울리지 않는다는 느낌마저 들었다.

그래서 하루키는 발소리를 죽여, 살며시 자리를 떠났다.

달이 환하게 빛나고 있었다.

산을 아래로 빠르게 내려가는 밤바람이 쏴아쏴아 나뭇잎을 흔들었다.

하루키는 긴 머리카락을 휘날리며, 무언가를 뿌리치듯 어둠 속을 달리고 있었다.

"……아."

무어라 형용할 수 없는 목소리가 새어 나왔다. 분명 무작정 달리고 있었을 텐데.

눈앞에 펼쳐진 것은 일찍이 조부모와 무슨 일이 있을 때마다 창고를 빠져나와서 찾아온 비밀기지. 달빛과 별빛을 받은 해바라기가, 그 무렵과 똑같이 흔들리고 있었다.

하루키는 셔츠 가슴께를 꽉 움켜쥐었다.

하야토와 사키. 소중한 친구인 두 사람이 친해지는 모습을 보는 것은 기쁜 일이고, 환영해야 할 일이다. 그럼에도 어째선지 가슴이 술렁이고 만다.

그것은 가슴 밑바닥에 자라나서 점점 비대해지는 감정 탓일지도 모른다.

하지만. 그렇지만.

그럼에도 하루키 안에서는, 도저히 양보할 수 없는 긍지가 있었다.

"……사키는 어릴 적부터 계속, 하야토를 좋아했어."

사실을 확인하듯 입 밖으로 꺼내 봤다.

틀림없이, 이 세계에서 누구보다도 빨리, 가장 먼저 하야토를 좋아한 여자아이.

게다가 이곳에 온 뒤로 그녀가 그늘에서나 양지에서나 하야토를 떠받쳐왔다는 것도 알 수 있었다.

타산도 없고, 보답도 바라지 않고.

좋아하니까, 돕고 싶으니까 계속 도왔다.

그러니까 처음으로 마음을 전하는 것은 사키여야만 한다.

게다가 사키는 하루키의 친구.

하루키에게 친구는 특별하다. 가족보다도, 무엇보다도 특별하다.

『하루키, 우리는 계속 친구니까!』

문득 예전에 하야토와 나눈 약속을 떠올렸다.

과거의 말이 보이지 않는 사슬이 되어 하루키를 휘감아 더는 움직일 수 없게 되었다.

그래도 어떻게든 주먹을 움켜쥐려다가, 그제야 처음으로 스마트폰 케이스를 붙잡고 있다는 것을 깨달았다.

"……아."

그것은 하야토에게 주려고 사키 옆에서 만들었던 생일 선물.

이전에 같이 스마트폰을 고르러 갔다가, 케이스를 어떻게 할지 여전히 정하지 않았다는 사실을 떠올리고 만든 것.

"하야토, 누군가한테 생일 선물을 받는 거 처음이라고 그랬던가……."

전날 오락실에서 딴, 이상하게 몸통이 긴 고양이 인형을 받았을 때를 다시금 떠올렸다. 그때 느낀 감정도.

얼굴을 잔뜩 구겼다. 머릿속은 수많은 감정으로 엉망진창이었다.

"웃?!"

그때 갑자기 하루키의 스마트폰이 울렸다.

화면을 봤더니 미나모가 보낸 메시지.

『오늘은 열심히 일해서 잔뜩 갔았어요.』

사용하지 않았던 화단 한 모퉁이를 이랑으로 바꾼 사진이 첨부되어 있었다.

일상의 한 장면을 잘라낸, 별것 아닌 사진.

그것을 본 하루키는 반사적으로 통화 버튼을 터치하고 말았다.

"야호—, 미나모. 새로 뭔가 심을 생각이야?"

『아, 하루키. 예, 가을에 맞추어서 일단 장소만이라도 다듬었어요.』

"그렇구나그렇구나, 가을 말부터 겨울 초에 딸 수 있는 거야?"

『네. 감자, 무, 배추, 브로콜리 등등…… 후후, 뭘 할지는 새 학기가 시작되면 여러분과 상담하려고 생각 중이지만요.』

"…………웃."

새 학기.

미나모가 아무렇지도 않게 던진 말에, 마치 머리에 냉수를 끼얹은 것처럼 몸이 굳어지고 말문이 막혔다. 갑자기 현실로 끌려온 것 같은 감각.

눈앞으로 들이닥친 사키와의 이별.

그 사실을 강하게 의식한 뒤 무척 싫다고 생각하고 말았다.

『……하루키?』

"어, 아니, 아무것도 아니야. 눈에 먼지가 좀 들어갔을 뿐."

미나모는 그런 하루키의 태도를 제대로 느꼈는지 어딘가 염려하는 목소리로 이름을 불렀다. 한순간 당황해서 변명을 찾던 하루키도 이내 통화 상대가 미나모── **친구**라는 사실을 다시금 떠올렸다. 결국 어찌할 수 없는 이 감정을 그대로 털어놓고 싶어져서, 살짝 응석을 담은 목소리로 더듬더듬 가슴속에 담긴 것을 흘렸다.

"……사키는 있지, 엄청 착한 아이거든. 츠키노세에서 실제로 만나고 절실히 그렇게 생각했어."

『하루…….』

"자잘한 일도 쉽게 알아차리고 넌지시 거들어주거나, 도와주거나 해서 나도 무척 도움을 받아버렸어. 보이지 않는 조력자라고 할까, 옆에 있으면 안심된다고 할까…… 츠키노세 사람들도 그런 사키를 잘 알아서, 그러니까 귀여움을 받고……."

조금 전 하야토와 사키의 모습을 떠올렸다.

하야토는 하루키를 파트너라고 말해주었다.

함께 있으면 혼자서는 할 수 없는 일도 할 수 있게 된다고.

하지만 또한 하야토에게 사키는 어떤 존재일까.

츠키노세에서 하야토가 일을 하거나, 무언가를 할 장소를 만들어준 공로자.

아마도 **하야토**가 지금의 **하야토**가 된 것은 사키 덕분일 것이다.

하루키가 함께 날기 위한 한쪽 날개라면, 사키는 돌아가야 할 횃대. 돌아가야 할 장소다. 그렇게, 생각하고 말았다.

"——아. 나, 알았어……."

『……예?』

문득, 무언가가 가슴으로 쿵 떨어졌다.

틀림없이 그것은 그녀가 왠지 모르게 사키의 등을 밀어주었던 이유.

"사키는 모두에게 사랑받고 자랐으니까…… 그러니까, 정말로 누군가를 사랑할 수 있는 아이구나……."

——어딘가 일그러진 자신과 달리.

조금 전에 본 신악무가, 무엇보다도 크게 그 사실을 이야기하고 있지 않은가.

말이 나오지 않았다.

스마트폰 너머로 미나모의 곤혹이 전해졌다. 필사적으로 하루키에게 건넬 말을 찾고 있다는 사실이 어쩐지 미안해져서, 자학적인 웃음이 쿡쿡 새어 나왔다.

"응, 그럼 또 전화할게, 미나모!"

『……앗!』

억지로 전화를 끊고, 치밀어 오르는 것이 넘쳐흐르지 않도록 하늘을 올려다봤다.

쏴아아 바람이 불었다.

달빛과 별빛 아래, 해바라기들이 축제의 뒤를 쓸쓸하게 노래했다.

사키의 사고는 버거울 만큼 가득해졌다.

"여, 여우는 그게, 히메가 자주 제 머리카락 색깔과 닮았다고 그래서."

"그, 그렇구나. 이거 너무 귀여워서 쓰다가 더러워지면 미안할 것 같은데."

"그, 그럼 내년에 다른 걸 준비할 테니까요!"

"어?! 그렇구나, 내년도 말이지."

"다, 다른 걸로 하는 편이 나을까요?!"

"그런 게 아니라!"

"아!"

"……읏."

"…….'"

그리고 또다시 침묵이 흘렀다. 조금 전부터 손에 든 앞치마를 사이에 두고, 의미가 있는 듯 없는 듯 헛도는 대화를 반복하고 있었다.

사키에게 지금 이 상황은 불과 2개월 전에는 상상도 하지 않은 것이었다.

마음의 준비가 되어 있을 리 없다. 많은 단계를 단숨에 뛰어넘은 것 같았다.

그럼에도, 언제까지고 이 분위기에 잠겨 있고 싶다는 기분이 있었다.

물론 그럴 수는 없다.

화톳불에서는 재가 된 장작이, 어렴풋이 붉게 빛나고 있었다.

이만큼 시간이 지났으니 아무리 그래도 조금은 차분함을 되찾는다.

정신이 들자 주위는 캄캄해져 있었다.

"그, 그러니까, 이거, 받아주——."

"그래………… 무라오?"

"——읏!"

그리고 문득 이변을 깨달았다. 하야토에게 건네려던 앞치마를 다시 끌어당겼다.

살짝 시무룩해 보이는 하야토를 보고 그만 가슴이 술렁인 것도 한순간, 느슨해진 입가를 다잡고 주변을 둘러보며 물었다.

"저기, 하루키 씨는……?"

"어…… 그러고 보니 없네? 어디로 갔지?"

어느샌가 하루키의 모습이 보이지 않았다.

어째서 사라졌는지는 알 수 없었다.

사키에게 하루키는 무어라 표현하기 힘든 상대다.

외모는 청초한 미소녀. 하지만 내용물은 붙임성 좋고, 하야토와도 어릴 적과 다르지 않은 거리를 구축하고 있다. 사키가 봐도 하루키에게 하야토가 특별한 존재임은 명백했다.

처한 상황을 생각하면 한마디로 표현할 수 없을 만큼 복잡한 관계가 있겠지. 틀림없이 이성으로서도.

앞치마를 꽉 끌어안았다.

소원했던 하야토와의 거리를 좁힐 수 있었던 것은 하루키 덕분이다.

이 상황도 명백하게 하루키가 만들어주었다.

"오빠, 이 생일 선물, 하루키 씨랑 각자 옆에서 만들었어요."

"어, 하루키도……?"

"예! 그러니까 그게, 줄 때는 하루키 씨랑 같이 줘야만 해요!"

그것은 사키에게 양보할 수 없는 긍지였다.

그러지 않는다면 앞으로, 가슴을 펴고 하루키 옆에 설 수 없을 것 같았으니까.

"하루키 씨를 찾죠!"

"무, 무라오?!"

사키는 놀라는 하야토의 손을 붙잡고 달려갔다.

창백한 달빛이 나무들 사이로 비쳐들었다.

사키는 신사 계단을 뛰어 내려가며 주위를 둘러봤다.

태어났을 때부터 계속 보았던, 변함없는 풍경이 펼쳐져 있었다.

나무들이, 산들이 마치 감옥 같다── 그렇게 생각하던 때도 있었다.

하지만 어느 날 세계가 무척 화사한 색깔로 빛난다는 사실을 알았다.

그래서 더욱 가까워지기를 바라면서도, 보고 있는 것만으로는 아무것도 변하지 않고, 과거와 같이 정체된 하루하루를 보냈다.

그리고 어느 날 갑자기 찾아온 예상치 못한 이별.

그때의 상실감은 도저히 잊을 수가 없다.

그대로 인연이 끊어지는 미래를, 분명하게 보았다.

그런 자신의 손을 끌어당겨 준 것은 누구였던가.

그룹 채팅방, 놀이, 생일 선물.

맞아, 계속 흘러가기만 했을 뿐이야.

지금 여기서 변하지 않는다면, 분명 앞으로 계속 이 후회를 품고 가게 되겠지.

그래서 지금, 달리고 있다.

"무라오, 어디를 찾겠다는 거야?! 짐작 가는 곳은 있어?!"

"몰라요! 하지만 알겠어요!"

"어딘데?!"

"아하핫!"

사키 스스로도 웃긴 말이었다.

이럴 때 하루키가 갈 장소.

과거에 **하루키**가 **하야토**에게 보여주고 싶지 않은 얼굴이 있을 때에 갔을 피난 장소. 몰래 사키에게 가르쳐준 소중한 곳. 한순간 하야토를 데려가도 될지 망설였지만, 애써 그것을 무시했다. 무시하기로 했다.

"여긴……."

등 뒤에서 의아해하는 하야토의 목소리가 들렸다.

당연할 것이다, 이곳은 일찍이 두 사람에게 특별한 장소였으니까.

무성한 잡초를 헤치고 울창한 나무들로 가려진 길을 빠져나가자, 역시나 그곳에는 달을 올려다보며 서 있는 하루키의 모습이 있었다.

밤의 해바라기와 함께 달빛과 별빛을 받는 하루키는, 무척 아름답고 화사한 한 떨기 꽃.

마치 그림이나 옛날이야기 속의 존재를 오려낸 것 같은 환상적인 광경에, 무심코 호흡마저 주저하고 말았다.

그러나 그것도 잠시. 사키는 처진 눈매를 최대한 추어올리며 똑바로 하루키의 모습을 바라보고, 어딘가 의식과 비슷한 그 굳은 분위기를 소리를 내질러서 찢어발겼다.

"하루키 씨!"

"어?! 사키…… 게다가 하야토, 도……."

두 사람을 알아차리고 놀라는 하루키. 그 얼굴을 본 사키는 깜짝 놀라서 숨을 삼켰다.

울고 있었다.

눈물 자국은 없고 목소리도 내지는 않지만, 분명히 하루키는 울고 있었다.

틀림없이.

어릴 적, 이곳으로 도망친 그녀도 저렇게 울고 있었을 것이다.

그래서 사키는 그것이,

무척,

몹시,

마음에 들지 않았다.

조여드는 가슴에 주먹을 대고, 저벅저벅 덤벼들듯이 하루키 곁으로 갔다.

"어, 어어 사키, 어떻게 된 거야? 서, 선물은……."

"하루키 씨, 할 이야기가 있어요."

"아, 예. 뭐, 뭐야?"

"저, 하루키 씨랑 싸우러 왔어요!"

"사, 사키?!"

"에─잇!"

"웃?!"

"무, 무라오?!"

그리고 사키는 크게 손을 들어 올리고, 하루키의 이마를 찰딱 쓰다듬듯이 때렸다.

하루키는 눈을 끔벅거리며 사키의 얼굴을 들여다봤다.

"어? 어? 무슨 말이야, 싸우러?"

"예, 싸우려고요. 뺨을 꼬집어버릴 테니까요!"

"샤, 샤히?!"

이번에는 하루키의 뺨을 꾹 꼬집고 잡아당겼다.

조금 전의 타격도 그랬지만, 결국 이쪽도 귀여운 장난 같은 것이었다.

하지만 사키의 눈빛은 지극히 진지했다.

"저, 하루키 씨가 친해지고 싶대서 엄청 기뻤어요! 친구가 되어서, 최근 며칠 동안 함께 놀고 엄청 즐거워서……. 저, 하루키 씨를 정말 좋아해요! 정말로 친구가 되고 싶으니까…… 그러니까 싸우는 거예요!"

사키는 말을 고르지 않고 마음을 똑바로 부딪혔다. 눈에는 어렴풋이 눈물을 글썽이고 있었다. 감정적이라는 것은 잘 안다. 던지는 말도 어딘가 지리멸렬했다.

그럼에도 말할 수밖에 없었다.

"그러니까, 쓸데없이 배려하지 말고, 소극적으로 굴지 말라고, 바보—!"

"…………아."

하루키의 얼굴이, 가면에 금이 간 것처럼 잔뜩 일그러졌다.

가만히 있어 봐야 좋을 일은 없다.

자신이 변하면 세계도 변한다—— 사키는 그것을 어릴 적에 알았다.

하지만 생각해보면 이제까지 변하는 것을 두려워하고 상처 입는 것을 무서워하며 아무것도 하지 않았다.

변한다는 것은 정말로, 정말로 무서운 일이다.

그럼에도 후회를 품는 것보다는 훨씬 낫다는 것을 2개월 전에야 깨달았다.

그래서 사키는, 폐가 되든 미움을 받든 모든 공포를 집어삼키고 한 걸음 내디뎠다.

"저도 제멋대로 굴 거예요!"

"사, 사키?!"

억지로 스마트폰을 든 하루키의 손을 붙잡고 옆으로 나란히 섰다.

제멋대로 굴겠다—— 그 말에 하루키가 어깨를 움찔 떨어도, 사키는 무시하고 다시 시작하겠다는 의미를 담아 어흠 헛기침을 한 번.

"선물을 주는 건, 하루키 씨랑 함께하기로 했어요. 그게 아니면 싫어요!"

"어, 응……."

사키가 재촉하자 하루키는 함께 하야토의 눈앞으로 선물을 내밀었다.

하야토는 조금 압도당하며 그것을 받아들었다.

"어, 그게, 고마워 하루키…… 그리고, 무라오."

"그것도 싫어요."

"……어?"

"저만 무라오잖아요. 다들 서로 이름으로 부르는데, 저만 남처럼 대하는 거 싫다고요!"

"어, 응, 사키……."

"…………………예."

기세 그대로 제멋대로 말했지만, 이름을 불리자 얼굴이 붉게 물들고 말았다.

사키가 입을 다물어버리자 미묘한 분위기가 흘렀다. 하지만 하루키는 수줍어하면서도 그녀의 손을 붙잡았다. 사키는 그 손을 꼭 맞잡고, 그리고 하야토의 손도 기세에 내맡겨서 억지로 붙잡았다.

계속 보고만 있었다.

학교에서, 신사에서, 마을 길가에서.

아무것도 할 수 없었다.

그런 가운데, 억지로 원 안으로 끌어들여 준 것은 누구였나.

마음속의 저울에 살며시 많은 것들을 얹어봤다.

일출, 물놀이, 바비큐.

그룹 채팅방, 잡지, 선물 만들기.

즐거웠던 일, 놀랐던 일, 상처받은 일.

나눈 대화, 쌓아 올린 감정, 함께 있었던 추억.

자신은 모든 것이 부족했다.

그렇기에 하야토와도 하루키와도, 그것들을 쌓아 올려서 균형을 맞추고 싶다고 강하게 바랐다.

분명 이제부터라도, 늦지는 않을 테니까.

"저, 고등학교는 같은 곳으로 갈게요! 반드시! 하루키 씨만이 아니라, 오빠도 히메도 좋아하니까…… 그러니까 하루키 씨랑 오빠――!"

그러니까 사키는 변하기로 결심했다.

갑작스럽게는 무리일 것이다.

제대로 안 될지도 모른다.

그럼에도 자신의 마음에 솔직해지기 위해, 그 결의를 드높이 선언했다.

"――앞으로는 저도, 똑같은 태도로 대해주세요!"

에필로그

9월이 되었다.

달력상으로는 진즉에 가을이 되었지만, 아직 나른한 더위가 남아 있었다.

어찌 됐든 오늘부터 새 학기.

오랜만에 재개되는 학교생활이기도 해서, 통학로를 걷는 하야토의 발걸음은 가벼웠다.

교실로 걸음을 옮기자 또래들이 가득했다. 시끌벅적한 이 장소에 조금 그리움을 느끼고는 무심코 쓴웃음을 흘렸다.

이번 여름방학에는 많은 일이 있었다.

그것은 다른 아이들도 마찬가지인지 새카맣게 그을리거나, 이전과는 전혀 다른 체형이나 헤어스타일이 되었거나, 갑자기 거리를 좁힌 남녀 등등이 시야에 들어왔다. 틀림없이 그들에게도 저마다의 이야기가 있었을 것이다.

이런 눈에 보이는 변화는 츠키노세에서는 볼 수 없었던 것이다. 애당초 저쪽에는 사람이 없으니까.

도시로 온 뒤로 절실하게 느낀 일이지만, 많은 것들이 참 어지럽게 변화한다.

갑작스러운 변화에 따라가지 못하는 일도 많다.

옆자리의 하루키도, 주위에서는 이 여름에 변한 것처럼

보이리라.

"⋯⋯⋯후우."

하루키는 고민이 담긴 한숨을 내쉬고 있었다. 가슴이 들썩들썩거려서 진정되지를 않는 모양이었다.

이따금 떠오른 것처럼 스마트폰을 꺼내어 만지며 살펴보고, 그리고 또다시 한숨.

명백하게 누군가에게 마음이 빼앗긴 것 같은 모습이었다. ⋯⋯언젠가의 히메코 때와 마찬가지로.

하루키의 마음은 알겠지만 당연히 주변의 눈길이 끌려서, 하야토에게도 노골적으로 탐색하는 시선이 날아들었다.

하야토가 머리를 벅벅 긁적이고 미간에 주름을 짓고 있었더니, 갑자기 누군가 어깨동무를 했다.

"하아~야아~토오~."

"이, 이오리."

"큰일이었다고, 알바 시프트 꽤나 의지했는데 갑자기 구멍을 내버리다니~⋯⋯ 큭, 덕분에 여름방학 후반부, 에마랑 어디 가지도 못했어⋯⋯!"

"미, 미안해, 이쪽으로 돌아온 뒤로도 이런저런 일이 있어서⋯⋯ 어— 그게, 카즈키가 도와줬다며?"

"그래. 어차피 부 활동이 있으니까 약간 도와준 정도지만. 그래도 카즈키가 없다면 진짜 위험했단 말이지."

"그런가. 다음에 고맙다고 해둬야겠네."

"⋯⋯그래서, 니카이도랑 무슨 일 있었어?"

"어— 그건…… 아, 아하하하…….."

이오리가 의아한 듯 하루키에게 시선을 향했다. 빤히 바라보는 시선과 함께 넌지시 "무슨 일이야, 설명해"라고 이야기했지만, 어떻게 대답하면 좋을지 알 수 없었다.

하야토가 애써 미소로 얼버무리자 답답했는지 하루키에게 돌격하는 사람이 있었다. 이오리의 여자친구, 이사미 에마였다.

"오랜만, 니카이도."

"아, 이사미…… 미안해요, 요 며칠 갑자기 알바를 바꿔달라고 해서……."

"아하하, 급한 일이 있었다니까 어쩔 수 없지. 응, 그건 그렇다 치고…… 알바 못 나온 이유는, 지금 스마트폰 보는 이유랑 관계 있는 거야?"

"예?! 어, 어어, 그게 이건……."

"이건……?"

이사미 에마에게는 이의를 허락하지 않는 박력이 있었다.

그만큼 알바가 바빠서 예정이 망가졌다는 원한이라도 있는 것일까?

허둥지둥하는 하루키가 더욱 막다른 곳으로 몰렸다.

기회를 봤는지 주위에서 다른 여자들이 "어, 뭐야뭐야, 무슨 일 있었어—?" "그러고 보니 과자 시로에서 니카이도가 알바 시작했다던데 정말~?" 하고 말하며 다가와서는 하루키를 둘러쌌다. 이제 도망칠 수도 없다.

하야토는 애처롭다는 듯 쓴웃음을 흘리고, 툭하니 무언가를 걱정하는 목소리로 중얼거렸다.

"……고등학교부터라고 그랬는데 말이지."

◇ ◇ ◇

자신이 변하면 세계도 변한다.

그래서 사키는 조금 자신의 마음에 솔직해져서, 바람은 제대로 말로 표현하겠다고 결심했다.

하지만 세계는 사키가 예상도 하지 않은 스피드로 변화를 이루었다.

언제든지 세계가 변하는 때는 한순간이고 갑작스러운 것이다.

"와, 피부 하얘! 저거 원래 머리 색이야?!"

"귀여워―, 가슴도 꽤 큰데?! 우오오, 끓어오른다!"

"쟤가, 키리시마네 고향 친구랬던가?"

"야―, 사키―!"

사키의 눈앞에 펼쳐져 있는 것은, 츠키노세의 초중학교 전교생도 이러할까 싶은 숫자의 동급생. 너무나도 많은 사람에 그만 머리가 어질어질했다.

게다가 이런 숫자가 세 반이나 더 있다고 한다. 영문을 알 수가 없었다.

도시는 츠키노세보다도 사람이 많다고 듣기는 했지만, 이건 사키의 상상을 가볍게 뛰어넘었다.

그 많은 호기심 어린 시선을 한 몸에 받으니, 긴장 탓에 몸이 굳어지고 마는 것도 무리는 아니었다.

사키는 지금 전학생으로서 도시의 중학교 교단 앞에 서 있었다.

시골의 촌스러운 점퍼스커트가 아니라 세련된 디자인의 새로 마련한 세일러복을 입고, 너무나도 화려해서 교복으로 입을 수는 있는 거냐며 묘하게 불안해서 조마조마하고, 옷 깃이나 옷자락이 구겨진 곳은 없는지 신경을 쓰고 말았다.

교실 구석에서 이쪽을 향해 태평하게 양손을 흔드는 친구의 반짝반짝한 미소가, 지금은 아주 조금 원망스러웠다.

'어째서 이렇게 되어버린 거야~?!'

그 후로 사키는 부모님이나 조부모님, 친척에게도 자신의 바람을 확실하게 입에 담았다.

도시로 가고 싶다고.

하야토나 하루키가 다니는, 히메코도 다닐 같은 고등학교에, 무슨 일이 있어도 다니고 싶다고. 필사적이었다.

그것은 이제까지 말을 잘 들으며 그다지 수고를 끼치지도 않고 열심히 가업에 매진한 사키가 가족과 친척들에게 처음으로 한 투정이었다.

그리고 그들이 놀란 심정과 함께 내린 해답이 지금의 이 상황이다.

놀라면서도, 기쁘기도 하고 조금 미안하기도 한 심정으로 떠나게 된 사키.

덕분에 올 8월의 마지막 일주일은 츠키노세의 모두를 비롯해서 하야토나 하루키, 히메코까지 뒤죽박죽 대소동이었다.

미리 점찍어둔 집을 찾고 진학에 따르는 이사 준비 등등도 진행했는데, 그것도 상당한 강행군.

많은 사람의 연줄과 손길을 빌려서 급히 도시로 이사하게 되었다.

"어— 그게, 무라오?"

"아, 예, 무라오 사키라고 합니다! 깊은 산속에서 전학을 와서 그게, 이곳에 대해서는 정말 아무것도 모르는 시골뜨기지만——."

담임교사의 재촉에, 허둥지둥하면서도 자기소개의 말을 꺼냈다.

다시 생각해보면, 세계가 변하는 것은 정말로 순식간임은 알고 있었다.

그럼에도 이 상황은 너무나도 예상 밖.

솔직히 곤혹스러웠다.

하지만, 그렇지만 사키는 스스로 변하자고 결심한 것이다.

주춤거리고 있을 수는 없다.

심호흡을 한 번.

가슴을 펴고, 자기 기준으로는 대담한 미소를 지으며 드높이 선언을 했다.

"――여러분과 마찬가지로, 앞으로는 저도, 똑같은 태도로 대해주세요!"

그리고 큰 박수와 함성을 받고 움찔, 어깨를 떠는 사키였다.

후기

히바리유입니다! 정확하게는 어딘가에 있는 마을의 목욕탕, 히바리유의 간판 고양이입니다!

이 후기로 여러분과 만나는 것도 네 번째, 이제는 완전히 단골이네요!

전학 미소녀 4권, 어떠셨을까요?

사실은 이제까지 시리즈 중에서 가장 글자 숫자가 많기도 합니다. 하지만 페이지는 3권이 많죠? 편집 매직 덕분에 페이지 숫자를 억누를 수 있었습니다만, 후훗, 과연 어떻게 된 건지 알 수 있을까~?

이번에 작가로서 가장 많은 생각을 담은 장면은, 댐 호수 부분입니다. 사실 원래 플롯 상에는 없고, 갑자기 캐릭터가 움직여버린 부분이기도 합니다.

그래서 급히 연말에 댐 호수로 취재를 다녀왔습니다.

킨키 지방 최대의 인공 호수를 자랑하는, 나라 현 요시노 군 시모키타야마 촌에 있는 이케하라 댐입니다.

컸습니다. 생각하던 것 이상으로 컸습니다. 그리고 시간도 계산해서 어두울 때부터 나가서, 작중과 마찬가지로 아침햇살에 빛나는 수면은, 그것은 그야말로 압도당했죠.

댐을 따르는 길을 달려갔더니, 여섯 지장보살과 함께 수

몰의 비석 등도 있었습니다. 일찍이 그곳에는 수백 호나 있었고, 저마다의 생활이 있었고, 하지만 물에 삼켜지고 말았습니다. 무어라 표현할 길 없는 생각이 꿈틀거리네요. 그때의 놀라움과 감동을, 작중에서 하야토와 하루키를 통해서 이야기했습니다만, 조금이라도 전해졌다면 좋겠는데.

그건 제쳐두고. 도시 쪽으로 사키도 와서, 여기까지로 하야토와 히메코의 이사를 계기로 벌어진 일련의 소동은 일단락된 참입니다.

사실 이 작품을 쓰기 시작했을 당시, 대충 이번 4권까지의 내용을 그리고 있었습니다. 이 4권까지가 제1부, 라고 하면 될까요? 어쨌든 여기까지는 형태로 완성할 수 있었다는 것에 작은 달성감 같은 것이 있네요.

다음 권부터는 새 학기, 여름방학을 거치며 변한 상황의 이야기를 즐겨주시기를.

어린 것도 아니고, 어른이라고 단언할 수도 없는 그들.

그들에게 아직, 솔직하게 산다는 것은 어려운 일이라고 생각합니다.

얼버무리고, 가면을 쓰고, 서로를 속이고.

모두가 고민하며 서로를 살피고, 때로는 애매모호하게 넘어가고, 그럼에도 똑같이 시간은 흐르고 변화를 재촉합니다. 학생이기에, 더더욱. 멈춰 서 있을 수는 없습니다.

그런 그들을, 앞으로도 지켜보고 응원해 주신다면 행복하겠습니다.

또한 오야마 키나 선생님의 전학 미소녀 만화판 1권도, 이제 곧 발매됩니다.

　그쪽도 함께, 잘 부탁해요!

　그리고 항상 보내주시는 팬레터, 감사합니다.

　문장이 막혀버렸을 때, 붓이 움직이지 않게 될 때도 있지만, 그럴 때는 항상 다시금 읽어보며 기운을 받고, 등을 밀어주는 모양새로 나아갈 수 있게 됩니다. 팬레터에는 신기한 힘이 있더군요. 설령 글자 수가 적어라도, 냐—앙 한 마디라도, 그곳에 담긴 마음이 적혀 있는 것 이상으로 전해집니다.

　마지막으로 편집 K 님, 다양한 상담과 제안, 감사합니다. 일러스트 시소 님, 미려한 그림 감사합니다. 저를 지탱해준 모든 사람과, 여기까지 읽어주신 독자 여러분께 진심으로 감사를. 앞으로도 응원해 주신다면 행복하겠습니다.

　팬레터는 평소처럼, 『냐—앙』만으로 괜찮아요!

　냐—앙!

2022년 3월 히바리유

TENKOSAKI NO SEISOKAREN NA BISHOJO GA, MUKASHI DANSHI TO
OMOTTE ISSHO NI ASONDA OSANANAJIMI DATTAKEN Vol.4
©Hibariyu, Siso 2022
First published in Japan in 2022 by KADOKAWA CORPORATION, Tokyo.
Korean translation rights arranged with KADOKAWA CORPORATION, Tokyo.

전학 간 학교의 청순가련한 미소녀가 옛날에 남자라고 생각해서 같이 놀던 소꿉친구였던 일 4

2023년 8월 15일 1판 1쇄 발행

저　　　자 히바리유
일 러 스 트 시소
옮 긴 이 손종근
발 행 인 유재옥
본 부 장 조병권
담당편집 박치우
편 집 1 팀 김준균 김혜연
편 집 2 팀 정영길 조찬희 박치우 정지원
편 집 3 팀 오준영 이해빈 이소의
편 집 4 팀 전태영 박소연
라이츠담당 김정미 맹미영 이윤서
디 지 털 박상섭 김지연
미　　　술 김보라 박민솔
발 행 처 ㈜소미미디어
인쇄제작처 ㈜코리아피앤피
등　　　록 제2015-000008호
주　　　소 서울시 마포구 토정로222, 403호 (신수동, 한국출판콘텐츠센터)
판　　　매 ㈜소미미디어
영　　　업 박종욱
마 케 팅 한민지 최원석 박수진 최정연
물　　　류 백철기 허석용
전　　　화 (02)567-3388, Fax (02)322-7665

ISBN 979-11-384-7853-3
ISBN 979-11-384-3377-8 (세트)